ESCRITORES & AMANTES

LILY KING

ESCRITORES & AMANTES

LILY KING

Tradução
Laura Folgueira

TORDSILHAS

Para minha irmã, Lisa, com amor e gratidão.

Tenho um pacto comigo mesma de não pensar em dinheiro pela manhã. Sou como um adolescente tentando não pensar em sexo. Mas eu também estou tentando não pensar em sexo. Nem em Luke. Nem em morte. O que significa não pensar na minha mãe, que morreu durante uma viagem de férias no inverno passado. Tem muita coisa em que não posso pensar para conseguir escrever pelas manhãs.

Adam, meu locador, observa enquanto levo o cachorro dele para passear. Está com as costas apoiadas na sua Benz, usando terno e sapatos brilhantes quando subo de volta pelo acesso de carros. Está carente nesta manhã. Todo mundo está, acho. Ele gosta do quanto contrasta comigo, que estou de moletom e descabelada.

Quando eu e o cachorro chegamos mais perto, ele diz:

— Você acordou cedo.

Eu sempre acordo cedo.

— Você também.

— Reunião com o juiz no tribunal às sete em ponto.

Me admire. Me admire. Admire *juiz*, e *tribunal*, e *sete em ponto*.

— Alguém tem que fazer reuniões.

Não gosto de mim mesma perto de Adam. Acho que ele não quer que eu goste. Deixo o cachorro me arrastar por alguns passos, na direção de um esquilo que está se apertando para passar no meio de umas ripas na lateral daquela casa enorme.

— E então — diz ele, tentando evitar que eu me afaste demais. — Como vai o *romance*?

Ele fala como se eu que tivesse inventado a palavra. Ainda está apoiado no carro e virando só a cabeça na minha direção, como se gostasse demais da pose para desfazê-la.

— Vai bem. — As abelhas que moram no meu peito se agitam. Algumas descem pela parte interna do meu braço. Uma conversa é capaz de destruir minha manhã inteira. — Preciso voltar a ele, inclusive. Dia corrido. Dois turnos.

Puxo o cachorro pela varanda dos fundos de Adam, solto a coleira, dou um empurrãozinho para ele passar pela porta e desço rápido os degraus.

— Quantas páginas já escreveu?

— Umas duzentas, talvez. — Não paro de andar. Estou na metade do caminho até meu quarto, na lateral da garagem dele.

— Sabe — diz ele, se descolando do carro e esperando minha atenção total. — Acho extraordinário você considerar que tem algo a dizer.

Sento à minha mesa e olho as frases que escrevi antes de sair com o cachorro. Não me lembro delas. Não me lembro de colocá-las no papel. Estou muito cansada. Olho os dígitos verdes no rádio-relógio. Menos de três horas até eu precisar me arrumar para o turno do almoço.

Adam fez faculdade com meu irmão mais velho, Caleb — aliás, acho que Caleb era meio apaixonado por ele na época —, e por isso faz um preço amigo no aluguel. Abaixa ainda mais por eu passear com o cachorro dele pela manhã. O quarto antigamente era uma estufa e ainda tem um cheiro de terra argilosa e folhas em decomposição. Só tem espaço para um colchão de solteiro, uma mesa, uma cadeira e um fogão elétrico de uma boca, além de um forninho elétrico no banheiro. Coloco a chaleira de volta no fogão para tomar mais uma xícara de chá preto.

Não escrevo por considerar que tenho algo a dizer. Escrevo porque, se não fizer isso, tudo parece ainda pior.

Às nove e meia, levanto da cadeira, esfrego as manchas de filé e mirtilo na minha camisa xadrez branca, seco-a na mesa com o ferro de passar, coloco-a num cabide e engancho o cabide na alcinha de cima da mochila. Visto a calça preta de trabalho e uma camiseta, prendo o cabelo num rabo de cavalo e ponho a mochila nas costas.

Tiro minha bicicleta da garagem de ré. Ela mal cabe lá por causa de todas as porcarias que Adam guarda: carrinhos de criança velhos, cadeirões, cadeirinhas infantis de descanso, colchões, escrivaninhas, esquis, skates, cadeiras de praia, tochas, pebolim. A minivan vermelha da ex-mulher dele ocupa o que sobra do espaço. Ela deixou para trás junto com todo o resto, exceto as crianças, quando se mudou para o Havaí no ano passado.

— Que desperdício de carro bom — disse a empregada um dia quando estava procurando uma mangueira. Ela se chama Oli, veio de Trinidad e guarda coisas tipo os dosadores de plástico do sabão em pó para mandar para a família. Aquela garagem deixa Oli doida.

Desço pela Carlton Street, ultrapasso o sinal vermelho na Beacon e subo pela Commonwealth Avenue. Deslizo para a frente, levantando do assento, e espero, com uma fila crescente de estudantes, o farol abrir. Alguns deles admiram minha bicicleta. É antiga, com selim banana, e a encontrei num lixão em Rhode Island, em maio. Luke e eu arrumamos, colocamos uma corrente nova lubrificada, apertamos os cabos do freio e subimos o eixo do assento enferrujado até ficar da minha altura. O câmbio fica no quadro, o que faz com que ela pareça mais poderosa do que realmente é, como se houvesse um motor secreto em algum lugar. Eu gosto do fato de ela parecer uma moto, com os guidões verticais elevados, o assento longo e acolchoado, e a barra alta atrás, na qual eu me recosto enquanto estou passeando. Eu não tinha uma bicicleta com selim banana quando criança, mas minha melhor amiga tinha, e a gente trocava de bicicleta por vários dias. Esses alunos da Universidade de Boston são jovens demais para ter andado numa dessas. É estranho não ser mais o tipo mais jovem de adulto. Já tenho trinta e um anos, e minha mãe está morta.

O farol abre, e sento de novo, cruzo as seis faixas da Commonwealth, subo e atravesso a ponte Boston University até Cambridge, do outro lado do rio Charles. Às vezes, desabo antes de chegar na ponte. Às vezes, começa na ponte. Mas, hoje, estou bem. Hoje, estou segurando a onda. Deslizo para a calçada da Memorial Drive, que margeia a água. É o ápice do verão e o rio parece cansado. Na margem, uma espuma branca empurra os juncos. Parece a gosma branca que se acumula nos cantos da boca da mãe do Paco no fim de um longo dia reclamando sem parar na cozinha. Pelo menos não moro mais lá. Até a estufa do Adam é melhor que aquele apartamento na periferia de Barcelona. Cruzo a River Street e a Western Avenue e saio do concreto para o caminho de terra que passa bem perto da beira do rio. Estou bem. Ainda estou bem, até ver os gansos.

Eles estão no lugar de sempre, na base da ponte de pedestres, uns vinte ou trinta, fazendo alarido, torcendo o pescoço e enfiando o bico nas próprias penas ou nas penas alheias, ou nos poucos chumaços de grama que sobram na terra. O som deles aumenta conforme me aproximo, resmungos, murmúrios, grasnos indignados. Estão acostumados a interrupções em seu caminho e se mexem o mínimo possível para sair da minha frente, alguns fingindo bicar minhas canelas quando passo, outros deixando as penas da bunda roçarem o aro do pneu. Só os mais histéricos fogem para a água, berrando como se estivessem sendo atacados.

Eu amo esses gansos. Eles deixam meu peito apertado e cheio, e me ajudam a acreditar que tudo vai ficar bem de novo, que eu vou passar por esse período como passei por outros, que o nada vasto e ameaçador à minha frente é um mero espectro, que a vida é mais leve e divertida do que eu penso. Mas logo depois dessa sensação, da suspeita de que nem tudo está perdido, vem a urgência de contar à minha mãe, contar que estou bem hoje, que senti algo próximo da felicidade, que talvez ainda seja capaz de ser feliz. Ela vai querer saber disso. Mas não tenho como contar. Esse é sempre meu obstáculo numa manhã boa como esta. Minha mãe deve estar preocupada comigo, e não posso dizer que estou bem.

Os gansos não se importam por eu estar chorando de novo. Estão acostumados. Grasnam, guincham e abafam os sons que eu faço. Uma corredora se aproxima e desvia do caminho, sentindo que eu não a vejo. No ancoradouro, já há menos gansos. Na ponte Larz Anderson, viro à direita, subindo a JKF até Harvard Square.

É uma espécie de expurgo que costuma durar algumas horas.

O Iris fica no terceiro andar de uma propriedade de um clube de Harvard, que começou a alugar o espaço há uma década para pagar quase cem mil dólares de impostos devidos. Não tem muitos alunos no verão, e eles usam uma entrada separada do outro lado da grande mansão de tijolos, mas ouço alguns ensaiando de vez em quando. Eles têm o próprio teatro e fazem peças nas quais homens se vestem de mulher, e seu próprio grupo *a cappella*, que entra e sai do prédio vestindo smokings dia e noite.

Tranco a bicicleta no poste de metal com uma placa de estacionamento, subo os degraus de granito e abro a porta grande.

Tony, um dos *maîtres*, já está na metade do primeiro lance, com a roupa vinda da lavanderia pendurada no braço. Ele pega os melhores turnos, então tem dinheiro para mandar o uniforme para lavagem profissional. A escadaria é imponente, coberta por um tapete gorduroso e manchado de cerveja que já deve ter sido de um carmim suntuoso. Deixo Tony chegar lá em cima e circular o próximo lance de escadas antes de começar a subir. Passo pelos retratos de presidentes que já foram membros do clube: Adams, Adams, Roosevelt, Roosevelt e Kennedy. O segundo lance é mais estreito. Tony está indo devagar, ainda na metade da escadaria. Desacelero ainda mais. A luz do topo da escada desaparece. Gory está descendo.

— Tony, cara — grita ele. — E aí?

— Tudo certo, nada resolvido.

Gory dá uma risada. A escadaria treme quando ele vem na minha direção.

— Está atrasada, moça.

Não estou. É só algo que ele fala para as mulheres em vez de cumprimentá-las. Não acho que ele saiba meu nome.

Sinto o degrau em que estou afundar quando ele passa por mim.

— A noite vai ser cheia. Cento e oitenta e oito reservas — diz ele por cima do ombro. Será que ele acha que já é de tarde? — E o cara do plantão acabou de ligar dizendo que está doente.

O cara do plantão é Harry, meu único amigo no Iris. Mas ele não está doente. Está a caminho de Provincetown com o novo cumim.

— Pode pegar seu taco longo — avisa ele.

— Nunca saio de casa sem ele — respondo.

Não sei como, mas na minha entrevista ele arrancou de mim a história do golfe. Por acaso, ele joga croquet. Não em festas de jardim, mas como profissional, em campeonatos. Supostamente, é um dos melhores jogadores de croquet do país. Abriu o Iris depois de uma vitória grande.

Abaixo de mim, ele funga alto três vezes, puxa o catarro, engole, pigarreia e sai para a rua com todo o dinheiro da noite anterior numa pochete com BANCO CAMBRIDGE SAVINGS escrito em letras garrafais. Alguém grudou um post-it nas costas dele: "Me assalte".

— Olha só, se não é a Casey Kasem — diz Dana quando chego ao topo da escadaria. — Ainda não foi demitida? — Ela está debruçada no balcão de hostess da Fabiana, desenhando o mapa das mesas. É quase ilegível e sem dúvida será injusto.

Sigo pelo corredor até o banheiro, onde coloco a camisa branca e torço o cabelo no coque alto e apertado obrigatório. Faz minha cabeça doer. Quando volto, Dana e Tony estão mudando as mesas de lugar, colocando os grupos grandes em suas seções e garantindo que tudo esteja a favor deles: as mesas grandes, os clientes frequentes, os investidores de restaurantes que não pagam, mas dão gorjetas astronômicas. Não sei se são amigos fora dali, mas em todo turno trabalham juntos como dois patinadores do mal, preparando o terreno para mais algum feito maquiavélico e depois desfilando pelo salão quando dá certo. Definitivamente, não são um casal. Dana não gosta de ser tocada — praticamente quebrou o braço do novo cumim quando ela disse que estava com torcicolo e ele esticou a mão para massagear o pescoço dela com o dedão —, e Tony não para de falar da namorada, embora apalpe todos os garçons durante o turno inteiro. Eles enganam completamente Gory e Marcus, o gerente, ou pelo menos têm os dois na mão. Harry e eu suspeitamos que sejam as drogas que vêm pelo irmão de Tony, um traficante que vive entrando e saindo da cadeia e de quem Tony só fala quando está chapado, exigindo votos de silêncio como se nunca tivesse contado aquilo antes. Chamamos Dana e Tony de Twisted Sisters e tentamos ficar fora do caminho deles.

— Vocês acabaram de tirar duas mesas da minha seção — diz Yasmin.

— A gente tem duas de oito lugares — responde Tony.

— Usa a porra da mesa de vocês. Essas são minhas, seus babacas. — Yasmin nasceu na Eritreia e foi criada em Delaware, mas leu muito Martin Amis e Roddy Doyle. Infelizmente, não tem chance contra as Twisted Sisters.

Antes de eu conseguir me unir a Yasmin, Dana me aponta um dedo:

— Vai pegar as flores, Casey Kasem.

Ela e Tony são os maîtres. A gente tem que fazer o que eles mandam.

O almoço é para amadores. É para recém-contratados e burros de carga velhos que fazem turno dobrado, trabalhando o máximo de horas que a gerência permitir. Sou garçonete desde os dezoito, então fui de garçonete nova a burro de carga em seis semanas. O dinheiro do horário do almoço é uma bosta em comparação com o do jantar, a não ser que você receba um grupo de advogados ou palhaços de empresa de biotecnologia comemorando alguma coisa com rodadas de martínis que fazem as notas voarem das carteiras deles. O salão está cheio de luz do sol, o que parece antinatural e muda todas as cores. Prefiro o pôr do sol e as janelas escurecendo aos poucos, a luz laranja suave das arandelas douradas que mascara as manchas de gordura nas toalhas de mesa e as sujeiras que podemos ter deixado passar nas taças de vinho. No almoço, a gente fica apertando os olhos por causa da luz azul do dia. Os clientes pedem café assim que se sentam. Dá para ouvir de fato a música que Mia, a bartender do almoço, coloca. Quase sempre é Dave Matthews. Mia é obcecada por Dave Matthews. Gory em geral está sóbrio e Marcus, tranquilo, fazendo o que quer que faça no escritório e deixando a gente em paz. Tudo no horário do almoço fica de ponta-cabeça.

Mas passa rápido. Fico ocupada com três mesas de duas pessoas e uma de cinco antes do relógio no Harvard Yard bater meio-dia. Não tenho tempo para pensar. É como se você fosse uma bola de tênis jogada da frente para os fundos do salão várias e várias vezes até suas mesas irem embora, e chegar ao fim, e você estar sentada com uma calculadora somando suas gorjetas de cartão de crédito e distribuindo as gorjetas em dinheiro para a bartender e os cumins. A porta é trancada de novo, Mia coloca "Crash Into Me" no talo e, depois que todas as mesas são separadas, os copos polidos, e os talheres enrolados para o almoço do dia seguinte, você tem uma hora na praça antes de bater cartão de novo para o jantar.

Vou ao meu banco ao lado da loja de itens de Harvard. Tem fila. Só um caixa. LINCOLN LUGG, diz a placa de latão em frente ao caixa com cara de marmota. Meus meios-irmãos chamavam o cocô deles de marmota. O mais novo costumava me puxar para o banheiro para me mostrar quanto tempo conseguia passar na privada. Às vezes, todos íamos olhar. Se eu fosse conversar com um terapeuta sobre minha infância, e esse terapeuta me pedisse para lembrar um momento feliz com meu pai e Ann, eu falaria sobre a vez que todos nos reunimos para olhar uma das marmotas bizarramente grandes de Charlie.

Lincoln Lugg não gosta da minha expressão de divertimento quando chego ao balcão. Algumas pessoas são assim. Acham que todo o divertimento dos outros acontece às custas delas.

Ponho meu bolo de dinheiro na frente dele. Ele também não gosta disso. Seria de se pensar que caixas pudessem ficar felizes por você, especialmente depois que você passasse para os turnos de jantar e duplos e tivesse 661 dólares para colocar na conta.

— Você pode usar os caixas eletrônicos para fazer depósitos, sabia? — diz ele, pegando o dinheiro com a ponta dos dedos. Ele não gosta de tocar em dinheiro? Quem não gosta de tocar em dinheiro?

— Eu sei, mas é que, como é em dinheiro, eu...

— Ninguém vai roubar o dinheiro depois que estiver dentro da máquina.

— Só quero garantir que entre na minha conta, não na de outra pessoa.

— Temos um protocolo sistematizado estritamente regulamentado. E fica tudo registrado em vídeo. Isso que você está fazendo aqui é bem menos seguro.

— Já estou feliz de poder depositar esse dinheiro. Por favor, pare com o balde de água fria. Esse dinheiro nem vai tirar um cochilo antes de ser sugado pelos agiotas do governo, então, me deixe curtir, tá?

Lincoln Lugg está contando meu dinheiro com os lábios e não responde.

Estou endividada. Estou tão endividada que, mesmo se Marcus me colocasse em todos os turnos de almoço e jantar possíveis, não conseguiria pagar a dívida. Meus empréstimos da faculdade e da pós-graduação entraram todos em protesto enquanto eu estava na Espanha e, quando voltei, fiquei sabendo que as multas, taxas e despesas de cobrança tinham quase dobrado em relação ao valor original que eu devia. Agora, a única coisa que dá para fazer é administrar, pagar o mínimo até — e aqui está o problema — até o quê? Até quando? Não tem resposta. Faz parte do espectro em branco ameaçador que me ronda.

Depois de meu encontro com Lincoln Lugg, choro num banco em frente à Igreja Unitária. Faço isso de forma mais ou menos discreta, sem barulho, mas não consigo mais impedir que as lágrimas corram pelo meu rosto quando têm vontade.

Vou até a livraria de livros estrangeiros Salvatore's, na Mount Auburn Street. Trabalhei lá há seis anos, em 1991. Depois de Paris e antes da Pensilvânia, de Albuquerque e do Oregon, e da Espanha, e de Rhode Island. Antes do Luke. Antes de a minha mãe ir para o Chile com quatro amigos e ser a única a não voltar.

A loja parece diferente. Mais limpa. As pilhas foram reorganizadas, e colocaram o caixa onde ficava a seção de Línguas Antigas, mas, nos fundos, onde Maria e eu passávamos o tempo, está tudo igual. Fui contratada como assistente de Maria em Literatura Francesa. Eu acabara de voltar de um período morando na França naquele outono e tinha uma fantasia de que, embora Maria fosse americana, íamos falar francês o tempo todo, conversando sobre Proust, e Céline, e Duras, tão popular na época; em vez disso, falávamos em inglês, quase sempre sobre sexo, que, no fim das contas, era francês de alguma forma. De oito meses de conversa, hoje, só lembro um sonho que ela teve com Kitty, a gata dela, fazendo oral nela. A língua áspera era muito boa, ela tinha dito, mas a gata se distraía o tempo todo. Lambia um pouco e depois ia para a pata, e Maria acordou berrando: "Foco, Kitty, foco!".

Mas Maria não está lá no fundo. Nenhum deles está, nem Manfred, o alemão oriental cínico que tinha um acesso de raiva sempre que alguém pedia Günter Grass, porque Günter Grass se opunha fortemente à reunificação. Todos fomos substituídos por crianças: um garoto de boné e uma garota com cabelo até as coxas. Como são três da tarde de uma sexta, estão bebendo cerveja, Heineken, como a gente fazia.

Gabriel sai do depósito com mais uma rodada. Está igual: cachos grisalhos, torso longo demais para as pernas. Eu era meio apaixonada por ele. Gabriel era muito inteligente, amava livros, lidava com todas as editoras estrangeiras ao telefone na língua delas. Tinha um humor sombrio e irônico. Está distribuindo garrafas. Diz algo num sussurro, e todos riem. A garota de cabelão está olhando para ele como eu costumava olhar.

Eu não estava dura na época que trabalhava na Salvatore's. Ou, pelo menos, não achava que era. Minhas dívidas eram bem menores, e o Sallie Mae, e o EdFund, e o Collection Technology, e o Citibank, e o Chase ainda não estavam me atormentando.

Eu sublocava um quarto numa casa na Chauncy Street com amigos por oitenta dólares por mês. Estávamos todos tentando ser escritores e tínhamos empregos para sobreviver. Nia e Abby estavam trabalhando em romances, eu estava escrevendo contos, e Russell era poeta. De todos nós, eu teria apostado que Russell insistiria por mais tempo. Rígido e disciplinado, ele se levantava às quatro e meia todo dia, escrevia até às sete e corria oito quilômetros antes de ir trabalhar na Biblioteca Widener. Mas foi o primeiro a se render e ir fazer faculdade de Direito. Hoje, é advogado tributário em Tampa. Abby foi a seguinte. A tia dela a convenceu a fazer a prova de corretora de imóveis, de brincadeira. Depois, ela tentou me dizer que ainda estava usando a imaginação quando andava pelas propriedades inventando uma nova vida para seus clientes. Eu a vi no mês passado, na frente de uma casa enorme com colunas brancas em Brookline. Ela estava debruçada na janela do motorista de uma SUV preta na entrada, assentindo profusamente. Nia conheceu um acadêmico que pesquisava Milton, tinha uma postura excelente e uma herança, e que devolveu o romance dela depois de ler quinze páginas dizendo que narrativas femininas em primeira pessoa o irritavam. Ela jogou o livro no lixo, casou com ele e se mudou para Houston quando o marido conseguiu um emprego na Universidade Rice.

Eu não entendia. Não entendia nenhum deles. Um por um, eles desistiram, se mudaram e foram substituídos por engenheiros do MIT. Um cara de rabo de cavalo e sotaque espanhol entrou na Salvatore's procurando *Sur Racine*, de Barthes. Falamos em francês. Ele disse que detestava inglês. O francês dele era melhor que o meu — o pai dele era de Alger. Cozinhou para mim um ensopado de peixe catalão no quarto dele na Central Square. Quando me beijou, tinha cheiro de Europa. A bolsa de estudos dele terminou, e ele voltou para Barcelona. Fui fazer um mestrado na Pensilvânia, e escrevíamos cartas de amor um para o outro até eu começar a sair com o cara engraçado de uma oficina que escrevia contos sombrios de duas páginas passados em cidadezinhas de New Hampshire. Depois que terminamos, fui morar um tempo em Albuquerque, depois acabei em Bend, Oregon, com Caleb e o namorado dele, Phil. Uma carta de Paco me achou lá e retomamos nossa correspondência. Junto com sua quinta carta, havia uma passagem só de ida para Barcelona.

Fucei um pouco na seção de Gregos Antigos. É a próxima língua que quero aprender. Virando a esquina, na seção de Italiano, a única outra cliente está sentada de pernas cruzadas no chão com um menininho, lendo Cuore para ele. A voz dela é grave e bonita. Comecei a falar um pouco de italiano em Barcelona, com minha amiga Giulia. Chego à longa parede de Literatura Francesa, dividida por editoras: fileiras de Gallimards vermelhos e marfim, Éditions de Minuit azuis e brancos, Livres de Poche baratinhos e os extravagantes Pléiades,separados em sua própria redoma de vidro, encadernação de couro com tipografia dourada e finas faixas de ouro: Balzac, e Montaigne, e Valéry, as lombadas brilhando como joias.

Eu colocava na prateleira exemplares de todos esses livros, abria as caixas, empilhava-os em prateleiras de metal no depósito dos fundos e trazia alguns por vez, em geral discutindo com Maria o tempo todo sobre *À la recherche*, que eu adorava e ela dizia ser tão chato quanto *Middlemarch*. Ela teve que se masturbar dezoito vezes, disse, para suportar *Middlemarch* no verão em que fez dezessete anos. Aquele livro deixou minha Terra Prometida dolorida, disse.

Vejo um exemplar de *Sur Racine*, que não tínhamos no dia em que Paco veio procurar. Precisei encomendar para ele. Toco a cola no topo da lombada. Nunca choro por Paco. Aqueles dois anos com ele me são leves. Fomos do francês para uma espécie de híbrido de catalão e castelhano que ele me ensinou, e me pergunto se isso é parte do motivo de eu não ter saudade dele, o fato de tudo o que já dissemos um ao outro ser em línguas que estou começando a esquecer. Talvez a excitação do relacionamento *fossem* as línguas, o fato de tudo ser intensificado para mim por causa disso, como se fosse um desafio de tentar manter a crença dele em minha facilidade com línguas, minha capacidade de absorver, imitar, metamorfosear. Era um truque que ninguém esperava de uma americana, a combinação de ouvido bom, memória boa e compreensão das regras gramaticais, de modo que eu parecia mais prodígio do que era. Cada conversa era uma chance de me sobressair, curtir, me divertir e surpreendê-lo. Mas agora não consigo lembrar o que dizíamos um ao outro. Conversas em idiomas estrangeiros não ficam na minha cabeça como as em inglês. Não duram. Elas me lembram da caneta de tinta invisível que minha mãe me enviou no Natal quando eu tinha quinze anos e ela partira, uma ironia que escapou a ela, mas não a mim.

Saio de fininho antes de Gabriel me reconhecer ou um de seus funcionários sair de trás da mesa para me atacar oferecendo ajuda.

Não voltei a Massachusetts de propósito. Eu só não tinha outro plano. Não gosto de me lembrar daqueles dias em Chauncy, escrevendo contos na minha janela de sótão do terceiro andar, bebendo café turco no Algiers, dançando no Plough and Stars. A vida era leve e barata, e, se não fosse barata, eu usava um cartão de crédito. Meus empréstimos eram transferidos de um banco para outro, eu pagava o mínimo e não pensava em amortizar o saldo. Minha mãe, nessa época, tinha voltado a morar em Phoenix e pagava meus voos para vê-la duas vezes ao ano. O resto do tempo, falávamos ao telefone, às vezes, por horas. Fazíamos xixi, e pintávamos a unha, e cozinhávamos, e escovávamos o dente. Eu sempre sabia onde ela estava na pequena casa pelos barulhos de fundo, o arranhar de um cabide ou o tilintar de um copo sendo colocado na lava-louças. Eu contava sobre as pessoas na livraria, e ela me falava das pessoas no escritório no palácio do governo em Phoenix — na época, ela trabalhava para o governador. Eu pedia para ela contar de novo algumas de suas histórias de Santiago de Cuba, onde foi criada por seus pais americanos expatriados. O pai dela era médico, e a mãe cantava canções de musicais numa boate. De vez em quando, ela me perguntava se eu tinha lavado a roupa ou trocado os lençóis, e eu dizia para ela parar de ser maternal, que não era da natureza dela, e a gente ria porque era verdade, e eu já a perdoara por isso. Penso nesses dias e me sinto glutona, todo aquele tempo, e amor, e vida à frente, sem abelhas no meu corpo e com minha mãe do outro lado da linha.

Rua acima, o calor se concentra sobre o capô dos carros estacionados, fazendo os prédios de tijolos parecerem sinuosos. As calçadas agora estão lotadas, cheias de turistas andando devagar com seus crepes e *lattes* gelados, os filhos sorvendo milk-shakes e refrigerantes. Ando pela rua para desviar deles, atravesso para Dunster e subo de novo ao Iris.

Subo as escadas, passo pelos presidentes e entro direto no banheiro, embora já esteja usando meu uniforme. Está vazio. Me vejo no espelho em cima da pia. É inclinado para longe da parede para as pessoas que usam cadeira de rodas, de modo que estou num ângulo ligeiramente desconhecido para mim. Pareço acabada, como alguém que ficou doente e envelheceu uma década em alguns meses. Olho nos meus olhos, mas não são os meus de verdade, não são os olhos que eu tinha. São olhos de alguém muito cansada e muito triste, e, quando os vejo, me sinto ainda mais triste, e aí vejo aquela tristeza, aquela compaixão pela tristeza em meus olhos e sinto-os enchendo d'água. Sou ao mesmo tempo a pessoa triste e a que quer consolar a pessoa triste. E aí fico triste por aquela pessoa que tem tanta compaixão, porque é claro que ela também passou pelo mesmo. E o ciclo se repete. É como quando você entra num provador com um espelho de três faces e o alinha direitinho para ver o longo corredor de si mesma que se estreita e diminui até o infinito. Essa é a sensação, como se eu estivesse triste por um número infinito de eus.

Jogo água no rosto e seco com batidinhas de papel-toalha, caso alguém entre, mas, assim que está seco, meu rosto se contrai de novo. Prendo o cabelo de volta no coque apertado e saio do banheiro.

Estou atrasada quando entro no salão. As Twisted Sisters voltaram à ação.

Dana me lança um olhar frio.

— Deque. Velas.

O deque, depois do bar e do outro lado da porta francesa, está úmido e cheira a rosas, lírios e aos nastúrcios apimentados que os chefs usam para enfeitar os pratos. Todas as floreiras estão pingando água suja, e o assoalho ao redor está ensopado. Tem o cheiro do jardim da minha mãe numa manhã chuvosa de verão. Helene, chef de confeitaria, deve ter acabado de regar. Esse oásis na cobertura é criação dela.

Mary Hand está no canto mais distante com uma bandeja de velas réchaud, um jarro de água e uma lata de lixo, raspando com uma faca a cera velha da noite anterior.

— Os de três e quatro centavos — diz Mary Hand. Ela tem seu próprio vocabulário. É garçonete do Iris há mais tempo que todos nós.

Sento ao lado dela. Pego o pano da bandeja e limpo o interior dos suportes de vidro que ela esvaziou, jogo algumas gotas d'água em cada um e coloco uma vela nova.

É difícil saber quantos anos Mary Hand tem. Ela é mais velha do que eu, mas três anos ou vinte? Tem cabelo castanho liso sem nenhum fio branco, que amarra com um elástico bege, um rosto longo e um pescoço esguio. Ela inteira é comprida e magra, mais potro que burro de carga. É a melhor garçonete com quem já trabalhei, completamente calma, mas rápida e eficiente. Conhece as mesas alheias tanto quanto as dela própria. Ela te salva quando você esquece de mandar as entradas daquela mesa de seis ou deixa o abridor de vinho em casa. No auge da noite, quando todo mundo está surtando, quando seus pratos ficaram tanto tempo embaixo da lâmpada de aquecimento que estão quentes demais para carregar mesmo com um pano, e os sous chefs estão te xingando, e os clientes estão esperando os aperitivos, as contas, os refis de água, o molho extra, Mary Hand continua falando devagar. "Mamão com açúcar", ela às vezes diz, carregando cada um de seus pratos principais nos braços longos sem piscar.

— Vamos lá, pequeno homúnculo — Mary Hand murmura diante de uma vela queimada. Ninguém nunca a chama só de Mary. Ela gira a faca, e a vela sai com um "pop" gratificante e um jato de água com cera que atinge nós duas, e damos risada.

O deque fica agradável assim, sem clientes, com o sol atrás dos bordos altos iluminando as mesas, mas sem aquecer demais, acima do caos quente e alto da Massachusetts Avenue, as plantas de Helene, centenas delas, em caixas ao longo dos baixos muros de pedra e em floreiras no chão e penduradas nas treliças, todas desabrochando, com as folhas verde-escuras e saudáveis. As plantas parecem todas satisfeitas, prosperando, e fazem com que a gente também se sinta assim, ou pelo menos ache que prosperar é uma possibilidade.

Minha mãe tinha dedo verde. Quero dizer isso a Mary Hand, mas ainda não mencionei minha mãe no restaurante. Não quero ser a garota cuja mãe acaba de morrer. Já é ruim o bastante eu ser a garota que acabou de levar um puta fora. Cometi o erro de contar a Dana sobre Luke durante meu primeiro turno de treinamento.

— É assim em todo ano, tão fecundo?

— Uhum — responde Mary Hand. Vejo que ela gosta da palavra "fecundo". Eu sabia que ela ia gostar. — Ela tem um dom. — Ela pronuncia "*dóm*", bem devagar. Está falando de Helene. — Um dóm para a flora.

— Há quantos anos você está aqui?

— Mais ou menos desde o governo Truman.

Ela não dá muitos detalhes sobre sua vida. Ninguém sabe onde mora nem com quem. É só uma questão de quantos gatos, diz Harry. Mas não tenho certeza. Dizem que ela saía com David Byrne. Alguns falam que foi no ensino médio em Baltimore; outros, na Escola de Design de Rhode Island. Todos dizem que ele partiu o coração dela, que nunca se recuperou. Se começa a tocar Talking Heads quando a música está bem alta, antes ou depois do serviço, quem estiver mais perto do rádio no bar troca logo de estação.

— Como você conseguiu este emprego? — pergunta ela. — Você não faz o tipo das contratações do Marcus.

— Como assim?

— Parece mais com a gente, a velha guarda. — Ela quer dizer pessoas contratadas pelo antigo gerente. — Cerebral.

— Não tenho tanta certeza.

— Bom, você sabe o que quer dizer cerebral, então, aí está.

Tony sai no deque para nos preparar para a noite. Só tem uma mesa grande aqui fora, um grupo de dez para uma comemoração de aniversário. Mary Hand e eu juntamos duas mesas e cobrimos com várias toalhas, alinhando as pontas dos cantos da camada superior com a barra reta da inferior. Fazemos o mesmo com o resto das mesas menores, depois pomos as mesas, polindo a prataria e dando brilho nas taças com pequenos panos conforme trabalhamos. Colocamos uma vela em cada mesa e pegamos no frigorífico as flores que arrumei para o almoço. O chef nos chama na estação de garçons, onde nos diz os pratos do dia, explicando cada preparação e ingrediente. Os chefs com quem trabalhei antes eram tensos e voláteis, mas Thomas é calmo e gentil. Nunca deixa as coisas saírem do controle na cozinha. Não tem temperamento difícil nem boca suja. Não odeia mulheres, nem mesmo as garçonetes. Se cometo um erro, mesmo numa noite cheia, ele só assente, retira o prato e devolve o que eu preciso num deslizar. E é bom, também. Vivemos tentando descolar um carpaccio extra, uma vieira grelhada ou uma bolonhesa. As prateleiras altas da estação de garçons ficam cheias de comida surrupiada, empurrada para o fundo, onde Marcus não consegue ver, e ingerida clandestinamente durante a noite. Preciso comer no restaurante — no mercado, só tenho dinheiro para cereal ou macarrão instantâneo —, mas, mesmo que eu não fosse dura, roubaria aquela comida.

Trinta minutos depois, todos os assentos na minha seção estão ocupados. Mary Hand e eu entramos no fluxo. A porta francesa que dá para o deque precisa ficar fechada, porque o ar-condicionado está ligado no salão e, quando nossas refeições ficam prontas para ir à mesa, seguramos a porta uma para a outra. Ela leva as bebidas de uma de minhas mesas de quatro, e eu entrego os salmões da mesa de dois dela enquanto garrafas de champanhe são abertas para o ruidoso grupo de dez.

Gosto de ir da cozinha quente para o salão fresco para o deque úmido. Gosto do fato de Craig estar trabalhando no bar, porque, não importa quantos pedidos ele tenha, sempre consegue ir até nossa mesa para falar sobre os vinhos. E gosto das distrações bobas, da forma como não há espaço para lembrar nada sobre sua vida, só que o ossobuco é do homem de gravata-borboleta, o pudim de lavanda da aniversariante de cor-de-rosa, e os *sidecars* do casal de estudantes com identidade falsa. Gosto de memorizar os pedidos — você não vai anotar?, dizem os homens mais velhos —, digitá-los no computador na estação de garçons, pegar minha comida na janela, espetar a segunda via da comanda, servir pela esquerda, tirar pela direita. Dana e Tony estão ocupados demais com suas mesas grandes para insultar os outros, e, depois que levo as saladas de Dana enquanto ela está tirando um pedido, ela coloca a decoração dos meus vôngoles.

Tenho uma mesa do Equador, com quem falo em espanhol. Eles ouvem meu sotaque e pedem para eu falar algumas frases em catalão. A sensação desse idioma na minha boca traz Paco de volta, as partes boas, a forma como seu rosto todo se contraía quando ele dava risada e como me deixava dormir em suas costas. Digo que um de nossos lavadores de prato é de Guayaquil, e eles pedem para conhecê-lo. Vou buscar Alejandro, que acaba se sentando e fumando com eles, conversando sobre política e sorrindo muito, e vejo um relance de quem ele é quando não está engolfado por jatos d'água, vapor e restos de comida. Mas as coisas se acumulam na cozinha e, no fim, Marcus aparece de rompante no deque para mandá-lo de volta ao seu posto.

O único conflito vem quando as mesas rodam e Fabiana coloca uma de dois que devia ser de Dana na minha seção.

— Ela acabou de pegar a de cinco — diz Dana. — Que porra é essa?

Fabiana vem até a estação de garçons, um lugar que evita por causa do caos e do potencial para manchas. Ela usa vestidos envelope de seda e é a única das mulheres que tem permissão de deixar o cabelo solto. É limpa, sempre de banho tomado e nunca cheira a molho de salada.

— Pediram por ela, Dana. Você vai ficar com a de sete das oito e meia.

— Os *professores* de merda de Wellesley? Ah, muito obrigada. Eu provavelmente vou tirar uns cinco dólares da água com gelo e salada de acompanhamento que eles dividem em três.

Eu me inclino por cima das prateleiras altas para espiar o deque através da porta. Uma mulher alta e um homem quase careca.

— Pode ficar com eles. Não sei nem quem são.

Marcus está vindo do bar na nossa direção.

— Por que ainda estão aqui? — Fabiana estoura comigo para ele ouvir. — Anda, Casey.

Acho que os dois começaram a transar.

Saio para o deque.

— Casey! — O casal se levanta e me dá abraços apertados.

— Não está reconhecendo a gente? — diz a mulher. O homem olha com benevolência, bochechas rosadas e sereno, já tendo tomado alguns drinques. Ela é grande, com os seios no ângulo da proa de um barco, uma corrente de ouro curta com pedra turquesa ao redor do pescoço. Parece algo que minha mãe usaria.

— Sinto muito.

A mesa atrás deles precisa receber a conta.

— A gente trabalhava no gabinete do Doug. Com a sua mãe.

Foi o primeiro emprego dela depois de deixar meu pai, no gabinete de um deputado. Os Doyle. São eles. Liz e Pat. Na época, não eram casados.

— Ela que nos juntou, sabia? Falou pro Pat que eu queria que ele me chamasse para sair. E me disse que ele ia fazer isso, embora ele nunca tivesse dito nada do tipo. Que safada! E aqui estamos. — Ela pega minha mão. — Sentimos muito, Casey. Ficamos arrasados com a notícia. Simplesmente arrasados. Estávamos em Vero, por isso não fomos ao velório.

Assinto. Se eu tivesse sido avisada, talvez lidasse melhor com isso, mas é um ataque-surpresa. Assinto de novo.

— Queríamos te escrever, mas não sabíamos em que parte do globo você estava naquele ponto. E, aí, encontramos com Ezra, que tinha ouvido falar que você estava de volta aqui e trabalhando no Iris! — Ela coloca uma mão quente no meu braço. — Estou te chateando, né?

Faço que não, mas meu rosto me trai, e minhas sobrancelhas ficam todas esquisitas.

— Ela me deu este colar.

Claro que deu.

— Com licença — diz o homem atrás deles, agitando o cartão de crédito.

Faço um gesto de cabeça para ele e para todos os que me param no caminho de volta à estação de garçons. Desenrolo um jogo de mesa da cesta do almoço e coloco o rosto no guardanapo enquanto imprimo a conta.

— Dá pra se controlar? — diz Dana, mas coloca o recibo numa bandeja com chocolates e leva à minha mesa por mim. Empurro a porta de vaivém e entro na cozinha.

Os cozinheiros estão ocupados, de costas para mim e para a comida que me espera sob a lâmpada de aquecimento. Entro no frigorífico. Fico parada no frio seco, olhando as prateleiras de laticínios no fundo, os tijolos de manteiga embrulhados em papel de cera e os galões de creme de leite. Caixas de ovos. Inspiro. Baixo os olhos para minha mão. Caleb me deixou ficar com o anel que ela usou a minha vida inteira, uma safira e dois diamantes pequenos. O céu e as estrelas, era como chamávamos quando eu era pequena. Uma amiga dela, Janet, tivera a ideia de tirar do dedo dela depois. Minha mão parece a dela quando uso. Vou aguentar, digo ao olho brilhante azul e preto. E saio para tirar o pedido de Liz e Pat Doyle.

Quando levo as taças de pinot grigio e os aperitivos, eles ainda estão sérios comigo, mas, quando chegam o peixe e o risoto, Pat está falando animado, usando palavras que não entendo, como *equities* e índice Shiller, e, na hora do café, estão rindo de alguém chamado Marvin que ficou fazendo passinhos de discoteca no casamento da filha deles e quase já esqueceram que me conhecem. Mas eles me deixam seus cartões de contato na bandeja com o recibo do cartão e a gorjeta em dinheiro. Dezesseis por cento. Os dois têm seu próprio negócio. Nenhum continuou na política.

Mesa a mesa, as pessoas desaparecem, deixando para trás seus guardanapos sujos e marcas de batom. As toalhas de mesa estão amarrotadas e cheias de migalhas, com garrafas de vinho viradas de cabeça para baixo nos baldes cheios d'água, um mar de taças e xícaras de café e pratos de sobremesa manchados. Tudo largado para outra pessoa limpar. Agora, trabalhamos devagar, arrumando de novo o salão e o deque. Só Yasmin e Omar, que têm paqueras os esperando no bar, ainda se movem rápido.

A última coisa a fazer é secar os copos e enrolar mais talheres nos guardanapos para o almoço. Alejandro traz os suportes verdes cheios de taças fumegantes. No início, estão quentes demais para tocar sem um pano. Omar e eu fazemos os rolinhos: guardanapo dobrado em triângulo, colher em cima do garfo em cima da faca deitada em paralelo com a borda mais longa, as duas pontas laterais dobradas para dentro e depois tudo enrolado até a pontinha de fora. Craig está rindo com a acompanhante magricela de Omar no bar, então ele enrola cada vez mais rápido. Temos de deixar cem rolos na cesta antes de ir embora.

Quando subo na bicicleta, é quase uma da manhã. Meu corpo está esgotado. Os cinco quilômetros até minha estufa parecem longos.

A escuridão, o calor, as poucas pessoas em pares nas calçadas. O rio e o reflexo tremulante da lua. Você tem gosto de lua, disse Luke naquele campo nos Berkshires. Uma porra de um poeta. No caminho, algumas pessoas estão de mãos dadas, bebendo direto das garrafas, deitadas na grama porque não conseguem enxergar todo o cocô esverdeado dos gansos. Ele me pegou despreparada. Não tive tempo de me defender.

De manhã, choro por minha mãe. Mas, tarde da noite, meu luto é por Luke.

A ponte está vazia, silenciosa. Sigo o arco por cima da água. Há um aperto, uma aspereza em minha respiração, mas não choro. Canto. "Psycho Killer" em homenagem a Mary Hand. Chego à casa de Adam e ainda não derrubei uma lágrima. Inédito. Empurro minha bicicleta para dentro da garagem. É uma pequena vitória.

Dois avisos de conta em atraso e um convite de

casamento foram passados sob minha porta. Há uma mensagem piscando na secretária eletrônica. Meu sangue pulsa. Um velho reflexo. Não é ele. Não é ele, digo a mim mesma, mas meu coração dispara mesmo assim. Aperto Play.

— Oi. — Pausa. Uma respiração longa como um trovão no bocal do telefone.

É ele.

Minha mãe morreu seis semanas antes de eu ir para o Red Barn Studio. Liguei para saber se podia mudar as datas, começar no outono ou no inverno seguinte. O homem que atendeu expressou suas mais profundas condolências, mas falou que tinham me oferecido a residência artística mais longa disponível. Oito semanas. De 23 de abril a 17 de junho. O calendário do Red Barn, disse ele, era inalterável.

Um longo silêncio se espalhou entre nós.

— Você quer perder o lugar?

A última vez que ouvi essa expressão deve ter sido no recreio da quarta série. *Foi namorar, perdeu o lugar.*

— Não. Não quero perder o lugar.

Voei de Bend a Boston e tomei um ônibus para Burrillville, Rhode Island. Início da primavera. New England. Desci do ônibus e senti o cheiro de minha infância, da terra descongelando em nosso quintal e dos narcisos amarelos no fim da entrada de carros. Recebi uma cama num dormitório e uma cabana para trabalhar, e, de pé na varanda de minha cabana na primeira manhã, lembrei da jaqueta castanho-claro da minha mãe, com punhos e colarinho de lã branca, e do cheiro das pastilhas de menta que ela deixava no bolso com zíper. Ouvi-a dizendo meu nome, meu antigo nome, Camila, que só ela usava. Senti o assento escorregadio do Mustang azul dela gelado nas minhas coxas.

Na sala de jantar, havia uma carta emoldurada de Somerset Maughan, que tinha sido um dos primeiros artistas a receber bolsa ali. "O Red Barn é um lugar fora do tempo", ele tinha escrito na carta.

Luke era alto e magrelo, como um dos amigos desengonçados de meu irmão no ensino fundamental. Antes de ser qualquer coisa, ele era familiar.

Começou na minha quarta noite lá. Uma das bolsistas estava exibindo seu filme no galpão de artes. Eu tinha chegado tarde demais para conseguir uma cadeira e fiquei de pé no fundo. Luke entrou alguns minutos depois. Na tela, uma ferramenta elétrica perfurava um parafuso num ovo cru. Em câmera muito lenta.

— O que eu perdi? — disse ele, num falso sussurro. — O que eu perdi?

Ele se colocou atrás de mim. Eu tinha jantado com ele uma vez — havia um mapa de assentos novo a cada noite — e passado por ele nos corredores do casarão algumas vezes. Não tinha pensado nada demais. Não estava registrando outras pessoas muito bem naquele ponto. Também não estava escrevendo. Tinha oito semanas para dedicar ao meu romance, mas não conseguia me concentrar. A cabana que haviam me dado cheirava estranho. Meu coração batia rápido demais, e embaixo da minha pele a sensação era farinhenta, como uma maçã velha. Eu queria dormir, mas tinha medo de sonhar. Nos meus sonhos, minha mãe nunca era ela mesma. Algo sempre estava esquisito. Ela estava pálida demais, ou inchada demais, ou usava roupas pesadas de veludo. Estava fraca, estava falhando, estava desaparecendo de vista. Muitas vezes, eu tentava convencê-la a ficar viva, longos solilóquios sobre o que ela precisava fazer diferente. Eu acordava exausta. Animais faziam barulho lá fora.

Quando Luke parou atrás de mim, eu mesma virei animal: alerta, cautelosa, curiosa. Mais gente entrou, e ele foi empurrado mais para perto, e houve longos momentos em que minhas escápulas descansaram no peito dele. Eu o sentia inspirando e expirando, sentia sua respiração no meu cabelo. Não tenho certeza do que aconteceu no filme depois que o parafuso entrou no ovo.

Quando acabou, saí tropeçando da sala para a varanda. Ainda estava claro lá fora. O céu estava violeta; as árvores, azul-escuro. Os sapos tinham começado a coaxar no lago do outro lado da rua, mais alto conforme prestávamos atenção. Encostei no corrimão enquanto, atrás de mim, as pessoas sentavam com ruído em velhas cadeiras de balanço, passavam cervejas e levantavam as garrafas para a cineasta, que dava risadinhas de psicopata, daquele jeito que a gente faz quando se expõe através da arte.

Luke surgiu ao meu lado. Olhamos para os campos. O dorso da mão dele roçou no dorso da minha e ficou ali.

— Quer ir para algum lugar? — Os olhos dele eram apagados, pálidos como o alvorecer.

Entramos na caminhonete dele e seguimos para Pawtucket porque vimos uma placa e gostamos de dizer o nome, arrastando o "Paw" e cortando o "tucket", várias e várias vezes. Pawwwww-tckt. Ficava na fronteira de Massachusetts, onde ambos tínhamos sido criados, a uma hora de distância. Ele morava em Nova York agora. No Harlem. Perguntou onde eu morava.

— Ah, eu tenho uma pequena cabana em Burrillville, Rhode Island.

Ele riu.

— Ainda tenho sete semanas para criar um plano.

— Você pode ir morar com o Duffy — disse ele.

Duffy era o filho adulto do diretor, que tinha um metro e noventa e oito e entregava os sanduíches nas nossas varandas ao meio-dia. Ele amarrava bilhetes de amor em pedras com formato de coração e as deixava nas cestas de almoço das mulheres.

Havia um gazebo na praça principal de Pawtucket. Eu tinha um baralho na mochila, então sentamos de pernas cruzadas e jogamos *speed* no escuro. O jogo ficou acirrado, e gritamos um com o outro, e um policial subiu as escadas. A lanterna dele iluminou as pilhas de cartas espalhadas entre nós, e ele riu.

Ele nunca tinha ouvido falar de *speed*, então, mostramos como jogar, e ele disse que ia ter de ensinar ao neto. Contou que cuidava do neto nas noites de quinta.

Tinha problema no quadril e voltou devagar para a viatura.

— Não acontece muita coisa em Pawwwwww-tckt — falei.

— Só um desentendimento no gazebo.

No caminho de volta ao Red Barn, fomos falando todos os nomes engraçados de cidades de Massachusetts que conseguíamos lembrar.

— Billerica.

— Belchertown.

— Leominster.

Falávamos com o sotaque que ambos tinham perdido havia muito tempo.

Ele dirigia com a mão esquerda no volante e a direita encaixada embaixo do meu braço, os dedos se curvando devagar em torno do meu peito.

Era forte, o que quer que houvesse entre nós, denso como o ar molhado e o cheiro de todas as coisas verdes prestes a florescer. Talvez fosse só a primavera. Talvez fosse só isso. Pegávamos nossas cestas de almoço e comíamos sanduíches de presunto à beira do lago perto de nossas cabanas. Entramos num agrupado de taboas, algumas de suas vagens verdes e outras, talvez sobrando do outono, longas, marrons e da nossa altura. Luke disse que eram juncos e me puxou para perto. Nós dois estávamos com gosto de maionese. Minha cabeça e a dele bateram contra as vagens marrons. O sol, pela primeira vez, estava quente.

— Você me beijou entre juncos verdes— falei.

Ele apontou para um par de olhos inchados flutuando logo acima da superfície da água.

— Enquanto as rãs verdes olhavam, entendendo tudo errado — disse ele, me puxando para o chão.

Eu contei a ele que coisas sobre minha mãe, de quando eu era pequena, estavam voltando: o cheiro de limão-siciliano dela, e suas luvas de jardinagem com as bolinhas de borracha, e seus dedos dos pés pequenos e quadrados que estalavam quando ela andava descalça. Suas tiaras de casco de tartaruga que eram salgadas na ponta se você chupasse.

— Eu a sinto. Eu a sinto bem aqui.

Ele me beijou onde eu toquei, logo embaixo da clavícula, naquele lugar onde todos os sentimentos ficavam presos.

Acreditei que ela o tinha enviado a mim, um presente para me ajudar a suportar.

Corremos até o lago, atravessamos a nado, corremos de volta ao dormitório e tomamos banho juntos na banheira com pés em formato de garra, duas torneiras e uma tampa de borracha presa numa corrente. A água esparramou por todo o piso de madeira. Deitamos úmidos na cama dele, rindo, nosso peito subindo e descendo ao mesmo tempo, batendo um no outro e nos fazendo rir ainda mais. Quando olhava para ele, eu não escondia nada.

Entendi, então, como eu tinha sido reservada com os homens antes, quão pouco de mim deixava verem.

Luke já tinha sido casado, ele me contou. Eles perderam um filho, falou mais tarde. Fora há muito tempo. Ele não disse mais nada.

Eu não conseguia pegar no sono ao lado dele. Era forte demais. Eu o queria demais. E nunca passava. E eu precisava dormir para escrever. Não estava produzindo muito. Durante o dia, ficava olhando sonhadora pela janela, esperando os passos dele em minha varanda.

Recomponha-se e faça seu trabalho, eu ouvia minha mãe me repreendendo. Mas estava perdida demais para escutar.

Luke estava escrevendo. Escreveu cinco poemas naquela primeira semana, onze na seguinte.

— Escrevi um poema sobre abelhas.

— Detesto abelhas.

— Simplesmente saiu de mim inteiro hoje de manhã. — O rosto dele estava iluminado. Ele deitou na pequena cama de minha cabana. — Como você pode detestar abelhas?

— Não gosto do conceito de colmeias, da forma como os zangões ficam subindo uns nos outros, programados para servir a rainha. Não gosto das larvas gosmentas, nem da ideia de geleia real, nem de como elas voam em enxame. Ficar coberta de abelhas é um dos meus maiores medos.

Ele ficou impressionado com minha lista rápida de queixas.

— Mas elas também dão vida. Fecundam as flores e nos dão nosso suprimento de comida. Trabalham como um coletivo. Além do mais, são responsáveis pelos versos: "... e abelhas terei ali; e estarei só, na clareira entre os zumbidos".[1]

— O que é uma clareira, afinal? É uma fileira de árvores ou o espaço aberto entre elas?

---

[1] Versos do poema "A ilha lacustre de Innisfree", de William Butler Yeats, publicado em *Poemas*. Trad. Paulo Vizioli. São Paulo: Companhia das Letras, 1992. (N. T.)

— Uma clareira é uma clareira. — Ele abriu os braços, como se uma clareira estivesse aparecendo diante de nós.

— Meu Deus, vocês, poetas, são uns farsantes de merda. Não têm ideia do que significa metade das palavras que idolatram.

Ele pegou meu braço.

— Traz sua clareira entre os zumbidos pra cá — falou, e subi em cima dele.

Ele escreveu mais oito poemas sobre abelhas e aí me levou aos Berkshires de caminhonete para visitar um amigo dele, Matt, que é apicultor. Era o primeiro dia quente de maio, e paramos para tomar café gelado e encontramos uma estação dos anos 1970 que tocava músicas tipo "Run Joey Run", "Wildfire" e "I'm Not in Love". Sabíamos todas as letras e cantávamos alto pelas janelas abertas. Quando começou "I'm Not in Love", com aquele verso sobre como ele guarda a foto dela na parede por causa de uma mancha, estávamos rindo demais para cantar junto. Fiz um pouco de xixi e precisei trocar a calcinha numa parada de estrada, e ele me chamou de Gata Molhada pelo resto da viagem.

Chegamos no fim da tarde. Pelo que Luke tinha me dito sobre Matt, eu estava imaginando um cara num barraco com pilhas de lixo nos fundos; mas ele morava numa casa vermelho-vivo com floreiras de janela cheias. A esposa dele, Jen, saiu antes, e ela deu um abraço de urso em Luke, ambos se apertando com exagero e carinho.

— Caliope ficou muito brava quando eu disse que você vinha — disse ela. — Ela está numa colônia de férias de três dias.

— Dormindo fora por três dias? — falou Luke.

— É um experimento. Ela disse que você pode dormir na casa da árvore, e não é um convite que ela faça com frequência.

Luke assentiu, e se fez um silêncio repentino, quebrado por Matt saindo com um menininho, que se sentava ereto e vigilante no braço do pai. Eu não conhecia muitos casais. Meus amigos pareciam se casar e desaparecer. Ou talvez fosse eu que desaparecia. Nia e Abby tinham mantido contato até terem bebês. Eu tentara ver Abby em Boston antes de pegar o ônibus para Rhode Island, mas ela nunca me ligou de volta. Eu estava com o presente que comprei para o bebê na minha mala no Red Barn. Quando as pessoas têm bebês, elas param de ligar de volta.

Entramos, eles nos fizeram drinques — suco de cranberry e água com gás —, e o menino, que tinha acabado de aprender a andar há algumas semanas, foi tropeçando pelo chão de azulejos brancos e pretos. Quando chegou até mim, mostrou um bode marrom de tricô com pequenos chifres brancos. Agachei para olhar, e ele deu um gritinho de surpresa. Em vez de se afastar, colocou o rosto estranhamente perto do meu.

— Ah, oi, bonitinho — falei.

Outro gritinho.

Toquei os chifres macios do bode: um, dois. Ele fez o mesmo. Tinha um cheiro vago de cocô e Hipoglós. Fiquei surpresa com a facilidade que a palavra "Hipoglós" me veio. Como eu a conhecia?

Um, dois nos chifres. Três no nariz dele.

Ele abriu a boca — uma caverna escura e sem dentes — e, depois de uns segundos, soltou uma gargalhada alta.

Eu imitei — a boca aberta, a demora, a risada —, e ele entendeu como um convite para sentar-se no meu colo que, como eu estava agachada, precisou ser criado rapidamente. Caímos ao chão ao mesmo tempo.

Jen me deu um sorriso grato. Ela estava conversando com Matt e Luke sobre os planos de criar uma horta comunitária para a vizinhança e protestar contra o Starbucks, que tinha comprado a loja de donuts local.

Matt nos levou aos fundos para ver as abelhas. Eles não tinham um quintal. Tinham prados e bosques depois dos prados. Seguimos um caminho aberto entre a longa grama e as flores do campo até as caixas brancas de abelhas. Matt pegou uma lata, encheu de estopa, pôs fogo no tecido e colocou ar com um fole que estava ao lado, e começou a sair fumaça do bico no topo da lata. Ele levantou a tampa de uma caixa branca e colocou a fumaça perto, depois puxou uma das bandejas de favos. Estava coberta por camadas e camadas de abelhas, que se grudaram ali quando ele levantou no alto, cada abelha subindo por cima de outras abelhas. Enquanto ele continuava segurando no ar, toda a massa delas começou a mudar de formato e cair com a gravidade, algumas pingando como gotas de líquido de volta na caixa. Era repulsivo. Precisei me esforçar muito para não imaginar um enxame repentino.

Luke ficou hipnotizado. Não entendi o significado das abelhas para ele. A grama em que estávamos parados me dava coceira, e eu só queria que Matt baixasse a tampa para eu poder voltar à cozinha e sentar de novo no chão com o menininho estridente, mas ficamos lá muito tempo, indo de caixa em caixa, embora fossem todas iguais, sempre um enorme aglomerado turbulento pingando abelhas.

O jantar seria macarrão com ervas e salada. Jen trouxe manjericão, alecrim, sálvia, alface-roxa e uma tigela cheia de tomates de formato irregular da estufa deles. Matt, Luke e eu fomos encarregados de cortar, e o cheiro da cozinha fazia parecer que ainda estávamos lá fora. Eram o tipo de casal que só ficava dentro de casa quando precisava. Comemos no pátio externo numa mesa que Matt fizera com uma porta antiga. Luke sentou-se ao meu lado, não muito próximo, num banco longo.

Os três falaram de pessoas que conheciam quando viviam todos numa casa em Cape Cod aos vinte e poucos anos. Matt e Jen tinham disfarçado bem quando chegáramos, mas entendi agora que, apesar de várias ligações durante o último mês, Luke não tinha contado a eles sobre mim nem que eu viria junto na visita. Eles me fizeram algumas perguntas, e mantive minhas respostas curtas. Vi que não estavam se esforçando para reter as informações. Sabia que eu ia me lembrar deles e do filho e da casa vermelho-vivo e das caixas de abelhas, mas eles não iam lembrar nada sobre mim. Eram pessoas gentis fazendo o melhor para serem receptivas, mas não me queriam ali, e eu não sabia por quê.

O bebê foi passado de um para o outro. Mamou e se recostou nos braços da mãe. Sentou-se ereto por um tempo no colo do pai e, toda vez que Matt ria, ele levantava os olhos para o queixo do pai e ria também. Matt o passou a Luke, e ficaram em silêncio. Não sabiam se eu sabia que ele tinha tido um filho. Luke o segurou na altura do rosto, e o menino agarrou os óculos dele até notar que eu estava ao lado e se jogar para mim com os dois braços. Eu o peguei, todos rimos e Luke pareceu aliviado.

Então, ficou estranhamente animado e contou uma história de quando tinha quatro anos e caminhou mais de um quilômetro pelado até a loja de doces. A polícia o levou de volta para casa. Percebi que Matt e Jen já tinham ouvido a história, mas riram como se fosse a primeira vez.

Depois de mais uma longa hora ao redor de uma fogueira, Luke e eu caminhamos no escuro até a casa da árvore. Queria conversar sobre a estranheza do jantar, mas, quando ficamos sozinhos no prado, eu não quis saber de palavras. Precisava tocá-lo, me apertar contra ele e aliviar meu peso, a ânsia dolorida que sentia por ele. Nós nos beijamos, sedentos, e arrancamos as roupas, e nos empurramos com força um contra o outro na grama grossa da primavera. Todo o resto desapareceu em meu desejo por ele.

Depois, ficamos lá deitados por muito tempo, e os vagalumes se aproximaram cada vez mais, brilhando tão perto que poderíamos tê-los tocado.

— Acho que, pelo resto da minha vida, vagalumes vão me deixar com tesão.

Ele deu uma meia risada, mas já tinha ido para outro lugar.

Havia só um colchão fino e um travesseiro na casa da árvore. Ele rodou a lanterna pelo lugar e iluminou uma caixa de Legos, alguns jogos de tabuleiro e duas bonecas em cadeiras tomando chá. Luke entrou embaixo dos cobertores e me aninhei, mas até a pele dele parecia de plástico e fechada.

Ele esticou a mão para tocar o canto de um desenho preso na parede com uma tachinha. Era difícil saber o que era, se uma casa ou um cachorro.

— Nossas filhas tinham quase a mesma idade — falou. — Caliope é sete semanas mais velha do que Charlotte.

Charlotte.

— Quantos anos ela tinha quando... — Eu não sabia se ele era o tipo de pessoa que falava *morreu*, ou *faleceu*, ou *se foi*. — Quando você a perdeu.

— Quatro meses e doze dias.

Ele me deixou abraçá-lo, mas passou a noite rígido em meus braços.

Quando acordei, ele não estava. Na casa, Jen me disse que ele tinha ido ajudar Matt a mudar algumas das colmeias de lugar, depois iriam à loja de ferramentas. Jen deixou o filho comigo enquanto tomava um banho. Luke e Matt voltaram e comeram sanduíches de ovo lá fora. Quando entramos no carro para ir embora, eu estava trêmula de fome e confusão.

Fiz Luke parar no Dunkin' Donuts antes de pegar a estrada. Depois disso, dirigimos por uma hora quase sem nos falar.

Aí, ele disse:

— E se — e parou.

— E se o quê? — forcei-me a perguntar. Eu sabia que não era um "e se" positivo.

— Não for confiável.

— O quê?

— Tudo isso. — Ele balançou a mão para frente e para trás por cima da marcha. — Entre nós.

— Tudo o quê?

— Essa atração.

— Não for confiável?

— Não for significativa. Não for boa.

— Acho que é bem boa — falei, me fazendo de boba.

— E se for o Diabo?

— O Diabo?

— Ruim. Do mal.

Era como se algo muito alto tivesse começado a gritar no meu ouvido.

Quando voltamos ao Barn, ele tinha decidido que não deveríamos nos tocar. Era muito confuso, disse. Era demais. Era desequilibrado demais. Havia uma desconexão entre nossas almas e nossos corpos, ele disse.

Pulei o jantar e fiquei na minha cabana. Acendi uma fogueira e fiquei olhando. Ele me encontrou ali. Estava dentro de mim antes de a porta de tela parar de balançar.

Deitamos suados no tapete velho, toda a tensão e infelicidade do dia lavadas. Eu me sentia solta e leve. Olhamos as assinaturas, na parede, de todos os escritores e artistas que tinham ficado na minha cabana.

— Todos eles com certeza escreveram mais aqui do que eu — falei. — Mas acho que estou no páreo de mais orgasmos.

Caleb me ligou em uma das cabines telefônicas em frente ao refeitório. Disse que Adam, o amigo dele, tinha um lugar que eu podia alugar barato em Brookline. Respondi que talvez me mudasse para Nova York e contei tudo a ele, até a parte sobre o Diabo, que tinha planejado deixar de fora.

— Fique longe dele, Casey. Escreva seu livro. — Ele soava como minha mãe. Ele nunca tinha soado assim.

Eu me perguntei se também soava.

— Eu pareço a mãe, para você?

— Não, você não parece a mãe. Parece uma tonta que está sabotando uma oportunidade incrível. Controle-se.

Trabalhei no mesmo capítulo por todo o tempo em que estive lá. Dois meses. Doze páginas. Enquanto a poesia fluía de Luke. Poemas sobre vagalumes, rãs e, por fim, uma criança morta. Ele grudou o que era sobre rãs no selim banana da minha bicicleta. O sobre a criança morta, ele declamou em uma manhã cedo, depois tremeu nos meus braços por uma hora. Nunca mostrei nada do meu romance a ele.

Na última semana dele lá, ele fez uma leitura pública na biblioteca. No caminho, estava nervoso. Agarrou as páginas e disse que eram todas para mim, sobre mim, por mim. Mas, quando estava no palco e eu, na primeira fila, não me olhou nenhuma vez. Ao ler um poema sobre comer um pêssego numa canoa virada, o pêssego que eu tinha levado, a canoa em que sentáramos juntos, ele disse que era para a mãe, que amava pêssegos. Leu o poema sobre a criança morta e todos choraram.

Foi aplaudido de pé, a única vez que vi isso acontecer lá. As pessoas se levantaram sem nem pensar. Mulheres o rodearam depois, mulheres que tinham chegado no meu mês e que estavam acabando de chegar e descobri-lo.

Na última noite dele, caminhamos por uma estrada iluminada de azul pela lua. Uma vaca num campo se movia pesadamente ao nosso lado, a cerca de arame invisível. Viramos na estrada de terra para o lago, deixamos a roupa na grama e nadamos em silêncio até o meio. As rãs, que tinham parado de cantar, retomaram à toda. Encontramo-nos, gelados e borrachentos, e afundamos enquanto nos beijávamos. Deitamos de costas, boiando, e havia uma membrana leitosa ao redor da lua. Apagava todas as estrelas que estavam perto. A água pingava de nossos braços levantados de volta para o lago. Ele disse que íamos precisar achar uma forma de estar na vida um do outro. Não disse como.

No dia seguinte, entrou na caminhonete e abaixou a janela. Colocou a mão espalmada no peito.

— Você está aqui no fundo — falou, e saiu dirigindo.

O número que ele me deu tocou e tocou. Ninguém. Nem secretária eletrônica. Eu tinha mais uma semana no Red Barn e tentei ligar para aquele número da cabine telefônica de madeira antes de cada refeição. Na minha última noite lá, sentei ao lado de uma pintora. Ela tinha chegado alguns dias antes de Luke, que nos apresentou, partir. Conheciam-se de Nova York. Os olhos dela eram gentis. Ela me passou o purê de batatas. Disse:

— Você sabe que ele ainda é casado, né?

Na minha secretária eletrônica, outra longa expiração no telefone.

— Preciso te ver — ele diz.

Espero na estação Sunoco. Ele está atrasado, e sento na beirada de cimento de uma floreira de calêndulas vistosas. Minhas pernas começam a tremer. A caminhonete dele para ao meu lado, e ele sai, mais esquelético do que eu lembro. O cabelo está mais longo. Parece sujo. Nós nos abraçamos. Não consigo senti-lo. Tem uma batedeira sob minha pele, e meu coração bate tão rápido que não tenho certeza de que vou conseguir permanecer consciente. Ele coloca minha bicicleta de selim banana na parte de trás da caminhonete sem comentar nem constatar nada.

Entramos na cabine em nossas antigas posições.

— Isso é difícil, né?

Faço que sim.

— Ando me movendo muito devagar — diz ele, saindo para a Memorial Drive.

Vamos a oeste, na direção da Route 2. Ele quer ir nadar no lago Walden.

— Loraine me disse que te contou. — Loraine era a pintora. — É só no papel, Casey. Não é... Eu tive outras namoradas e ela teve... outros homens. Para todos os efeitos...

— Você tem namorada agora?

— Não. — Ele passa para a quarta marcha cedo demais, a caminhonete treme e ele muda de volta. — Não exatamente.

No caminho todo até Concord quero sair do carro, mas, quando estacionamos e fico de pé no asfalto quente, só quero entrar de novo. Tem um caminhão de sorvete rugindo ali, e um grupo de crianças com a cabeça inclinada para a janela deslizante. O corpinho delas balança, a parte de trás das roupas de banho cedendo de tanta água e areia. Entramos numa fileira sombreada de pinheiros, e quase dou de cara com Henry Thoreau. Ele é de bronze, um homem diminuto, do tamanho de um menino de doze anos. Atrás dele, há uma réplica de sua cabana. A porta está aberta. Entro.

É só um cômodo pequeno com um catre de exército à direita coberto com um cobertor de lã cinza e uma mesa inclinada à esquerda, pintada de verde. Na parede oposta, há uma lareira de tijolos e um fogão de barrilete. Só consigo sentir o esforço da reprodução. Não há nada de Thoreau aqui.

Luke pega minha mão e me puxa para sentar na cama com ele. Há uma aranha morta no cobertor, cujas patas parecem entranhadas na lã. Ele gostaria disso. Provavelmente, viraria um poema. Sinto prazer em não mostrar a ele.

— Parece que sempre vamos parar numa cama numa cabana no mato. — Ele sorri e me olha como antes, e sei que, se me inclinar mesmo que minimamente, ele vai me beijar e, depois disso, não vou conseguir controlar mais nada.

Levanto e desço na direção das agulhas de pinheiro amareladas.

Atravessamos a rua e nos juntamos a um bando de gente caminhando. Abaixo de nós na pequena praia, corpos enxameiam. Crianças choram.

— Está muito lotado — digo.

— Está melhor do que o normal. No mês passado, tinha uma hora de espera só pra entrar no estacionamento.

Mês passado. Ele esteve aqui no mês passado. O mês em que não me ligou. Me sinto tão pesada que mal consigo me mexer. Preciso fazer muito esforço simplesmente para segui-lo pela praia até uma trilha no mato atrás do lago. Uma cerca de arame corre pelo lado do caminho que dá para a água, e há placas proibindo as pessoas de sair da trilha e destruir o frágil ecossistema. Mas pessoas desobedeceram e todos os trechos de areia que dão para ver através das árvores estão ocupados, então, continuamos andando. Achamos uma prainha vazia, nos esgueiramos pela cerca e descemos o barranco íngreme até ela. Esticamos nossas toalhas a alguns metros uma da outra. Ele se levanta depois de alguns minutos e senta-se na minha comigo. Espana um pouco de areia do meu joelho, dobra a cabeça e coloca os dentes na minha rótula como se fosse uma maçã.

Não toco a nuca pálida dele nem os nós infantis de sua coluna.

Meu corpo dói da garganta à virilha. Quero que ele deslize os dedos para dentro do meu biquíni e faça todo o peso e a infelicidade ir embora. Sinto-me como uma bruxa de conto de fadas, esperando para ficar jovem e macia de novo.

Levanto e caminho até a água. Está quente e limpa. Eu nunca tinha estado no lago Walden. Li o livro no ensino médio, quando morava a menos de uma hora dali, mas nunca pensei nele como um lugar que ainda existisse. Entro na água e, de costas, afasto-me da margem. Luke fica na minha toalha, cada vez menor com sua camiseta branca. A camiseta é fedida. Eu me lembro de perceber que ele cheirava mal quando o conheci. Depois, parei de notar.

— Você fede! — grito.

— O quê? — diz ele, mas bato os pés para ir mais longe. As árvores são tão altas deste ângulo, escuras, com as folhas de verão endurecendo. Não há nuvens no céu e, diretamente acima de mim, sua capa azul afina e consigo ver o espaço negro além dela.

Quando saio, ele observa meu corpo e a água escorrendo. Ainda está na minha toalha, então, sento na dele.

— Você não vai nadar?

— Vem cá.

Eu sei o que ele quer que aconteça. Fico onde estou. Uma nadadora com braços fortes sarapintados e uma touca azul-clara atravessa o lago numa diagonal.

— É como se tivesse uma cartilagem entre mim e o mundo — fala ele. — Estou tentando atravessá-la. Mas estou indo muito devagar. É um trabalho difícil. A cartilagem é dura.

Quando minha pele está seca e tesa, digo a ele que preciso voltar. Estou de plantão essa noite.

Na caminhonete dele, aliso minha saia. É bonita, verde-acinzentada, com pequenas flores marfim. Sei que nunca mais vou usar.

— Não me olhe assim — diz ele.

— Não estou te olhando.

— Eu sei.

Ele se oferece para me levar até minha casa em Brookline, mas digo que a estação Sunoco funciona para mim.

— Não se feche — pede ele.

A caminhonete desliza pela Memorial Drive. Vejo meu caminho ao lado do rio, os gansos na base da ponte da Western Avenue.

Na sua vida inteira vai haver homens assim, penso. Parece muito a voz da minha mãe.

Ele para ao lado das calêndulas. Digo para ele não sair, e ele obedece. Vejo sua testa descansando nas mãos no volante enquanto tiro minha bicicleta da carroceria.

Empurro-a até a janela dele e toco o sino da bicicleta, por hábito. É o som que eu fazia ao chegar à cabana dele no fim do dia. Quero pegar esse som e enfiar num saco com pedras e jogar no rio. Ele sorri e apoia os dois cotovelos na lateral da caminhonete. Meu corpo está lutando contra mim. Se eu me aproximar, ele vai colocar os dedos no meu cabelo. Aperto o guidão e fico parada.

— Pode ir — falo.

Sento na minha bicicleta enquanto ele dá ré, engata e sai. Fico lá ao lado das calêndulas na lateral da estação Sunoco até a caminhonete dele desaparecer na curva em que o rio vira para o oeste.

Tenho uma amiga escritora que ainda escreve. Muriel está trabalhando num romance que se passa durante a Segunda Guerra Mundial desde que a conheço. Nós nos conhecemos aqui em Cambridge há seis anos, na fila do banheiro no Plough and Stars, e ficamos amigas por um tempo antes de nós duas nos mudarmos para fazer pós-graduação. A gente se cruzou uma vez no Bread Loaf, mas eu nunca teria sabido que ela tinha voltado se não tivesse ouvido uma de minhas clientes no Iris falar sobre a sobrinha Muriel, que estava escrevendo um livro que se passava num campo de concentração de judeus em Oswego, Nova York. Eu estava enchendo os copos d'água deles e disse: Muriel Becker? Peguei o telefone dela com a tia.

No dia seguinte ao Walden, Muriel me leva a uma festa de lançamento de um escritor que ela conhece. Pedalo até a casa dela na Porter Square e subimos o bairro de Avon Hill a pé. As casas ficam cada vez mais chiques quanto mais subimos, grandes mansões vitorianas com amplas varandas e torreões.

— Estou cozinhando meu romance em corte borboleta — diz ela.

Não tenho ideia do que ela está falando. Acontece com frequência.

— É o que minha avó fazia quando queria que um frango cozinhasse mais rápido. Basicamente, você corta o osso, abre o frango no meio e tipo que aperta tudo numa panela. — Ela teve um bom dia de escrita. Sei pela forma como seus longos braços balançam muito. Eu não. Estou presa na mesma cena há uma semana. Não consigo fazer meus personagens descerem a escada.

Já contei sobre a visita de Luke pelo telefone, mas precisamos repassar a história. Preciso reencenar, na calçada, a forma como ele mordeu meu joelho. Preciso dizer numa voz lúgubre: "Ando me movendo muito devagar". Preciso gritar a palavra "cartilagem" na rua. Mas meu peito ainda está queimando.

— Em geral, sou melhor em me proteger desse tipo de coisa.

— Decepções amorosas?

— É. — Minha garganta está fechando. — Em geral, consigo sair antes de me pegar de frente.

— Aí não é uma decepção de verdade, né?

A rua e as casas com seus grandes quintais ficam borradas.

— Ele simplesmente me explodiu. Não sei nem onde achar as porcas e os parafusos. Sempre achei que se em algum momento eu não me segurasse e simplesmente abrisse meu coração... — Preciso apertar para fazer sair o resto. — E eu fiz isso. Eu fiz isso desta vez. E mesmo assim não foi suficiente.

Ela passa um braço ao meu redor e me puxa para bem perto.

— Eu sei como se sente. Você sabe disso. Mas é bom tomar uma porrada para se abrir pelo menos uma vez — diz ela. — Não dá para amar de verdade de dentro de uma concha grossa.

Ela vira numa pequena alameda ladeada de carros. A festa é no fim da rua, à esquerda, numa casa enorme: janelas em arco, três andares, telhado mansarda. A entrada está lotada. Ficamos na soleira, sem conseguir entrar. Os outros convidados são, na maioria, vinte ou trinta anos mais velhos, as mulheres de meia-calça e salto, os homens de terno. O ar tem cheiro de festa dos anos 1970, loção pós-barba e cebola em conserva dos martínis.

A festa é para um escritor que conduz uma oficina de ficção na casa dele perto da praça nas noites de quarta. Muriel vem insistindo para eu participar, mas a ideia de mostrar qualquer parte do meu romance a qualquer um é dolorosa demais agora. Não consigo olhar para trás. Preciso continuar seguindo em frente. Ela insiste que não vou precisar mostrar minha obra, que posso só ver como é, conhecer algumas outras pessoas que não fazem com que você se sinta maluca por todas as suas escolhas de vida. O escritor tinha sido professor na Universidade de Boston até três anos atrás quando a mulher dele morreu e ele parou de dar aulas para escrever em tempo integral e ficar em casa com as crianças. Mas ele sentia falta de dar aulas, então começou a oficina. Não é exatamente uma aula, explica Muriel. Ele pede para as pessoas lerem seus trabalhos em voz alta, mas raramente fala depois. Todos agora entendem que, quando ele gosta do que está ouvindo, leva as mãos aos joelhos. E, quando não gosta, cruza os braços em frente ao peito. E, se amar de verdade, ao fim seus dedos estarão entrelaçados no colo.

Muriel me levou a dois outros eventos literários no início do verão: uma leitura num porão adaptado de alguém, quase tão pequeno quanto a minha estufa, durante a qual as pessoas leram seus cadernos no escuro com vozes trêmulas; e ao lançamento de um folheto de poesia chamado *Cagar e foder* numa loja de conveniência na Central Square. Então, isto é definitivamente um avanço. Abrimos caminho aos poucos pelo pórtico até chegar a uma sala de estar, que estava um pouco menos lotada. É uma sala grande, com sofás florais e mesinhas de canto, móveis com gavetas com puxadores de cobre e grandes óleos sobre tela contemporâneos e abstratos, a tinta agrupada como nós num casaco velho.

Muriel agarra meu braço e me puxa por um arco para uma sala menor com livros em todas as paredes. Tem um cara sozinho lá, olhando as prateleiras.

— Oi — diz ela, e vejo que mal o conhece por causa da pausa antes de se abraçarem. Em geral, Muriel agarra as pessoas. — Nossa nova vítima da oficina.

— Silas — ele se apresenta. É alto e curvado como se estivesse galopando, mesmo parado.

— Casey. — Estendo a mão.

Ele muda um livro de uma mão para a outra para apertar a minha. Seus olhos são castanho-escuros e com pálpebras caídas.

Muriel aponta para o livro.

— Você já comprou um exemplar?

— Fui obrigado. Fui um dos primeiros a chegar e ele estava sentado na mesa da sala de jantar com uma pilha enorme ao lado. — Silas nos mostra. — Ele não lembrava quem eu era. Da semana passada. Falei meu nome, mas ele não entendeu direito. — Ele abre na folha de rosto.

Siga em frente, Alice, diz acima da assinatura.

Damos risada.

Duas mulheres estão acenando da ponta da outra sala, tentando abrir caminho na nossa direção. Muriel as vê e se aperta pela multidão para encontrá-las.

Pego o livro da mão de Silas. Minhas panturrilhas formigam como quando estou numa livraria ou papelaria. A capa é linda, abstrata, azul-marinho com faixas de luz marfim. O papel é mais grosseiro, antiquado, como papel pesado de máquina de escrever. O título é *Estrada do trovão*. De Oscar Kolton. Nunca li nada dele. Paco tinha um dos livros deste autor, acho, e eu não gostava muito dos escritores de que ele gostava, homens que escreviam frases ternas, poéticas, para tentar esconder o narcisismo e a misoginia de suas histórias.

Seguro o livro e imagino que o escrevi, imagino que estou segurando meu próprio livro.

— Será que ele se inspirou em "Thunder Road" do Springsteen? — digo, torcendo para Silas não ter visto minha gana.

— Talvez você deva perguntar para ele.

— Faz uma música com esse título, cara — finjo gritar para a sala. — Vai ser um sucesso.

Lemos o texto da capa: "Kolton sempre entregou verdade e beleza em abundância, mas, aqui, ele nos dá relances do sublime".

— Eu gostaria de ter alguns relances do sublime — diz Silas.

Abro a orelha de trás para ver a cara de Oscar Kolton. Silas analisa a foto junto comigo. Foi tirada de lado, um dos ombros em primeiro plano, cotovelo no joelho, bíceps flexionado. Kolton está encarando a lente de maneira ameaçadora. O contraste entre branco e preto é tão extremo que o rosto dele parece esculpido como as paredes rochosas fotografadas por Ansel Adams, e a contraluz transformou suas pupilas em pontinhos.

— Por que os homens sempre querem ficar assim nas fotos de autor?

— "Meus pensamentos profundos me perturbam" — diz Silas, numa voz rouca.

— Exatamente. Ou — tento imitá-lo — "eu posso ter que te matar se você não ler este livro".

Ele ri.

— Enquanto as mulheres — digo ao passo que pego da prateleira um livro de uma autora que admiro — precisam ser agradáveis. — A foto reforça perfeitamente meu argumento. Ela está com um grande sorriso compungido no rosto. Balanço a foto na frente de Silas. — "Por favor, goste de mim. Mesmo que eu seja uma romancista premiada, sou uma pessoa muito legal e nada ameaçadora."

Tiramos mais alguns livros da estante, e todos apoiam minha teoria de gênero.

— Então, como é que você posaria?

Faço uma cara de escárnio e levanto o dedo do meio para ele.

Ele ri de novo. Um dente da frente está lascado, um corte diagonal reto num dos cantos.

Muriel está trazendo as amigas na nossa direção.

— Você leu na quarta passada para o grupo? — pergunto.

— Li.

— O que ele fez com as mãos?

— Foi ruim, acho. Atrás das costas.

— O que significa?

— Ninguém sabia. Não tinham visto antes. — Ele mostra os dentes de novo. Não parece ligar muito para o veredito de Oscar. — E você, no que está trabalhando?

— Sou garçonete.

Ele aperta os olhos.

— O que está escrevendo?

— Um romance.

— Impressionante.

— Estou trabalhando nele há seis anos e ainda não tenho um esboço completo nem um título. Então... talvez não seja tão impressionante. Você vai voltar lá na semana que vem?

— Não sei. Talvez seja religioso demais para mim. Muita genuflexão verbal.

— Sério? — Muriel não tinha descrito desse jeito.

Silas hesita.

— Não é uma troca de ideias muito livre e aberta. As pessoas simplesmente aceitam tudo o que ele diz. — Ele se curva e finge escrever num caderno minúsculo. — E, tipo, foi uma coisa pequena, mas, em certo ponto, ele disse que cada frase de um diálogo tinha que ter pelo menos duas intenções ocultas, e eu falei: e se o personagem só quiser saber que horas são? As pessoas pararam de respirar. Depois, silêncio. Eu gosto de um pouco mais de debate. Ou talvez só não goste de tantas regras.

Muriel e as amigas dela estão paradas atrás dele. Silas muda ligeiramente de posição, ficando um pouco mais de costas para elas. Não acho que seja deliberado.

— Você nunca foi?

— Não, eu trabalho à noite.

Ele me olhou como se soubesse que não era só isso e começou a dizer algo, mas Muriel interrompeu.

— Olhem, pessoas *reais* do mundo *real* — fala.

Ela nos apresenta. Uma é uma infectologista especializada em pesquisa de AIDS e a outra lidera uma ONG em Jamaica Plain. Elas usam maquiagem, pulseiras e vestidos que não vieram da T.J. Maxx em Fresh Pond. Atravessaram a sala por Silas e o enchem de perguntas. Não tenho dinheiro para comprar um exemplar de *Estrada do trovão*, mas sigo a fila que vai da entrada até a sala de estar e entra na sala de jantar. Desvio para a cozinha e espio o escritor pela janela da porta vaivém. Ele está de costas para mim e há uma mulher baixinha e encurvada sobre a mesa, agarrando o livro recém-assinado junto ao peito. Ela ainda está falando quando ele pega o livro da mulher seguinte. Só vejo as costas dele, a borda de uma gravata azul aparecendo embaixo do colarinho e uma escápula pulando atrás da camisa branca quando ele assina o nome. Não consigo ver se o rosto dele é tão escultural e irritado quanto na foto.

Todas as superfícies da cozinha estão cobertas de assadeiras e bandejas de canapés. A cada poucos minutos, um garçom vem buscar um refil. É estranho não ser eu de coque e avental.

— Figo enrolado com presunto cru? — pergunta ela, o rosto cheio de sardas sobrepostas.

— Ah, muito obrigada — digo, tentando transmitir nossa conexão. Pego um figo da bandeja e um guardanapo da outra mão dela. Eu também me irrito quando as pessoas não pegam o guardanapo. — Obrigada, parece delicioso. — Mas ela já seguiu para um grupo que está na mesa da cozinha.

Quando volto à biblioteca, Silas se foi, as mulheres do mundo real se foram, e Muriel está no meio de uma discussão sobre Cormac McCarthy com três homens de bigode.

O asfalto está roxo na luz crepuscular. Caminhamos pelo meio da rua morro abaixo. O sol já se pôs, mas seu calor ainda está no ar. Meus ouvidos apitam com todas as vozes da festa. Falamos de um livro chamado *Problemas*, que eu li e passei a ela. Ela amou tanto quanto eu, e relembramos as cenas de que mais gostamos. É um tipo de prazer específico, de intimidade, amar um livro com alguém. A biografia curta na quarta capa dizia que o escritor, J. G. Farrell, morreu fazendo pesca à linha, arrastado para o mar por uma onda violenta.

— Será que é um eufemismo irlandês para suicídio? — digo.

— Talvez. Você vai resolver uns probleminhas e, se não der certo, é levado por uma onda violenta.

Nós duas amamos literatura irlandesa. Temos um pacto de ir juntas a Dublin quando tivermos dinheiro.

Conto a ela que Silas disse que as noites de quarta parecem uma seita. Ela pensa no assunto.

— Bom, muita gente lá quer *ser* o Oscar, e várias outras pessoas querem transar com ele. Talvez seja igual a um culto.

— E onde você se encaixa nesse espectro?

— Ser ele. Sem dúvida.

— As pessoas transam com ele?

— Não. Ele escreveu um ensaio para a *Granta* no inverno passado sobre a esposa morta e como não consegue pensar em outras mulheres, e uma galera ficou toda incomodada.

Damos um abraço de despedida na frente do prédio dela, falamos por mais meia hora e nos abraçamos de novo.

As ruas estão tranquilas na volta para a casa; o rio, calmo e brilhante. O céu está daquele azul mais escuro de logo antes de ficar preto. Estou na metade da ponte BU quando percebo que estou terminando aquela cena na minha cabeça. Eles estão conversando, eu consigo escutar, e finalmente descem a escada.

No outono passado, o namorado de Muriel disse a ela que precisava ficar sozinho num quarto com livros. Eles estavam juntos há quase três anos. Ele falou que, se continuassem juntos, iam só se casar e reproduzir, e ele precisava escrever. Eu também, Muriel respondeu. Ela estava pouco se fodendo para casamento e filhos. Mas ele não sabia nada, ele disse, embora tivesse dois diplomas de pós-graduação. Precisava ficar sozinho num quarto com livros. Foi morar no terceiro andar da casa do irmão, no Maine. Fazia dez meses. Não haviam tido mais contato desde então.

Uma semana depois da festa de lançamento, Muriel vai ao bar-mitzvá da sobrinha e conhece um cara.

— Gostei dele — diz ela. — Christian.

— Christian?

— Meu pai falou: "Só a Muriel pra achar um homem com um nome tão cristão num bar-mitzvá".

Ela está toda boba.

No dia seguinte, David, o ex-namorado, liga para ela. Dizem que as mulheres têm intuição, mas homens sentem o cheiro da concorrência de outro estado.

— Ele quer me ver — fala Muriel. — Quer sair para caminhar.

— Ainda está naquele quarto com livros?

— Sei lá. — Ela está meio rindo, meio chorando. — Christian era um cara tão bacana. Era pra gente sair na quinta à noite. Cacete, quase esqueci. Aquele Silas me pediu seu telefone.

Ele me liga na manhã seguinte. Não consigo me lembrar do rosto dele. Ou não consigo combinar o que lembro com a voz. É grave e áspera, como um motor meio quebrado. Uma voz de velho. Não estou convencida de que seja ele.

Ele pergunta se quero ir ao Museu de Belas Artes na sexta à noite.

— Eles ficam abertos até tarde. E podemos comer uma coisinha depois.

Comer uma coisinha. Era algo que minha mãe diria.

— Claro. — Tenho vontade de rir. Não sei bem por quê, mas não quero que ele escute.

— Você está rindo.

— Não estou, não. — Eu estava. — Desculpa. É meu cachorro. Ele está fazendo um negócio com as orelhas.

— Como ele chama?

Não sei o nome do cachorro de Adam, e ele não está na estufa comigo. Como eu não sei o nome daquele bicho?

— Cachorro do Adam.

— O nome do seu cachorro é Cachorro do Adam?

— Não é meu, na verdade. É do Adam. O proprietário daqui. Eu cuido dele às vezes. Não sei o nome de verdade.

Silêncio.

Eu nunca devia atender o telefone de manhã.

— Quer dizer, tenho certeza de que já soube. Com certeza ele me disse. Mas esqueci. Preciso sair para passear com o cachorro toda manhã, bem no meio do meu horário de escrita, e fico com tanto rancor que nem quero saber o nome dele, e só levo pelo desconto de cinquenta paus no aluguel.

— E ele também não é o motivo de você estar rindo.

— Não, eu não sei por que eu estava rindo.

Silêncio.

— É que não estou conseguindo combinar sua voz com o seu corpo. — Estremeço com a palavra "corpo". Por que eu estava falando do *corpo* dele? — E a expressão "comer uma coisinha" me lembrou da minha mãe. — Não conte a ele que a sua mãe está morta. Ele ligou para te chamar para sair. Não mencione uma mãe morta.

— Hum. — Pelo som, ele está mudando de posição, reclinando-se, talvez afofando um travesseiro embaixo da cabeça. — Você se dá bem com ela?

— Sim. Totalmente. Muito cordial. — Mas não quero fingir que ela está num lugar em que não está, como fiz com o cachorro. — Mas ela morreu, só pra você saber. — *Só pra você saber?*

— Caralho. Sinto muito. Quando?

— Recentemente.

Ele arranca a história toda de mim, todos os detalhes que sei sobre a viagem dela ao Chile. Ainda queima um pouco ao sair. Ele escuta. Respira no telefone. Percebo, de algum jeito, que perdeu alguém próximo. Dá para sentir isso, que está aberto, ou talvez seja uma abertura para o que você está falando. Com outras pessoas, pessoas que não passaram por algo do tipo, a gente sente o muro sólido. As palavras ricocheteiam nele.

Pergunto, e ele diz que a irmã morreu há oito anos.

— Eu costumo dizer que foi um acidente numa trilha — fala ele. — Que ela caiu. Mas ela foi atingida por um raio. As pessoas tendem a ficar muito obcecadas com isso. Com o simbolismo. Ou com os detalhes físicos. Uma das duas coisas. Me incomoda.

— Onde você estava quando recebeu a notícia? — Não sei por quê, mas preciso imaginá-lo naquele momento. É um momento terrível. Eu fiquei sabendo pelo telefone às cinco da manhã numa cozinha minúscula na Espanha.

— Na casa dos meus pais. Era para eu ir naquela viagem, mas peguei mononucleose. Aquele era o primeiro dia em que eu me sentia melhor. Fui ao shopping comprar um tênis e, quando voltei, meu pai me pediu para sentar. Eu disse que não queria sentar. Ouvi tudo na voz dele. Eu já sabia. Por muito tempo, fiquei com raiva de ele ter me feito sentar. Uma coisa dessas te arranca da sua vida e, por muito tempo, você sente que está só pairando acima dela, vendo as pessoas apressadas, e nada faz sentido, e você está lá segurando uma caixa de tênis... — Ouço uma voz de mulher ao fundo. — Ah, merda, Casey, tenho que ir. Minha aula começou há doze minutos.

— Você está estudando?

— Ensinando. Curso de verão. Nossa, desculpa desligar bem agora, mas era a chefe do meu departamento. Posso te ligar hoje à noite?

— Vou trabalhar. A gente se vê no museu na sexta. — Não quero passar muito tempo no telefone e depois ficar desconfortável pessoalmente, como naquele conto "The Letter Writers", sobre um homem e uma mulher que se apaixonam durante dez anos de correspondência e, quando se encontram, os corpos não conseguem acompanhar as palavras.

Desligamos. Meu quarto entra em foco de novo, minha escrivaninha, meu caderno. Ainda é de manhã. O tempo todo que estávamos no telefone, não me preocupei nenhuma vez que fosse estragar meu tempo de escrita.

Muriel vem à estufa depois da caminhada com David. Faço um chá e sentamos no futon.

— Achei que seria diferente, que ele ia ter uma loucura de Jack Nicholson nos olhos. Todo esse tempo, tive medo de ele estar diferente. Mas ele estava igual. — A voz dela falha. — Ele estava igual. E não consegui tocá-lo. Ele me pareceu indesejável. Começamos a caminhar e ele colocou o braço ao meu redor, e achei que eu ia superar aquela sensação, porque era exatamente como eu esperava. Ele quer voltar comigo. Falou que cometeu um erro terrível. E eu só ficava pensando em quando ia poder voltar para o meu carro. Tentei esconder, mas ele percebeu e disse que eu estava fria, que meus olhos eram de cobra. Aí, meio que teve um colapso e disse que o que a gente tinha era muito perfeito, e ele sabia o tempo todo, e o único motivo para ter ido embora era saber que não ia terminar. Ele tinha entrado em pânico. Encarar o resto da vida o assustava. Mas me perder, falou, era ainda mais assustador.

— Onde vocês estavam?

— Em Fresh Pond. Ficamos dando voltas no lago. Por horas. Ele estava tão dramático, saltando ao meu redor, jogando os braços para cima. Em certo ponto, chegou a esbarrar num corredor. Fiquei perguntando por que ele não tinha me dito tudo aquilo antes, e ele respondeu que não sabia. Foi horrível. Eu nunca o tinha visto chorar antes, não com lágrimas de verdade. Mas não pude disfarçar. Não consegui nem dizer que ia pensar. Tinha acabado. Estava muito claro. E, quando ele tentou me beijar, eu o empurrei. Meus braços simplesmente o afastaram antes de eu saber o que estava fazendo. Foi uma repulsa muito física. Parecia *biológica*. Como se eu soubesse que nunca ia ter filhos com aquele homem. Foi horrível e esquisito. Eu via todas as coisas que amava nele antes, conseguia *ver*, mas não amava mais nada daquilo.

Ela começa a chorar. Fica dobrada no meu futon, e eu a abraço e esfrego as costas dela, e digo que vai ficar tudo bem, que é o que ela fez por mim o verão inteiro. Faço mais chá e torradas de canela, e subimos de novo no futon e encostamos na parede, comendo e bebendo e olhando pela minha única janela para a entrada da casa, onde Adam parece estar discutindo com Oli, a faxineira.

— David escreveu o livro dele? — pergunto.

— Ele nem começou. — Ela assopra o chá. — E eu escrevi duzentas e sessenta páginas desde que ele foi embora.

No almoço, Fabiana coloca dois médicos numa mesa de canto na minha seção. Eles ainda estão com os grandes crachás laminados presos no bolso da camisa. Os dois são clínicos gerais, dizem os crachás, no Mass General. Quando sirvo a água, estão falando sobre uma biópsia de fígado por laparoscopia e, quando entrego os sanduíches, mudaram de assunto e passaram a falar de giárdia.

Se não tivessem falado de medicina a refeição inteira, eu não teria dito nada. Só juntei coragem na hora de servir os espressos.

— Posso fazer uma pergunta rápida?

O da esquerda se ocupa com um pacote de açúcar. Já me sacou. Mas o mais velho faz um aceno de cabeça.

— Fique à vontade.

— Minha mãe foi para o Chile no inverno passado. Ela voou de Phoenix para Los Angeles, e dali para Santiago. Tinha uma tosse de um fim de resfriado, mas sem febre. Fora isso, estava saudável. Cinquenta e oito anos. Sem problemas médicos. — As frases saem de mim perfeitamente, como se tivessem sido decoradas — Eles passaram cinco dias na capital, depois voaram para o arquipélago de Chiloé, onde visitaram algumas ilhas, e, na ilha de Caucahué, ela acordou com frio e falta de ar. Os amigos a levaram para uma clínica lá, onde a colocaram no oxigênio e chamaram uma ambulância por rádio, mas logo antes de chegar, ela morreu.

Os dois médicos parecem paralisados. O mais jovem ainda está segurando o pacote de açúcar.

— O que vocês acham que aconteceu? A certidão de óbito diz parada cardíaca, mas não foi um ataque cardíaco. Por que o coração dela parou? Foi uma embolia pulmonar? Por causa dos voos longos? É o que o Phil, namorado do meu irmão, acha. Mas ele é oftalmologista.

Os dois médicos se olham, não para se consultar, mas alarmados. Como saímos daqui?

— Não teve autópsia? — pergunta o mais jovem, finalmente jogando o açúcar no café.

— Não.

— Sinto muito — fala o mais velho. — Deve ter sido um choque terrível.

— Sem o histórico dela e um relatório completo... — continua o outro, e ergue as mãos.

— O mais provável é ter sido uma embolia.

— Pode trazer a conta quando conseguir?

Os dois tomam o espresso de um gole enquanto imprimo, deixam duas notas de vinte e saem às pressas do salão.

Janet, uma amiga da minha mãe, estava com ela na clínica da ilha. Ela não estava sofrendo, me disse Janet. Não estava com dor. Estava dormindo. Meio que indo e vindo. Aí, sentou-se, falou que precisava fazer um telefonema, deitou de novo e morreu. Foi um momento de muita paz, me contou Janet. Um dia tão lindo.

Tentei, em ligações com Janet, conseguir detalhes mais específicos de que dia bonito e de muita paz. Eu queria saber tudo, as palavras exatas da minha mãe, o cheiro da clínica, a cor das paredes. Tinha crianças brincando de bola lá fora? Ela estava segurando a mão de Janet? Para quem ia ligar quando se sentou? Quando o coração dela parou, fez algum barulho? Por que ele parou? Eu queria escutar minha mãe contando. Ela amava histórias. Amava um mistério. Era capaz de deixar qualquer pequeno incidente intrigante. Na versão dela, o médico ia ter um olhar vago e três galinhas nos fundos, com nomes de personagens de Tolstói. Janet teria uma alergia de calor no pescoço. Eu queria que ela, ninguém mais, me contasse a história de como ela morreu.

A mala dela chegou na casa de Caleb e Phil três dias depois do velório. Caleb e eu a abrimos juntos. Tiramos a gabardina amarela dela, duas camisolas de algodão, o maiô xadrez branco e rosa. Colocamos o nariz em cada item, e todos tinham o cheiro dela. Achamos presentes numa sacola de papel, um par de brincos de miçanga e uma camiseta masculina. Sabíamos que eram para nós. Quando a mala estava vazia, coloquei a mão nos bolsos elásticos do interior, certa de que haveria algo por escrito, um bilhete ou frase de despedida, de premonição, por precaução. Só havia dois alfinetes e uma presilha fina.

O resto da semana vai mal. Minha escrita chafurda. Todas as frases parecem planas; todos os detalhes, falsos. Faço corridas pelo rio, até Watertown, Newton, dezesseis quilômetros, vinte quilômetros, que ajudam, mas, depois de algumas horas, as abelhas começam a subir de novo. Rolo pelas 206 páginas que tenho no computador e folheio as novas páginas que coloquei no caderno desde o Red Barn. Não consigo achar um momento, uma frase que seja boa. Até as cenas em que me apegava quando todo o resto parecia perdido — aquelas primeiras páginas que escrevi na Pensilvânia e o capítulo finalizado em Albuquerque que fluiu de mim como um assombro — estão enfraquecidas. Tudo parece um longo fluxo de palavras, como se fosse escrito por alguém com uma doença que envolve delírios. *Estou desperdiçando minha vida. Estou desperdiçando minha vida.* Lateja como a batida de um coração. Chove por três dias direto, e a estufa começa a ficar com cheiro de adubo. Chego ao Iris ensopada e mal estou seca antes de ter de voltar para casa. Tento dobrar a camisa branca com cuidado dentro da mochila, mas ela amassa, e Marcus me dá uma bronca. Indo e voltando, passo pela estação Sunoco na Memorial Drive, com as calêndulas feias em sua floreira de concreto, e as lágrimas quentes se misturam à chuva. O encontro no fim da semana com Silas, pelo qual troquei uma lucrativa noite de sexta por um almoço de segunda, me enche de temor. Mas, quando não estou prestando atenção, lembro da voz dele no telefone e do seu dente lascado, e sou tomada por uma onda de algo que talvez seja expectativa.

Harry e eu temos dois turnos duplos juntos, na terça e na quinta. Não sou uma garçonete eficiente quando Harry está por perto — a gente se perde na conversa e convence os sous chefs a nos fazer sanduíches de bacon, alface e tomate ou bolinhos de siri, e fumamos com Alejandro na saída de emergência, e nunca estamos quando Marcus nos procura —, mas sou uma garçonete mais alegre. O charme de Harry passa para mim. Meu serviço é pior, mas minhas gorjetas são sempre melhores.

— Ele não é panna cota, né? — diz Harry no almoço de quinta, quando tomamos sopa fria e café gelado na estação de garçons enquanto Marcus entrevista alguém no escritório.

Harry me chamou para jantar depois do nosso primeiro turno juntos. Ele era bonito e engraçado, com um sotaque britânico sexy e um escudo de heterossexualidade impecável. Contou que tinha nascido em Lahore, mas mudado para Londres aos três anos.

— Norte de Londres? — perguntei, porque ele soava exatamente como um amigo de lá que eu conhecera em Paris.

— É, Redbridge. Você é o Henry Higgins, por acaso?

Ele disse que tinha se tornado inglês aos nove anos, quando mudou de escola e trocou o nome de Haroon para Harry.

— Minha pele magicamente ficou mais clara. Foi um truque e tanto. Depois disso, virei um dos caras.

Durante a sobremesa, eu planejava contar a ele sobre Luke, dizer que ainda não estava pronta para sair com ninguém. Mas, quando chegou a panna cota, ele mencionou um ex chamado Albert. Fiquei chocada. Depois, passamos a chamar aquele momento de revelação da panna cotta.

— Quem? — falo agora.

— Esse tal de Silas.

— Merda, espero que não. Pode ficar com ele, se ele for.

— Um escritor? Não, obrigado.

— Como assim?

— Não quero alguém que viva o tempo todo aqui. — Ele balança os dedos acima do cabelo preto brilhante. — Gosto de caras com pegada. Escritores não têm pegada. Pelo menos os bons. E não conseguiria ficar com um escritor ruim. Credo, seria terrível. — Ele pronuncia *térrivel*. Harry sai para levar a conta de uma mesa de dois. — Além do mais — diz ao voltar —, eu quero ser o poeta. Gosto de dominar verbalmente. Sua mesa de três quer chá. Diga a eles que está fazendo mais de trinta graus e eles vão derreter igual cera de vela.

Marcus sai do escritório enquanto estou levando o chá e Harry está tirando um pedido, e acha nossas tigelas de sopa.

— Nunca mais vou colocar os dois juntos. — Ele sempre diz isso. Faz a gente se sentir com uns seis anos de idade. Fazemos caretas um para o outro pelas costas dele.

Chego tarde da noite — houve uma festa de aniversário para 61 pessoas no salão do andar de baixo —, Silas está na minha secretária eletrônica.

— Casey, desculpa. Precisei sair da cidade. Por um tempo. Não sei bem quanto. — A boca dele está muito perto do telefone, os carros passando rápido atrás. — Estou muito chateado de perder nosso encontro amanhã. Estou mesmo. É a única coisa que... Sei lá, eu mal te conheço. Mas. Precisei. Precisei ir. Enfim, te ligo quando eu voltar. Não. É, não posso. Se cuida. — Houve uma pausa e, então: — Merda. — E o bocal do telefone foi batido no gancho.

— Mais um vacilão de merda — digo a Muriel.

— Pode ser uma emergência familiar ou algo assim.

— Não era. Ele estava tipo: "ah, tive que sair da cidade, é, por um tempo, não sei quanto".

Ela me olha com suspeita.

— Queria conhecer um cara que quer o que diz que quer. Nada de "estou indo com calma" ou "preciso ir embora por um período de tempo supervago". Caramba.

— Não descarte o Silas.

— Estou descartando totalmente.

— Vou te mostrar um conto dele.

— Não mostre. Não quero ler.

Muriel diz que não quer que minha sexta à noite seja desperdiçada e convida algumas pessoas para jantar na casa dela.

Harry troca de turno com Yasmin e vem comigo. Flerta loucamente com todos os héteros. Desistiu dos gays, diz. As coisas foram mal em Provincetown com o novo cumim. Muriel serve frango marroquino, cuscuz e sangria. Jogou um tecido batique no sofá.

— Bem boêmio multicultural — diz Harry.

A maioria dos amigos de Muriel são escritores, escritores de verdade, não como meus antigos amigos que superaram aquilo como se fosse uma gripe. Ela colocou a comida em estilo bufê na escrivaninha coberta por um sári, que afastou da parede. Encho meu prato ao lado de um cara que apelidou a si mesmo de Jimbo e publicou um romance no ano passado. *Motorcycle Mama*. Recebeu resenhas boas e ruins, Muriel me disse, mas mesmo assim ele conseguiu um contrato de seis dígitos para o próximo.

— Cuidado com a tigela opaca cheia de recheios não identificáveis — diz Jimbo, cutucando meu ombro com o dele. Vejo que ele não sabe se já nos conhecemos — ou se transamos — em algum momento. Não fizemos nenhuma das duas coisas, então, eu o ignoro. — Rudy — diz ele, com volume desnecessário no meu ouvido para um cara do meu outro lado. — Parece aquelas coisas que a gente comia no clube A.D. quando o Pepe estava de folga.

Caso alguém não saiba que ele fez Harvard. Ele segue berrando pela sala.

A única outra pessoa lá que publicou um livro é Eva Park. O livro de contos dela era lindíssimo, foi muito festejado no ano passado e ganhou o prêmio PEN/Hemingway. Ela estava desconfortavelmente empoleirada num banco baixo ouvindo duas colegas de Muriel explicando-lhe por que o livro dela é uma obra-prima da ficção contemporânea. Conheci Eva há seis anos, quando ela estava trabalhando no livro. Não são *contos*, ela me disse, são pólipos duros que estou tentando remover do meu cérebro. Na época, ela estava meio que incendiando de tanta energia nervosa. Todo aquele recheio parece ter saído dela desde então. Sentada naquele banco, ela parece envergonhada de quem é hoje. Todos os elogios que as colegas de Muriel estão lhe fazendo parecem dolorosos. O sucesso cai mais tranquilamente nos homens. Do outro lado da sala, Jimbo levanta uma garrafa e grita que a Grey Goose está fluindo.

Muriel me chama e faz com que eu me encaixe no sofá entre ela e seu amigo da pós, George, que apareceu sem avisar naquela tarde, o que pelo jeito ele faz de tempos em tempos. Ela já me falou dele. É infeliz e mora na Carolina do Norte. Estamos apertados no sofá e temos de nos inclinar para longe um do outro para entrar em foco. Ele tem um rosto redondo e liso, e usa óculos com armação dourada. Olhos redondos e grandes através da lente.

Harry está do outro lado de Muriel, e eles aumentaram a intensidade da conversa para forçar George e eu a falarmos um com o outro. Já conheço essa parte da história. Ele e a esposa chegaram a Ann Arbor juntos para fazer pós-graduação. Ele estava no programa de ficção com Muriel, e a esposa dele estava no de não ficção. No segundo ano, ela começou a ter enxaquecas e foi mandada a um especialista. Na terceira consulta, o médico trancou a porta e eles transaram. Na maca de exame clínico, com aquele papel enrugado. O médico ficou de pé o tempo todo. Eu não deveria saber esses detalhes, mas sei. Todos no fio da história são escritores — a esposa, George e Muriel —, então as minúcias não se perderam. Agora, a mulher está sem enxaquecas e morando com o médico, e George está de coração partido e dando aulas de redação para calouros na UNC-Greensboro.

— Muriel falou que seu romance é sobre Cuba — diz George.

Ocorre-me que o fio da história funciona para os dois lados, que ele talvez saiba tudo sobre Luke, que aquelas fofocas suculentas do Red Barn não se perderam também.

— Não é exatamente sobre Cuba. Só se passa lá.

— Por quê?

— Minha mãe morou lá quando era criança. Os pais dela eram americanos, mas, depois da guerra, meu avô montou um consultório em Santiago de Cuba. Houve um momento em que ela tinha dezessete anos e precisou decidir se fugia com o namorado para se juntar aos rebeldes nas montanhas ou ia embora de Cuba com os pais. No livro, eu a fiz escolher o amor.

— E a revolução.

— É. — Amor e a revolução. Empurro um pedaço de frango no meu prato. Preciso mudar de assunto. Falar do meu livro faz com que eu me sinta esfolada viva. — O John Updike foi ao restaurante em que eu trabalho há umas semanas e, quando eu estava entregando a salada dele, a mulher ao lado começou a falar de quanto amava *O centauro*, e ele balançou a cabeça e disse que só escreveu porque não tinha nenhuma outra ideia na época. É meio assim que eu me sinto. — *Amor e a revolução.* Não odeio.

— Você falou pro Updike que é escritora?

— Não. — Dou uma risada. — De jeito nenhum. — Mas, quando a mulher que tinha amado *O centauro* derrubou o garfo e eu me abaixei para pegar, encostei em uma das franjas de couro do mocassim dele para dar sorte. — No que você está trabalhando agora?

— Ah. — Ele baixa os olhos para os dedos, que estão torcendo a ponta do guardanapo. — Estou meio travado.

— Em quê?

— Num conto.

— Sobre o quê?

A pergunta claramente também lhe dói.

— Uma espécie de roubo de arte no Canato da Horda Dourada em 1389.

Quero que ele esteja brincando, mas ele não está.

— Uau. Há quanto tempo está trabalhando nele?

— Três anos.

— Três *anos?* — Não tinha intenção de que saísse assim. — Já deve estar mais para uma novela.

— Tem onze páginas e meia.

Esse é um detalhe que Muriel não compartilhou, mais peculiar, íntimo e, pelo menos para mim, mais horrendo do que a infidelidade da mulher dele. Não sei o que dizer.

— Você vai trabalhar no restaurante amanhã à noite? — pergunta ele.

— Vou.

— E depois de amanhã?

— Aham. Na maioria das noites. Por quê?

— Estou tentando te chamar para um encontro.

Mas não posso sair com um cara que escreveu onze páginas e meia em três anos. Esse tipo de coisa é contagiosa.

Agosto chega, e o Iris vira uma pequena fábrica de casamentos: jantares de ensaio, recepções e a ocasional cerimônia íntima no deque. Durante esses eventos, o restaurante fecha para público, e servimos ostras, torradas de siri, figos recheados e bolinhas de risoto junto com taças de champanhe em bandejas de prata especiais. Ao passo que finalmente conseguimos fazer os convidados se sentarem, deslizamos saladas, depois pratos principais, depois sobremesas na frente deles. Damos-lhes água e vinho. Há longos períodos em que ficamos enfileirados na parede assistindo à festa, cada um com seu cinismo particular.

Nossa equipe de serviço não é jovem. A maioria de nós tem quase trinta ou está na casa dos trinta, e vai saber quantos anos tem Mary Hand. Só Victor Silva é casado. Dana acha que todas as madrinhas são metidas e tende a arrumar briga com elas. Harry acredita que todos os noivos estão no armário e que estão dando em cima dele. Mary Hand fica curtindo com os músicos no canto, garantindo que recebam uma refeição completa e todos os drinques que quiserem. Eu sempre digo que o casal é jovem demais. Nunca parecem se conhecer muito bem. Olham-se meio desconfiados.

Nenhum dos eventos em agosto me faz achar que casamento é uma boa ideia. Não é algo que eu já tenha desejado, de todo jeito. Meus pais foram casados por 23 anos e nunca fizeram parecer legal.

— Gostei do cabelo dela — meu pai me disse uma vez quando tentei descobrir por que ele tinha furado a fila num clube de golfe em Cape Cod para se apresentar à minha mãe. Ela estava hospedada com uma amiga da faculdade, e ele estava num torneio. Ele jogava na pequena liga há quase uma década, disse a ela, e, se não se qualificasse para entrar na PGA naquele ano, iria parar. Minha mãe, então, perguntou o que ele ia fazer.

— Casar com você — ele falou.

Ela me contou que foi seduzida com as viagens. Ele podia dar aulas de golfe em qualquer lugar. Era melhor como professor do que como jogador, ele confessou. Podiam passar um ou dois anos no sul da França, na Grécia, no Marrocos. Ir para a Ásia. Havia muito interesse em golfe no Japão, disse ele. Depois disso, talvez Cuba estivesse aberta de novo. Talvez ele pudesse levá-la para morar lá outra vez, disse. Ela largou a faculdade para se casar com ele, mas ele a surpreendeu comprando uma casa no norte de Boston logo depois da lua de mel. Conseguiu um emprego numa escola de ensino médio e eles nunca foram embora. Em vez de amor e revolução, em vez de viajar pelo mundo, ela se tornou uma radical na nossa cidade conservadora, distribuindo folhetos e contratando vans para ir a protestos contra a discriminação, a guerra do Vietnã e a energia nuclear. Às vezes, só tinha ela e Caleb nessas vans.

Ela começou a ir à igreja de Santa Maria para ajudá-la a permanecer casada, a lembrar-se da lealdade, a entender a vontade de Deus. Mas o que encontrou depois de seis meses na igreja foi Javier Paniagua. Era o novo cantor principal do coral e tinha 26 anos, contra os 37 da minha mãe. Tocava músicas folk no violão e supervisionava o parquinho depois da missa. Lembro do primeiro dia dele, quando eu tinha onze anos, porque podia brincar lá fora mais tempo depois da escola dominical. Normalmente, minha mãe me chamava da beira do estacionamento, e eu ia para ela na hora.

Naquela época, ela era tensa e impaciente e rangia os dentes, e tentava arrancar meu braço se eu a fizesse esperar. Mas naquele dia ela cruzou o trecho de grama morta e enfiou o salto no cascalho para perguntar sobre uma música que ele tinha tocado. Disse a ele que tinha conhecido a música quando era criança em Cuba, e isso despertou o interesse do rapaz.

No início, meu pai achava divertidas as idas de minha mãe à igreja. Gostava mais do que dos protestos. Chegava a ir com a gente nas missas de Natal e Páscoa. Depois de alguns anos, porém, começou a ficar irritado. Chamava a igreja de Santa Magia e tirava sarro do padre Ted, um homem de bochechas vermelhas na casa dos cinquenta anos que parecia o capitão Stubing em *The Love Boat*. O padre Ted socorro pede, dizia meu pai, tentando me fazer rir. Nunca entendeu que a ameaça real era o menino de cabelo cacheado com o violão.

Javier ficou na Santa Maria por quase cinco anos — não sei o que ele fazia em dias que não os domingos nem em que momento o caso começou — até ser diagnosticado com câncer, a mesma leucemia que já tinha levado dois pilotos junto aos quais esteve no sul do Vietnã despejando substâncias químicas. Quando o tratamento em Boston falhou, minha mãe o levou de carro até a família dele em Phoenix e ficou lá até o enterrarem, um ano e meio depois.

Minha mãe voltou no fim da primavera do meu segundo ano de ensino médio. Alugou uma casinha na periferia da cidade. Meu pai e eu já tínhamos nos mudado para a casa de uma mulher chamada Ann, e os dois não fizeram objeção quando fui viver com minha mãe. No início, ela não era familiar. Usava jeans e cintos desbotados, e chorava muito.

Mas ela se esforçava. Eu tinha colocado uma foto da princesa Diana na minha parede e, quando ela se casou com o príncipe Charles em junho daquele ano, minha mãe me acordou às seis da manhã com bolinhos de framboesa e um bule de chá inglês para o café da manhã. Assistimos à carruagem atravessando Londres, e ela parecia animada, mas, quando chegaram à catedral e as câmeras deram zoom no rosto deles, o humor da minha mãe mudou. Ela está apavorada, disse ela. E olhe para ele, tão frio. Coitadinha. Coitadinha, ela dizia sem parar. Quando se casou com meu pai, minha mãe tinha a mesma idade da princesa Diana naquele momento. Dezenove anos. Nunca se coloque nessa situação, ela me disse. Jamais, falou enquanto Diana subia lentamente a escadaria com a longa cauda atrás de si. Casamento é o completo oposto de um conto de fadas, disse minha mãe.

Voltei para a cama antes de eles dizerem os votos.

No Iris, debruçada para encher uma taça ou acender uma vela que se apagou, ouço as conversas dos convidados do casamento.

— Ela sempre foi apaixonada por aquela colega de apartamento.

— Ele a obrigou a colocar dois zeros no acordo pré-nupcial.

— É tão difícil assim achar um maldito católico nesta cidade?

— Ela disse que ele parecia um cossaco na cama.

— Um o *quê*?

— Sabe, tipo, super-rígido. Tipo uma boneca que não se dobra.

E os brindes revelam tudo: o rancor entre as duas famílias, a promiscuidade, os amores não correspondidos, os maus comportamentos, as confissões de última hora – tudo entregue em tangentes ébrias que acabam com platitudes açucaradas. Os ritos do casamento são um negócio caro e enfadonho. A única coisa capaz de cortar meu ceticismo é quando a mãe da noiva se levanta. Não importa o que ela diga, quanto se expresse mal, quão frio, sem graça ou clichê, eu choro. Harry segura minha mão.

***

Agosto não acaba nunca.

Meus velhos amigos também estão se casando. Os convites acabam chegando até mim, encaminhados de Oregon, da Espanha ou de Albuquerque.

Infelizmente, esses convites às vezes chegam antes de o casamento acontecer.

Marco a caixinha que diz "sinto muito" no pequeno cartão de devolução e escrevo um pedido de desculpas sem mentiras. Não menciono minhas dívidas, nem meus compromissos profissionais com os casamentos de estranhos, nem meu assombro pela decisão da pessoa em participar de um ritual vazio e misógino que só vai acabar em tristeza.

É fácil quando é só uma caixinha para marcar. Quando rastreiam seu telefone, fica mais difícil. Tara, do ensino fundamental, liga e me pressiona. Quer que eu seja madrinha. Em novembro. Na Itália. Ela sabe da minha situação. Não sei por que está se dando ao trabalho de pedir.

— Eu sei o que você vai dizer — fala ela. — Mas vai ser tranquilo para você. Eu consegui um superdesconto nos vestidos, então, só vão custar trezentos. E são clássicos, um lilás suave, você pode cortar e usar sempre. E conseguimos um ótimo negócio numa *villa* perto de Roma. É magnífica. Refeições incluídas. Só quatrocentos a diária, sendo que em geral é oitocentos. E compramos as passagens em grupo, na classe executiva. Se você comprar até o fim da semana, fica só setecentos e cinquenta.

Ela está agindo como se estivesse falando não de dólares, mas de algo muito mais fácil de conseguir, tipo cabelos na minha cabeça, como se eu pudesse só arrancá-los e entregar a ela.

— Você não tem ideia de como isso está fora da minha realidade.

— Preciso de você lá. Você tem que estar lá. Não é uma escolha, Casey. — O tom estridente da voz dela me lembra de como costumava puxar o saco da mãe até conseguir o que queria. — Você tem que ir no casamento da sua melhor amiga.

Melhor amiga? Ela é uma boa amiga. Uma velha amiga. Só o cheiro da sala da casa dos pais dela traria de volta três anos da minha vida, mas foi há muitas vidas.

— Eu daria qualquer coisa para estar lá naquele lugar lindo vendo você se casar com o homem dos seus sonhos. — Brian, um tonto com a energia de um urso hibernando. — Mas não tenho US$1.850. Não tenho nem US$150.

— Bom, eu não posso pagar sua parte. Minhas irmãs já estão indo de graça.

— Não era o meu objetivo. Eu nunca aceitaria uma coisa dessas.

— Você tem um emprego. Não consigo falar com você no telefone há duas semanas por causa de todos os *turnos* que você está fazendo. No que mais vai gastar esse dinheiro? Esta é uma daquelas decisões egoístas das quais vai se arrepender pelo resto da vida. Precisamos estar uma com a outra. Você tem que fazer isso dar certo contra todos os obstáculos e dificuldades. Passa no cartão de crédito e vem pro meu casamento.

— Já estourei todos. Não posso contrair mais dívida. Mal consigo pagar as faturas mínimas.

— Caramba, Casey. Não acha que vai ter que crescer em algum momento? Não dá pra esperar passarem a mão na sua cabeça pra sempre. É hora de ser adulta. Não dá pra viver nos seus mundos de faz de conta a vida toda. As pessoas têm empregos *de verdade* para ganhar dinheiro *de verdade* e poder ser amigas *de verdade* no casamento da melhor amiga. Eu peguei um avião de *Bermuda* para o Arizona no meio das minhas férias para ir ao velório da sua mãe. E não foi barato, porque comprei só três dias antes.

A parte de dentro do meu braço começa a arder.

— Sua mãe sabia como você estava encrencada?

Se ela não tivesse dito isso, talvez ficasse tudo bem.

— Você pagou por aquela passagem, Tara?

— Como assim?

— Foi você mesma que pagou a passagem de Bermuda para Phoenix?

Silêncio.

— E se a gente tirasse o salário do Brian na Schwab e a mesadinha que seu pai te dá, quanto dinheiro você teria trabalhando meio período naquela ONG? Ia conseguir ir pra Bermuda e pagar seu apartamento de dois quartos no SoHo? Você é mais adulta porque tem dois homens te dando uma ilusão de autossuficiência?

Ela desliga na minha cara.

Estou perdendo todos os meus amigos com esses casamentos. Praticamente só sobraram Muriel e Harry.

No último dia de agosto, vou trabalhar de manhã e os garçons estão todos reunidos ao redor do bar. Imagino que perdi alguma reunião, mas é só Mia lendo algo em voz alta:

— "A limusine Mercedes bateu numa parede no túnel Alma, na margem direita do Sena embaixo da Place de l'Alma, disse a polícia." — Abro caminho entre Mary Hand e Victor Silva para ver o que ela está lendo. — "Testemunhas chocadas relataram que o carro estava cheio de sangue."

A primeira página do *Boston Globe* está aberta no balcão com uma foto enorme de um carro preto destroçado. A manchete: DIANA ESTÁ MORTA.

A coisa mais difícil na escrita é imergir todo dia, atravessar a membrana. A segunda coisa mais difícil é emergir. Às vezes, mergulho fundo demais e subo muito rápido. Depois, me sinto completamente aberta e sem pele. O mundo inteiro parece úmido e maleável. Quando me levanto da mesa, ajeito as bordas de tudo. O tapete precisa estar perfeitamente alinhado com as tábuas do piso. Minha escova de dentes precisa estar perpendicular à borda da prateleira. Roupas não podem ser deixadas do avesso. A safira da minha mãe precisa estar centralizada no meu dedo.

Quando eu tinha quinze anos, a namorada do meu pai, Ann, mandava lavar meus casacos a seco. Minha mãe os lavava com sabão em pó e deixava numa toalha para secar, mas naquela época ela já estava em Phoenix com Javi, e meu pai e eu estávamos morando na casa de Ann, que pegava meus casacos enquanto eu estava na escola. Eles voltavam alguns dias depois em cabides cobertos de papel, protegidos por longas sacolas plásticas, que ela pendurava na porta do meu armário. Eu não gostava do formato dessas sacolas, o topo inchado com os casacos e aí o comprimento vazio de plástico transparente, pendurado como a parte inferior de uma água-viva. Eu tinha medo dessas sacolas. Tirava os casacos de dentro delas, fazia nós no comprimento de cada uma e as enfiava no fundo da minha lixeira. Eu tinha medo que elas tentassem me sufocar enquanto dormia.

Eu não queria morrer. Não estava feliz morando na casa grande de Ann sem Caleb, que estava na faculdade e nunca telefonava, mas não estava triste. Eu mal tinha emoções. Mas, à noite, me aterrorizava com esse medo de que em algum lugar dentro de mim alguém quisesse morrer.

Quando minha mãe voltou do Arizona, perguntou se eu queria falar com alguém, um profissional, ela disse. Eu não sei por que ela veio com essa, qual foi a causa, mas fiquei assustada com a ideia de que esse profissional pudesse entrar e achar aquela outra pessoa dentro de mim, a que estava sentindo todas as coisas que eu não me permitia sentir. Minha mãe tinha voltado de coração partido e no meio de um divórcio litigioso com meu pai. Eu ouvia barulhos terríveis pela porta do banheiro dela, barulhos que não era capaz de ligar à minha mãe. Ela estava de luto, mas na época eu não entendia como era isso. Respondi que ela é que devia ver um terapeuta, não eu.

Na faculdade, uma das minhas melhores amigas estudava psicologia e praticou o Inventário de Personalidade Minnesota em mim. Ela me mostrou o gráfico em barras dos meus resultados. Todas as barras tinham tamanho médio, na faixa normal, exceto duas, que eram bem mais altas. Uma era de uma categoria chamada Atitude Defensiva em Relação ao Teste. A outra era de esquizofrenia. Fiquei me perguntando se aquela barra alta de esquizofrenia tinha alguma coisa a ver com por que eu fazia nós naquelas sacolas de lavagem a seco antes de ir dormir no ano em que minha mãe foi embora, com minha suspeita de que houvesse outro alguém dentro de mim. Eu nunca mais tive aquele medo e não acho que já tenha exibido sinais dessa doença, mas comecei a escrever ficção no ano em que minha mãe se foi e, talvez, tenha sido aí que canalizei meu potencial esquizofrênico.

***

Durante o tempo em que minha mãe ficou no Oeste, fiz um pouco disso de rearranjar os objetos; o que, hoje, às vezes faço depois de escrever. Eu sempre tinha que colocar primeiro o sapato direito, depois o esquerdo. Nunca podia deixar uma blusa do avesso. Se eu seguisse as regras, minha mãe definitivamente voltaria de Phoenix. E aqui estou, criando regras de novo, embora agora nada que eu faça jamais a trará de volta.

Quando eu a visitei há alguns anos, ela me abraçou e disse:

— Amanhã, depois que você for embora, vou ficar aqui nesta janela e lembrar que você estava comigo ontem.

E, agora, ela se foi, e tenho esse sentimento o tempo todo, não importa onde eu esteja.

Adam passa para trazer minha correspondência. Ele me vê na mesa ao lado da janela, então, sou obrigada a abrir a porta. Ele me entrega um cartão-postal e quatro envelopes de cobrança, carimbados com ameaças chamativas em vermelho.

— Parece que estou abrigando uma fugitiva aqui — diz. — Como você consegue dormir?

— Mal.

Vejo que ele não acredita. Pensa em mim como jovem e, de alguma forma, protegida pela minha juventude.

Adam aponta para o envelope do EdFund.

— Esses caras são terríveis. Vivem sendo processados por práticas ilegais.

Preciso voltar à minha mesa.

— Você não teve bolsa integral em Duke? Não foi tipo a primeira ou segunda melhor do país em algum momento?

— Quando eu tinha catorze anos — respondo.

— Mas golfe não é um daqueles esportes em que, se você for boa, só melhora?

— Não se vender seus tacos.

Ele acha que, se ficar em silêncio, vou falar mais.

— Bom — diz, por fim. — Tem muitas vantagens em ficar desimpedida. — Ele olha com ganância para o nada da minha vida. — Isto aqui tem cheiro de liberdade, Casey. Você só vai conseguir sentir depois de perder.

Na verdade, eu conseguia sentir. Era o aroma de mofo preto e gasolina que vinha da garagem.

Jogo os envelopes fora e sento de novo na mesa com o cartão-postal. Um lado tem uma foto de montanhas pontudas cobertas de neve no fundo, montanhas mais redondas e marrons abaixo e um pasto verde-vivo com flores silvestres e uma vaca pastando. BEM-VINDO A CRESTED BUTTE, diz na parte de baixo. Crested Butte?

Do outro lado, numa letra pequena escrita em caneta esferográfica:

> Já faz um tempo que precisei entrar no meu carro e dirigir para o oeste. Eu precisava ver as montanhas e o céu. Espero conseguir explicar melhor quando voltar. O homem que me vendeu este cartão-postal tinha um cachorro atrás do balcão, e pensei no Cachorro do Adam e meu único arrependimento por ter vindo foi não ter tido aquele encontro com você.

Jogo o cartão-postal no lixo em cima dos avisos de cobrança.

Naquela semana, vou algumas vezes à biblioteca pública pesquisar sobre Cuba. Toda vez, acabo nas prateleiras de biografias lendo sobre escritores e suas mães mortas.

A mãe de George Eliot morreu de câncer de mama quando a escritora tinha dezesseis anos. "Mamãe morreu" são suas únicas palavras preservadas sobre o assunto. Ela tinha recebido uma ligação de casa no internato quando a mãe ficou doente e, depois da morte dela, Eliot perdeu qualquer esperança de estudar. Virou parceira do pai no trabalho e na casa, viajando com ele para Coventry, remendando as roupas dele e lendo-lhe Walter Scott à noite.

D. H. Lawrence contou a uma garota que o amava que nunca a amaria de volta porque amava a mãe "como a uma amante". Ele tinha 25 anos quando descobriram um tumor no abdômen da mãe. Lawrence ficou ao lado do leito dela nas últimas três semanas, lendo, pintando e trabalhando no que seria o romance *Filhos e amantes*. Durante essa época, uma prova do primeiro romance dele, *O pavão branco*, chegou na casa. A mãe dele olhou a capa, a folha de rosto e, então, para ele. Lawrence sentiu que ela duvidava de seu talento. A dor dela piorou, e ele testemunhou a agonia crescente. Implorou ao médico que lhe desse uma overdose de morfina para libertá-la, mas o médico se recusou. O próprio Lawrence o fez. Mais tarde, escreveu: "Com a morte da minha mãe, o mundo começou a se dissolver ao meu redor, belo, iridescente, mas se esvaindo sem substância. Até eu mesmo quase me dissolver e ficar muito doente, aos vinte e seis. Então, o mundo lentamente voltou: ou eu mesmo voltei: mas a outro mundo".

Quando criança, Edith Wharton tinha levado bronca da mãe por querer ficar sozinha para inventar coisas e fora proibida de ler romances até depois do casamento. Quando a mãe morreu, ela mandou o marido ao velório. Ficou em casa escrevendo. Tinha 39 anos e publicou seu primeiro romance no ano seguinte.

Marcel Proust tinha 34 anos quando sua mãe morreu. Tirando o ano de serviço militar, ele tinha morado com ela a vida inteira. Depois que ela faleceu, ele foi para uma clínica perto de Paris tratar seus distúrbios nervosos e lá foi proibido de escrever. Pensou em suicídio, mas acreditou que estaria matando a mãe de novo se destruísse a memória dela. Quando saiu da clínica, começou a escrever um ensaio crítico sobre o escritor Sainte-Beuve, estimulado por uma conversa imaginária com a mãe. Na obra, ele volta às memórias de sua infância, para desejar boa noite a ela, e isso se torna o início de *No caminho de Swann*.

"Fique firme, minha Cabritinha" foram as últimas palavras de Julia Stephen à filha, Virginia, de treze anos. A mãe de Woolf ficou morta na cama por vários dias depois disso e, quando Virginia se debruçou para beijá-la pela última vez, a mãe não estava mais de lado, mas de costas, no meio dos travesseiros. Suas bochechas eram como ferro gelado e estavam granuladas, escreveu Virginia mais tarde. Alguns dias depois, ela foi para Paddington receber seu irmão, que vinha de trem. Era o horário do pôr do sol, e o domo de vidro da estação se iluminou com um vermelho ardente. Depois da morte da mãe, suas percepções estavam mais intensas, escreveu ela mais tarde, "como se um vidro em chamas tivesse sido colocado por cima do que estava sombreado e dormente". Naquele verão, ela teve seu primeiro colapso nervoso. Durou dois anos.

Estou entregando duas anchovas em crosta de pimenta e uma codorna assada para a mesa treze. Eles estão discutindo o legado de Ronald Reagan, e a mulher diz que ele era um Howdy Doody mal-acabado, o que acho que é uma boa frase, mas os dois homens não ouvem. Coloco a codorna no lugar e um som sinistro surge de todas as direções, como uma invasão alienígena.

Oooooooooooooooooo.

Um menino esguio de smoking e cabelo ruivo desmilinguido vem correndo até o centro do salão. As pessoas se encolhem e sobressaltam, e o ruivo joga os braços para cima.

— Esta é minha história, triste mas verdadeira — cantarola. — Sobre uma garota que eu conhecera.

Pelo perímetro do salão, outros garotos de smoking ainda estão fazendo "oooooo" e "bop, bop" e "uou, oh, oh, oh", e começam a se aproximar do líder no meio, e o salão irrompe em aplausos que chegam a um ápice quando todos se unem num círculo perfeitamente formado e mostram seus sorrisos falsos dos anos 1950.

Os Kroks estão de volta.

Solto o pedido da minha mesa de seis no computador da estação de garçons. Dana passa por mim, chutando a porta da cozinha com uma pilha de pratos retirados da mesa.

— Alguém tem uma arma com doze balas? — diz aos cozinheiros de linha antes de a porta se fechar.

Os Kroks cantam “Mack the Knife”, “In the Mood” e “The Lion Sleeps Tonight”. Para “Earth Angel”, pegam uma mulher mais velha e a sentam no joelho do menino de cabelo desmilinguido enquanto os outros a cercam com olhares de adoração. Depois, a jogam de volta para onde veio num movimento único na última nota da música. Abaixam a cabeça como em oração e se afastam devagar do menor de todos, um querubim de cabelo encaracolado que dá um passo à frente, abre a boca e começa a cantar “Loch Lomond”, de Deanna Durbin, devagar e suavemente, numa voz aguda, trilada. Estou levando uma mousse de chocolate para a mesa de dois, mas não estou mais me mexendo. Parece que todo mundo no salão parou de respirar. Até Dana, atrás do par, para de mexer o uísque que colocou no café.

Os Kroks restantes entram no refrão, que diz: “*You take the high road and I'll take the low road*”, mas baixinho, um mero murmúrio contra a força e a clareza do agudo do garoto. Ele canta sozinho mais três versos e o último refrão.

For me and my true love will never meet again
By the bonnie bonnie banks of Loch Lomond.

Quando ele para, o silêncio é longo e completo. Então uma torrente de aplausos. Os Kroks sabem que é seu maior hit. Eles acenam em despedida e saem correndo pela porta.

O salão continua quieto. Termino de levar a sobremesa, e as duas senhoras na mesa nove estão secando os olhos. Depois de eu entregar o prato e as duas colheres, seco os meus também. Cinco minutos depois, os comensais se recuperaram com mais volume e pedidos do que antes.

Já eu não consigo me recuperar. O som continua tocando na minha cabeça. Tento me esconder no frigorífico, mas os cozinheiros de linha começaram a desmontar suas estações e não param de entrar. Passo o resto do turno, quando não estou servindo, agachada no chão ao lado do armário de roupa de mesa perto da estação de garçons, fingindo arrumar as pilhas de toalhas e guardanapos.

Quando finalmente acabo e saio do prédio, destravo minha bicicleta, mas não subo nela. Não quero ir para casa cedo demais. Não quero deitar na cama agitada desse jeito. Ando com a bicicleta até o rio.

Os estudantes estão voltando. Nos últimos dois dias, as ruas ficaram lotadas com vans paradas em fila dupla e cheias de caixas de plástico e edredons. Agora, eles caminham em grupos no meio da rua, gritam para outros grupos nas portas dos bares. Música ecoa das janelas abertas dos dormitórios. O caminho ao lado do rio também está abarrotado de calouros sem lugar nenhum para ir. Ando devagar, as rodas da bicicleta fazendo barulho.

Passo por corredores, caminhantes e ciclistas. Dois caras com faixas na cabeça jogam um frisbee baixo na grama. Um grupo de garotas deita no chão e olha a lua, que está quase cheia. Antes, eu tinha o caminho só para mim nesta hora da noite. Já estou nostálgica pelo verão.

And I'll be in Scotland before ye.

Uma mulher passa correndo por mim, capuz do moletom na cabeça, punhos fechados. Trocamos um olhar logo antes de ela passar. Socorro, parecemos estar dizendo uma à outra.

Depois da ponte de pedestres, as pessoas rareiam. Procuro os bandos de gansos, mas eles se foram. Será que já começaram a ir para o sul?

Encontro-os pouco antes da ponte seguinte, uma massa avassaladora deles, rosnando e fungando como porcos. Estão descendo a represa, no gramado que fica na beira do rio. Alguns estão com metade do corpo na água, batendo as asas na superfície. Outros estão bicando o chão. Chego mais perto e algumas cabeças se levantam, esperando comida.

Não tenho nada para eles, mas é o lugar perfeito para sentar e cantar em voz alta sobre o lago Lomond, onde quer que ele seja, e faço isso. Mais cabeças se levantam. Minha mãe uma vez me disse que minha voz era linda. Eu estava cantando uma música da Olivia Newton-John no carro e estava tentando fazer com que ela dissesse isso. Não estava apenas cantando distraída. Eu procurava um elogio. Minha voz não é nada especial, mas, quando sua mãe te diz algo sobre você, mesmo que você tenha arrancado dela, é difícil não acreditar sempre.

Canto aos gansos. E a sinto. É diferente de me lembrar dela ou ansiar por ela. Eu a sinto perto de mim. Não sei se são os gansos, ou o rio, ou o céu, ou a lua. Não sei se ela está fora ou dentro de mim, mas está aqui. Sinto o amor dela por mim. Sinto meu amor alcançá-la. Uma troca breve e fácil.

Termino a música e empurro minha bicicleta de novo pela margem. Alguns gansos olham, a cabeça acima dos outros. Os pescoços desses parecem azul-marinho à luz da lua e as barbichas, azul-claro.

Algumas manhãs depois, sou atropelada por um carro. Eu estava falando sozinha e tentando me animar enquanto passeava com o cachorro. Tinha tido alguns dias ruins na escrita e estava tentada a voltar a um capítulo para consertá-lo, mas não podia. Eu precisava seguir em frente, chegar ao fim. Pintores, falei a mim mesma, embora não saiba nada sobre pintura, não começam em um lado da tela e trabalham meticulosamente até chegar ao outro lado. Criam uma pintura de base, uma primeira forma de luz e sombra. Encontram a composição devagar, camada após camada. Essa era só minha primeira camada, disse a mim mesma ao virarmos a esquina, o cachorro puxando na direção de algo à frente, as unhas fazendo um barulho alto na calçada. Não precisa ser bom nem completo. Não tem problema parecer um líquido, não um sólido, uma meleca vasta e espalhada com que não consigo lidar, falei. Não tem problema eu não saber o que vem depois e talvez ser algo inesperado. Preciso confiar — a coleira se solta da minha mão, e o cachorro se lança para o outro lado da rua atrás de um esquilo, e eu me lanço atrás dele e colido com um sedã prata.

Vejo-me no chão a alguns metros de onde eu estava. Provavelmente, parece muito pior do que é. O carro para de imediato e uma mulher sai voando e dizendo "desculpa, desculpa, desculpa" num sotaque caribenho, me pegando nos braços. Outra pessoa traz o cachorro de volta. Estou chorando, mas não por sentir dor. Meu quadril e meu pulso estão um pouco doloridos, mas é só.

— Vou te levar agora mesmo ao hospital — diz ela.

Mas eu não posso ir ao hospital e estou aliviada de não precisar. Ela insiste, só para garantir, fala. Às vezes, há lesões dentro do corpo. Tenho que explicar que não posso pagar.

— Eu pago! É claro que eu pago!

Quando eu lhe digo que, sem seguro, raios X custam centenas de dólares, ela fica assustada e volta para o carro.

No trabalho, o pulso fica mais dolorido e, no fim da noite, o cumim está carregando a maior parte dos meus pratos. Mas não parece quebrado. Tive sorte. Se o acidente tivesse sido pior, os custos iriam me afundar.

Quando Liz e Pat Doyle voltam algumas noites depois e me falam sobre um emprego, um emprego de verdade, com plano de saúde, estou mais receptiva do que estaria antes do acidente.

— Pensei em você porque sua mãe ajudou a fundar essa organização — explica Liz. — E é um emprego de escrita. Eles precisam de uma redatora. — Ela me entrega um cartão de visitas: LYNN FLORENCE MATHERS. FAMÍLIAS NECESSITADAS. — Lynn é uma figura. Você vai adorá-la.

Muriel me obriga a usar meia-calça e um sapato bege de salto alto na entrevista. Combino com as mulheres por quem passo na Boylston Street, mas me sinto uma aberração.

Lynn não conheceu minha mãe, mas é o tipo de pessoa que ela amava: rápida, extrovertida, uma camada fina mas charmosa de feminilidade cobrindo uma confiança e uma ambição masculinas.

— Senta, senta — diz ela, me dirigindo a uma cadeira verde estofada. Ela se senta na poltrona atrás de sua mesa. Deslizo meu currículo na direção dela. Ela passa os olhos e devolve. — Você é qualificada demais para essa vaga. *Hablas español*?

— Si. Viví dos años a Barcelona con mi novio Paco que era un profesor de Catalan pero me hizo loca y tuve...

— Uau. Ok. Já me perdi em Barcelona. — Ela exagera no "c" com a língua entre os dentes.

Ela me dá um formulário W-9 e fala sobre o plano de saúde – uma apólice ouro, diz – e outros benefícios.

Muriel me disse para perguntar sobre a "missão" da organização, então, faço isso.

— Transportar as porcarias que os ricos não querem para famílias pobres desesperadas por elas. — Ela tira três pedaços de papel em branco da gaveta. — Isso é só uma formalidade. Não sei exatamente o que quer dizer um mestrado em escrita criativa, mas tenho certeza de que você escreve melhor que todos nós aqui.

Ela pareia os papéis com um cartão e se levanta.

— O sr. e a sra. Richard Totman, de Weston, doaram uma geladeira antiga que foi para uma casa em Roxbury. Quero que escreva um agradecimento breve a eles.

Sigo-a pelo corredor até uma sala sem janelas com uma cadeira, mesa e máquina de escrever.

— É só me trazer quando terminar. — Ela fecha a porta atrás de si.

Olho o cartão. Tem o endereço da organização e dos Totman. Não sei onde colocar os endereços numa carta comercial formal. Esforço-me para pensar em todas as cartas comerciais que já recebi, as mais gentis, antes de minhas dívidas serem entregues a agências de cobrança. Dou meu melhor chute e começo. A máquina de escrever é elétrica, e levo um tempo para entender como ligar. Tem uma bola no meio com todas as letras. As teclas são sensíveis. Gasto as duas primeiras folhas rápido, porque ela fica digitando letras que eu não queria. Tomo cuidado com a última folha e consigo colocar os dois endereços sem erros, um acima do outro do lado esquerdo do papel. Não faço ideia se está certo. Começo:

Caros sr. e sra. Totman,

Ou será que eu devia ter escrito "sr. e sra. Richard Totman"? Minha madrasta sempre ficava brava comigo quando eu mandava uma carta a ela escrito sra. Ann Peaboby em vez de sra. Robert Peabody. Mas é tarde demais.

Muito obrigado por sua doação da geladeira.

Não sei o que dizer depois disso. Algo sobre a família em Roxbury. *Vocês fizeram uma linda família em Roxbury muito feliz?* Será que isso é verdade? Já usei "muito" acima. *Ela foi instalada na casa de uma família necessitada em Roxbury?* Tem duas palavras com "ada" na mesma frase. *Foi muito generoso de sua parte?* "Muito" de novo. Meu dedinho bate numa tecla e seis ponto-e-vírgulas saem na página. Merda. Olho ao redor para ver se tem algum pote de corretivo. Nada. A mesa tem uma gaveta fina sob o tampo. Nada de corretivo, mas tem uma pequena pilha de papéis em branco. Arranco a folha da máquina e recomeço.

Levo oito esboços e quarenta e cinco minutos. Lynn está no telefone quando saio da sala. Ela me pergunta, com os olhos, o que aconteceu, e não sei como fazer uma mímica da resposta, e ela não me faz sinal para esperar. Coloco a carta na mesa dela e saio.

Tenho vontade de beijar cada degrau da escadaria ao subir para o restaurante naquela noite usando meu tênis preto confortável. Nunca mais preciso voltar para aquele escritório na Boylston Street e ficar sentada com uma roupa desconfortável numa sala sem janelas. Posso me mexer, conversar, rir, comer comida boa de graça. E minhas manhãs, minhas preciosas manhãs, estão salvas.

Victor Silva, que recentemente me disse que escreve poesia e ensaios, chega atrasado usando uma grande capa preta e me escuta falando com Harry sobre a entrevista.

— Por que diabos você ia querer um *emprego administrativo*?

— Segurança financeira. Plano de saúde. Não ficar com cheiro de aïoli nos dedos.

Ele coloca meus dedos nas mãos como se fossem um buquê.

— Mas eu amo o cheiro das suas digitais de aïoli — diz, com o sotaque brasileiro da esposa, depois, incorporando o Bardo: — "Um pouco de veneno, coisa rápida, que se espalhe por veias e artérias."

Aí, de novo na voz dele:

— Você sabe que tem plano de saúde aqui, né?

— Quê?

— Não é ruim. A gente usa. O plano da Bia na Polaroid é uma porcaria.

— É sério?

— Eu ia mentir na sua carinha de cervo machucado? — Ele sai com seus dois bules de chá em passos largos.

— Ele tem uma paixonite assexual de escritor por você, né?

— Ah, é isso?

Vou falar com Marcus sobre o plano de saúde. É um plano da Cambridge Pilgrim, e a dedução do salário é suportável.

— Por que você não me disse quando me contratou?

— Não sei. Talvez porque você tenha cara de que a mamãe e o papai cuidam de todos esses detalhes chatos.

— Vai se foder. Minha mãe está morta e meu pai é um pervertido. Pode me colocar nessa porra desse plano.

O Iris é um lugar duro, mas é melhor do que escrever cartas de agradecimento a pessoas ricas em Weston.

Depois de três manhãs, após passear com o cachorro mas antes de comer meu cereal e tomar minha xícara de chá, no meio da minha manhã de escrita, no que acredito ser o meio de um parágrafo, termino uma frase. Levanto o lápis a alguns centímetros da página e leio. É a última frase do livro. Não consigo pensar em mais nenhuma. É isso. Tenho minha pintura de base.

O brunch naquele domingo é um zoológico. Está chovendo, o deque está fechando e precisamos levar algumas mesas extras para o andar de baixo e apertá-las no bar do clube. Estamos exaustos antes de abrir. Harry conheceu um estudante de design de Harvard naquela semana, e eles vão passar o dia no museu de Córdova. As Twisted Sisters estão de ressaca e sobem e descem sem parar latindo ordens como se fossem os únicos levantando um dedo, enquanto Mary Hand e eu, em silêncio, pomos toalhas, louças e flores em cada mesa. Yasmin está doente, e Stefano, que deveria estar de plantão, não atende o telefone. Voltamos toda hora ao livro de reservas, torcendo para os números terem diminuído desde a última vez que olhamos.

As pessoas chegam de uma vez, famintas e mal-humoradas. Nossa clientela é do tipo que não se nega a nada, mas, nas manhãs de domingo, muitas vezes abrem mão de todos os prazeres, e não só os católicos que não podem comer antes de tomar a hóstia. Às vezes, eles esperam até pra tomar a primeira xícara de café. Chegam ao Iris mortos de fome e em abstinência de cafeína.

Brunch também quer dizer trabalhar com Clark, chefe do brunch. Nos meus primeiros turnos, pensei que ele era gentil como Thomas. Ele me deu o molho romesco a mais que minha cliente queria para os bolinhos de siri e passou um filé de alcatra sem reclamar. Disse que meu pescoço longo o lembrava do Papa-Léguas e fazia *bip-bip* para mim quando eu entrava para pegar meus pedidos. No fim de um brunch ruim no mês passado, quando derrubei um ovo *benedict* e esqueci uma salada *niçoise* e meu corpo estava zumbindo como uma colmeia, ele me encontrou sentada num engradado de leite no frigorífico e, quando me levantei para ir embora, bloqueou o caminho. Tocou meu cabelo e respirou em cima de mim. Fedia à tequila que colocava nos seus cafés mexicanos.

— Você deve ser melhor fazendo boquete do que servindo mesas. — Ele sorriu, e vi que essa cantada já tinha de fato funcionado antes.

— Não — respondi. — Não sou. — E passei por baixo do braço dele, empurrando a grande maçaneta para sair de lá.

Cheguei cedo no dia seguinte para contar a Marcus o que tinha acontecido.

Ele riu.

— Meu Deus, Casey. Você entrou aqui tão séria que eu achei que ia me dizer que matou alguém, porra. Ele estava te *provocando*. Clark não tem dificuldade de achar alguém pra fazer um boquete pra ele, pode acreditar.

Depois, ouvi ele e Clark rindo alto na cozinha.

Desde então, Clark vem me punindo.

Fico ocupada desde o começo. Três famílias de cinco chegam num intervalo de quinze minutos lá embaixo e duas mesas de dois em cima, enquanto Dana e Tony dividem um grupo de doze.

Fabiana senta outra mesa de três na minha seção.

— Você é uma sádica — sussurro para ela ao passar com uma bandeja de *samosas* e *bloody marys*.

— Todos nós ainda estamos bêbados da noite passada. Você está se sacrificando pela equipe.

Dois meninos pequenos na nova mesa de três lugares estão olhando direto para mim. As crianças são as que mais sofrem num brunch. O rosto deles podia ser usado em pôsteres da Unicef. Mas não consigo chegar até eles. Preciso entregar os pratos principais de uma de minhas mesas de cinco lá embaixo. Não temos permissão de usar bandejas para a comida, só aquelas pequenas e esmaltadas de vermelho para bebidas. Os pratos estão há tempo suficiente na janela com lâmpadas de aquecimento para estarem quentes, mas não tenho tempo de achar um pano. Coloco quatro em um braço e pego o último com a mão esquerda, abro a porta da cozinha com um chute e bato de frente com um dos menininhos. Dois omeletes deslizam pelos pratos, mas param bem na beirada.

— Licença, moça — diz ele. Está usando uma gravata-borboleta vermelha e uma camisa com xadrez laranja e branco. O cabelo encaracolado dele foi penteado para baixo e ainda está úmido. Ele tem seis, talvez sete anos. — É aniversário do meu pai. — Ele me mostra um bolo de dinheiro. — Posso pagar pela nossa comida?

— Pode. Mas só depois de eu pegar o pedido de vocês. Depois de a gente saber quanto vai custar. — Os pratos estão queimando a parte de dentro do meu braço direito.

A boca dele se retorce. Ele só ensaiou aquelas palavras. Não tem mais nenhuma.

— Aqui. — Coloco o prato na minha mão esquerda no balcão da estação de garçons. — Vou pegar agora. E, se tiver troco, depois eu te devolvo. Não vou te levar a conta. Pode ser?

Ele faz que sim, me entrega o dinheiro e traça um caminho indireto mas rápido até a mesa dele.

No andar inferior, do bar do clube, a família pede ketchup, molho Caesar extra, um chá gelado com limonada e uma taça de pinot grigio, mas, quando chego lá em cima, não posso passar reto de novo pelos meninos de gravata-borboleta. Desvio de Mary Hand entregando saladas para a mesa oito e paro na deles.

Os meninos levantam o olho do cardápio ao mesmo tempo. O pai não me olha. Mas é familiar. O pai é Oscar Kolton.

— Como estão nesta manhã? — digo, inclinando a cabeça para os meninos à minha direita, torcendo para conseguir pegar o pedido de bebidas deles antes de meu rosto ficar totalmente vermelho.

Servir escritores é minha ruína. Jayne Anne Phillips veio há algumas semanas, e meu rosto ficava em chamas cada vez que eu ia à mesa dela. A série *Black Tickets* dela é como uma bíblia para mim. Ela e as suas amigas pediram chá, as xícaras tilintaram nos pires quando eu as coloquei na mesa. Vou precisar pedir para Mary Hand assumir a mesa de Oscar Kolton.

— Bem — diz o menino mais velho, o que me deu o dinheiro.

— Chocolate quente, café quente, chá quente?

— Chocolate quente? No verão? — diz o menino menor.

— Não é verão. É outono — responde o irmão, pronunciando o *u* bem marcado.

— Desculpa — falo. — Eu trabalhava num resort de esqui no Novo México e às vezes sai assim: chocolate quente, café quente, chá quente. — Primeiro vem o rosto vermelho, depois, a tagarelice. — Posso trazer frio, se você quiser.

— Nada de chocolate — diz Oscar, ainda sem levantar os olhos, graças a Deus. — Café para mim. Preto.

— E para vocês dois?

Silêncio. É claro que eles querem o chocolate.

— Os dois vão tomar suco de laranja — murmura Oscar, virando o menu, vendo que está em branco atrás e virando de novo com a testa franzida.

Mary Hand pega uma mesa de seis, então, não posso passá-los para ela. Levo as bebidas e os condimentos para minha mesa do andar de baixo, depois subo para pegar os sucos e o café. Eles colocaram os cardápios numa pilha organizada na ponta da mesa. Sem cardápios, não têm para onde olhar. Coloco os copos de suco na frente das facas dos meninos e coloco o café de nosso decanter de prata na xícara de Oscar. Eles observam minhas mãos em silêncio. Mesmo no caos e no barulho do brunch, estou consciente da cadeira vazia, do buraco onde deveria estar uma mãe.

Oscar alcança a xícara antes de eu parar de colocar o café. Toma um longo gole e a segura com as duas mãos à sua frente. Penso em Silas dizendo que Oscar pôs as mãos atrás das costas enquanto ouvia o conto dele sem ninguém saber o que aquilo significava.

— Meninos — diz ele.

— Eu gostaria, por favor, dos ovos com salsicha, uma torrada e frutas como acompanhamento — diz o mais velho.

— Ovos mexidos, fritos ou poché?

Ele olha para o pai.

— Poché é parecido com cozido, mas sem a casca. Você não vai gostar. A gema é mole.

— Mexidos, por favor.

— E para você?

O menino mais novo me olha, tendo esquecido suas frases. Os olhos dele se arregalam, e ele esconde a cabeça na parte de dentro do cotovelo.

Faço uma tentativa.

— Panquecas de mirtilo com bacon?

Ele faz que sim ferozmente.

— Leitora de mentes — diz Oscar, sem parecer impressionado. — Vou querer o ovo poché. — ele entrega o cardápio. — Só porque eu queria dizer a palavra "poché". — Os olhos dele me miram brevemente, muitíssimo verdes.

Peço para a refeição deles vir com urgência. Mary Hand me conta que Oscar e a família vinham todo ano no Dia das Mães.

— Achei que nunca mais ia vê-los.

— É aniversário dele. As crianças estão pagando. — Mostro o bolo de dinheiro.

— Que fofurice — diz ela com seu sotaque arrastado, colocando um pedido grande no computador.

Marcus vira a esquina do salão.

— Você sabe que é o Oscar Kolton, né?

— Sei, sim.

Quando levo mais café, cada uma das mãos de Oscar está numa luta de dedão. Eles param para eu poder colocar a bebida.

— Diga obrigado, papai — fala o mais novo.

— Obrigado.

Eles voltam à luta de dedão.

Pego o próximo pedido da mesa de cinco e levo lá para baixo, tiro pratos, reponho cafés, entrego os cardápios de sobremesa, recebo uma nova mesa de dois que encaixaram perto do banheiro. Gory, vestido de branco para um torneio de croquet em Lennox à tarde, passa na mesa de Oscar. Algumas pessoas próximas olham.

— Seus *benedicts* já saíram — me diz Tony ao passar com cinco bombas de chocolate nos braços.

— Você *não é* garçonete se não pegar sua comida — fala Clark quando entro na cozinha. Ele joga um pano em mim pela janela, e pega um punhado de molho *hollandaise*, que espirra na minha bochecha e no meu colarinho. Arde.

Limpo, e meus olhos estão lacrimejando. Mas giro com meus dois ovos *benedicts* antes de ele conseguir ver.

— Feia do caralho — diz ele enquanto eu chuto a porta.

O negócio é decepcionar todo mundo um pouquinho, espalhar a decepção de forma justa. Quando desço e deixo as refeições da mesa quatro, a mesa seis está pronta para pedir sobremesa. A comida de Oscar e dos meninos já deve estar pronta, mas um homem na seis não consegue decidir entre a torta de noz-pecã e uísque ou a compota.

Clark está me esperando na porta. Seu rosto está oleoso de gordura e com gotas de suor.

— Eu me mato pela porra da sua urgência e você não se dá ao trabalho de vir buscar.

— Bem-vindo ao brunch. Tenho que estar em oito lugares de uma vez, para cima e para baixo, e me ferro se não fizer isso. Às vezes, preciso deixar um prato de panquecas no aquecimento por três minutos. Queria te ver tentando. Você só fica aí parado quebrando ovos e cagando na cabeça de todo mundo.

Angus, meu único aliado na cozinha quando Thomas não está cozinhando, solta um longo assovio.

Clark se vira e diz para ele calar a porra da boca.

— Eu vou te demitir, sua vaca.

— Eu não tenho medo da porra de um chef de *brunch* — falo, e o empurro para sair da minha frente e eu pegar o pedido.

No salão, digo para os meninos que os pratos estão muito quentes e é melhor não encostar. Coloco os ovos de Oscar por último. Parecem passados.

— Infelizmente, estão mais para cozidos do que poché. O chef hoje é um escroto sem talento.

Os meninos me olham.

A boca de Oscar contrai.

— Quero dizer um bobo. Ele é um bobo. Desculpa. — Olho para os meninos. — É uma palavra horrível e eu não devia ter usado. Ele é um homem cheio de raiva, que tende a descontar em mim.

— Ele provavelmente está a fim de você — diz Oscar.

É uma fala tão sem noção, tão de avô, que me pergunto se ele é mais velho do que parece.

— Com certeza, não — falo. — Ele realmente me detesta ou detesta o que eu represento. Na verdade, acho que ele gosta dela. — Aponto para Dana — Mas ela está atrás dele. — Aponto para Craig, no bar. — Mas acho que ele é assexual.

Os meninos me olham de novo. Não estou acostumada a crianças.

— Ketchup?

— Nos ovos? — diz o mais velho.

— Tem um montão de gente que gosta de ketchup nos ovos.

— Sério? — Ele procura confirmação com o pai.

— É verdade — falo.

— A gente não faz parte desse montão — diz Oscar.

— Nem eu. *Bon profit.* — Imagino que Oscar consiga entender um pouco de catalão. Estou ansiosa para me afastar. Sinto o calor onde o *hollandaise* bateu na minha bochecha. E a gentileza deles depois da vulgaridade de Clark está fazendo minha garganta doer.

Atendo o resto das minhas mesas enquanto eles comem.

— Isso é um sorriso? — pergunta Tony enquanto esperamos um de nossos drinques no bar e passo um cubo de gelo nas queimaduras no interior do meu braço direito.

— Claro que não, porra. Coloca seus óculos falsos, quatro olhos.

— Você está sorrindo, e eu nunca te vi sorrir.

— Que mentira.

— Tá bom, quando o Harry está aqui. O Harry te faz sorrir.

— O Harry é muito engraçado.

— Ah, é? Eu acho que ele é um escroto arrogante.

Tony já tentou dar em cima do Harry várias vezes, sem sucesso.

— É só o sotaque.

— Aquelas crianças estão te olhando sem parar.

Viro para eles, que abaixam o olhar.

Craig me entrega meus sucos de laranja com vodca.

— Quer dividir uma torta de maçã depois? — pergunto.

— Claro — diz Tony.

Eu o surpreendi. De repente, parece fácil fazer as pessoas felizes.

Quando termina suas panquecas com bacon, o filho mais novo de Oscar ganha vida.

— Você prefere mamíferos ou anfíbios? — ele me pergunta.

— Mamíferos.

— Baralho ou jogo de tabuleiro?

— Os dois.

— Você tem que escolher.

— Baralho.

Eu sei que minhas sobremesas já ficaram prontas na cozinha e que tem duas mesas lá embaixo esperando a conta.

— Deixe a moça voltar ao trabalho, Jasper.

Jasper. Ele tem exatamente cara de Jasper. Um rostinho amassado com lábios grossos, cílios longos e os olhos verdes do pai.

— Azul ou vermelho?

— Azul.

— Sra. Murphy ou Sr. Perez?

— Sra. Murphy.

Eles riem, Jasper mais que todos.

— Tênis ou golfe?

— Tênis. Mas não jogo nenhum dos dois.

— Então, como você sabe de qual gosta mais?

— Porque eu odeio golfe.

Isso parece chateá-lo.

— Até minigolfe?

— Minigolfe tudo bem.

— Nosso pai é muito, muito bom. Ninguém ganha dele.

— Eu ganharia. — Não sei por que digo isso. Exceto por ser verdade.

Os dois meninos protestam. Fazem tanto barulho que as mesas ao redor observam.

— Não ganharia!

Eles olham para o pai para ele se defender. Ele dá de ombros. Não está exatamente sorrindo, mas empurrou o prato para longe e entrelaçou os dedos à sua frente. Sorrio, pensando em contar a Muriel. Tiro os pratos e vou embora.

Volto com cardápios de sobremesa.

— Sei que tinha uma regra de nada de chocolate antes, então, talvez não role a sobremesa.

Os meninos olham o pai.

— Vai rolar a sobremesa — diz ele.

Eles comemoram. Entrego os cardápios. Atrás da cadeira de Oscar, faço a mímica de colocar uma vela em alguma coisa e soprar. O irmão assente discretamente, mas Jasper dá um guincho. Oscar se vira, e eu desvio o olhar. Quando ele volta, pisco para os meninos.

Jasper pede o *crème brûlée* de lavanda, o irmão escolhe a taça taitiana e Oscar pede os medalhões de cookies. Cookies não são boas bases de velas, então, vou até a chef de confeitaria, Helene, no seu cantinho lá no fundo da cozinha. É outro território. Ela ouve música clássica. Sua equipe usa chapéus brancos, não bandanas, e seus aventais brancos estão limpos, exceto por pequenas manchas artísticas, e chocolate, e framboesa.

Mary Hand está lá pegando um monte de sobremesas.

— Pega no pulo — diz ela, e desaparece.

Helene se debruça sobre uma fileira de compotas de pera, colocando um mirtilo no centro de cada uma.

Aponto para a pequena máquina que está imprimindo meu pedido.

— Tem algum jeito de colocar uma ou duas velas naquele prato de cookies?

Ela faz que sim. Espero.

Igor arranca o tíquete lentamente e coloca ao lado dos outros. Ele sempre me parece um desenho, com seu pequeno nariz empinado e dedos longos. Move-se como um dançarino. Deve ser uns vinte anos mais novo que Helene, mas estão juntos desde que o restaurante abriu, no início dos anos 1980.

O pequeno frigorífico deles tem uma porta de vidro, e lá dentro parece uma joalheria, com seus merengues, mil-folhas, *tuiles* de caramelo e borboletas de chocolate branco. Igor tira um *crème brûlée*, coloca num prato enfeitado e queima o topo com uma chama azul até o açúcar brilhar e se liquefazer. Depois, tira um prato da prateleira e, com um grande saco de confeiteiro, coloca um cone espiralado grosso de creme de café no centro. Desliza o prato para Helene ao mesmo tempo que ela desliza a taça de John para ele. Ela arruma três cookies ao redor do creme de café e coloca uma vela palito no creme, enquanto ele joga framboesas glaceadas no sundae e no *crème brûlée*. Ela se inclina para a direita para ele poder acender a pontinha da vela com a tocha, e os dois limpam o balcão de aço assim que eu levanto os pratos. Deixo os noturnos de Chopin, passo pelo Zeppelin — "*I'm gonna give you my love*", Clark está berrando para os filés na grelha — e saio para o mix de Sinatra de Craig no salão.

Aproximo-me de Oscar por trás, para os meninos poderem ver. John mantém o sorriso guardado, mas quando Jasper vê as faíscas voando da vela em todas as direções, começa a rir e bater os pés.

— Ah, não — diz Oscar, virando-se. — Sem cantar. Por favor, sem cantar — diz, mas os meninos e eu começamos, e as pessoas atrás deles, e os dois Kroks na mesa quatro que estavam comendo com os pais, e Tony, e Craig, e Gory, e praticamente todo mundo se junta. Oscar me fuzila com os olhos, e não sei se os filhos dele estão cantando ou rindo demais.

Depois, todo mundo bate palmas, e Oscar tenta assoprar a vela, mas precisa esperar até que chegue ao fim do pavio.

— Foi um truque sujo — diz.

— Você está bravo, papai?

— Não estou bravo *com vocês*.

— Não fique bravo, papai, com ninguém.

Oscar estica o braço e toca a manga de John.

— Ah, querido, eu não estou bravo. Estava brincando. É o melhor aniversário do mundo.

Jasper está batendo na casca de açúcar queimado com uma colher.

— Eu amo fazer isso — digo a ele. — Parece gelo, embora seja o contrário. É feito de calor, não frio.

— É — fala ele, levantando uma lasca irregular e tentando me olhar através dela.

Percebo que estou só parada lá, rondando.

— Querem mais alguma coisa? — ofereço, de novo com minha voz de garçonete. Os três parecem se assustar. Fazem que não com a cabeça.

Fico na estação de garçons, secando a prateleira de taças limpas que Alejandro trouxe, com vergonha por ter rondado. Tenho esse problema às vezes, de me apegar. As famílias dos outros são uma fraqueza minha.

Quando a mesa grande de Mary Hand vai embora, eu a ajudo a limpar. Oscar faz sinal pedindo a conta. Imprimo, mas coloco no bolso. Deu 87,50. Puxo o bolo de dinheiro que John me deu. Quase totalmente notas de um: 24 dólares. Duas das mesas no bar do clube me deram gorjetas em dinheiro, então, posso facilmente completar.

Entrego uma de nossas pequenas bandejas de conta com três chocolatinhos com menta.

— Seus filhos já pagaram adiantado. Feliz aniversário.

— O quê? — diz ele, mas já estou me afastando.

Eu o vejo discutir com eles. Os meninos estão sorrindo de orelha a orelha. As pernas de Jasper balançam embaixo da mesa. Oscar se levanta, John se levanta, e Jasper fica sentado. O irmão o cutuca, ele tenta cutucar de volta e erra. Oscar faz um gesto para John se afastar, se debruça, agarra Jasper e o coloca no ombro como se fosse um pano. Oscar se vira e olha na direção da estação de garçons. Estou perto das janelas mais distantes, trabalhando no rolinho de talheres, e ele não se vira o bastante para me ver. Aí, se vão.

Limpo a mesa: a taça de martíni raspada até o fim, a vela queimada no meio das migalhas de cookie, o *crème brûlée* de manjericão e lavanda quase intacto, exceto pela camada de gelo de açúcar. Iván, o cumim do brunch, vem me ajudar a tirar todo o resto, sal, pimenta, açúcar, vaso de flores. Puxamos a toalha de mesa cor-de-rosa de cima, de modo que só fica a branca. Levo os pratos a Alejandro e, quando volto, Mary Hand diz:

— Parece que Marcus está tendo um desentendimento com o seu amigo.

Um pequeno desentendimento no gazebo. Sinto a memória cair pelo meu corpo como uma pedra. Oscar está de volta à porta, apontando para mim. Marcus claramente está tentando intervir, mas Oscar dá um tapinha no braço dele e passa. Eu o encontro no meio do caminho. Todas as mesas já se foram, o salão está despido, Craig já foi embora e não há música tocando. Consigo ouvir os filhos de Oscar batendo os pés nas escadas lá embaixo. Ele está respirando pesadamente pelo nariz. Seria de se pensar que algo horrível aconteceu, exceto que eu sei que é só dinheiro.

— Ei — diz ele, sem fôlego. Parece que estamos sozinhos num corredor estreito em vez de um salão de jantar enorme. Ele fica perto e mergulha as mãos fundo nos bolsos, levantando os ombros. — Então, eles te passaram a perna, né?

— Não foi de propósito.

— Não tenho certeza. John é muito bom de matemática.

— Os preços ficam numa fonte minúscula, bem para o lado. Sem sinal de dólar. Ele pode não ter visto ou entendido.

Ele assente, relutante.

— E você deixou passar.

— Ele estava usando uma gravata-borboleta.

Ele olha para os pés, lutando contra um sorriso. Está usando botas de trilha batidas com cadarço vermelho. Levanta os olhos para mim, mas não a cabeça, e eles agora estão mais verdes, porque a luz do deque vem por cima do meu ombro.

— Acho que eu devia pensar nele mais como pouco perspicaz do que como antiético. De toda forma, eu te devo US$63,50, mais gorjeta.

— Já fechei o caixa.

Ele estica uma pilha de notas de vinte recém-tiradas do caixa eletrônico.

— Você tem que aceitar.

Balanço a cabeça.

— Feliz aniversário.

Dou um passo para trás.

— Seus filhos queriam te dar um presente. Eu só ajudei um pouco. Preciso voltar para a arrumação.

— Então, vou só deixar aqui. — Ele joga as notas no chão. Elas se espalham. Quatro de vinte.

— Não vou pegar. — Eu me viro, atravesso a estação de garçons e entro na cozinha.

Depois de um tempo, Marcus me encontra. Está segurando um envelope cor-de-rosa com uma íris branca no canto.

— Deixa os clientes pagarem suas próprias refeições, tá? Mesmo que pareçam o Kevin Costner.

Kevin Costner? Oscar Kolton era muito mais bonito que Kevin Costner.

Ele me dá o envelope.

Diz, numa letra pequena e não inclinada:

Casey
(nome interessante)

Não abro. Coloco no bolso do meu avental e termino a arrumação.

Na rua, a luz do dia me surpreende. De alguma forma, entre o andar de cima e o de baixo, esqueci que estava trabalhando no brunch, não no jantar. A praça está em silêncio. Vou a pé até o rio. O turno do jantar começa em menos de uma hora. Ainda estou de uniforme. O sol saiu e secou a maior parte da chuva. Sinto o sol nas minhas costas, o ar quente nos braços. Subo a ponte Larz Anderson, pensando em Faulkner e Quentin Compson, lembrando-me de Quentin como se fosse um antigo amor, com o coração inchado, Quentin que fraquejava sob o peso dos pecados do Sul, que quebrou o cristal no canto da cômoda e torceu os ponteiros do relógio do avô em sua última manhã e, à tarde, limpou o chapéu com uma escova antes de sair do seu dormitório de Harvard para se matar.

Na metade do rio, me ergo no parapeito, balanço as pernas para a margem e olho para a água para ver se encontro o corpo de Quentin. Como um homem no Mississippi em 1920 criou um personagem que parece mais vivo para uma garçonete em 1997 e é lembrado com mais ternura do que a maioria dos garotos que ela já conheceu? Como se cria um personagem assim? O concreto está quente. Algumas pessoas passam na calçada atrás de mim. Um empurrão rápido e eu cairia como Quentin. Mas não morreria. A queda não tem mais de seis metros, cada margem a uma distância fácil a nado. Quentin amarrou ferros de passar aos pés para poder afundar.

Abro o envelope. Quatro notas de vinte e um bilhete. Eu estava torcendo por um bilhete.

> Casey,
>
> Provavelmente muitos esquisitões já te chamaram para jogar minigolfe com eles. John e Jasper não são esquisitões, então, são dois de três. Eles me imploraram por toda a escada para te chamar. Então, estou chamando. ~~538-9771.~~ Te ligo aqui no Iris dentro de alguns dias. A gente gosta do King Putt na Route 12. Muitas múmias e áspides.
>
> Oscar K.

Fico na ponte pelo tempo que me sobra. Leio o bilhete de Oscar mais uma vez. A proa de um barco a remo aparece embaixo dos meus pés e atravessa por baixo da ponte com duas remadas fortes e sincronizadas. São mulheres, oito mulheres, de costas, o rosto torcido num esgar, gemendo ritmadas cada vez que levantam, com o corpo todo, seu único remo pela água, que parece, deste ângulo, ter a resistência de um cimento. Nas breves pausas entre os gemidos, quando elas deslizam para trás, o timoneiro, que parece um amendoim com um boné parado na proa, fala num microfone:

— Prepara dois... Prepara um... agora: vai! — E o barco dá um solavanco para a frente e as remadas ficam cada vez mais fortes e o som desaparece, e elas ficam menores e menores até deslizarem sob a ponte Weeks e desaparecerem.

Pego de novo a carta de Oscar. Gosto da frase "então, estou chamando". Gosto de pensar nele no escritório de Marcus, riscando palavras, não querendo pedir outra folha de papel timbrado do Iris, como eu escrevendo ao sr. e à sra. Richard Totman de Weston. Sinto prazer que um escritor de três livros tenha se esforçado até num pequeno bilhete para uma garçonete de brunch. Ele não riscou o número de telefone com tanta força quanto em outros lugares. Jurei nunca mais bater numa bola de golfe, mas talvez tenha que abrir uma exceção por ele e pelos garotinhos.

No meu terceiro aniversário, meu pai me deu um conjunto de tacos de plástico numa bolsa de golfe xadrez. Havia uma taça na qual eu deveria acertar, e meu pai a colocou num tapete a alguns metros e me mostrou como balançar o taco, e eu balancei e acertei. Meu pai diz que não abri nenhum dos presentes da minha mãe, que brinquei com aquele conjunto até a hora de dormir. Quando tive idade para dar por mim, minha vida fora da escola era o golfe — aos quatro, eu jogava em campeonatos para menores de oito anos, e, aos seis, já estávamos viajando para torneios nacionais. Como muitos pais, o meu queria me dar o que não conseguiu, depois, queria que eu realizasse o que ele não alcançou.

Caleb diz que nunca se ressentiu de todo o tempo que meu pai gastava comigo. Diz que, antes de eu chegar, meu pai vivia o arrastando para o campo de treinamento. Ele faz uma ótima imitação da cara do nosso pai quando Caleb uma vez errou dezessete bolas seguidas. Fui puro alívio quando assumi o lugar dele e me destaquei. Foram bons anos, diz ele. Até o amigo de meu pai, Stu, recomendar um internato só para garotos na Virginia, para despertar o homem em Caleb. Minha mãe lutou contra a ideia, mas Caleb partiu quando eu fiz oito anos.

Eu achava que era meu golfe que deixava meus pais infelizes, que era a fonte do ressentimento deles. Minha mãe falava que ele estava sequestrando minha infância com sua obsessão; meu pai falava que ela tinha medo do meu sucesso porque não se encaixava na fantasia proletária dela de criar revolucionários.

Estávamos na Flórida para o Torneio Júnior de Palm Beach quando minha mãe fez as malas e foi embora com Javier. Eu não estava jogando especialmente bem, mas uma de minhas maiores concorrentes teve uma virose e a outra se assustou com um crocodilo nas águas do sétimo buraco, então, eu venci. No avião de volta para casa, meu pai me fez rir muito ao segurar o folheto de segurança na frente do rosto e imitar os olhos do crocodilo saindo da água. Minha mãe tinha deixado algumas luzes acesas, então, não entendemos de primeira. Só quando ouvimos a mensagem na nossa secretária eletrônica, aquele tipo antigo com uma minifita cassete dentro. Meu pai atacou a voz dela e a máquina saiu voando contra a parede antes que terminasse de falar. No dia seguinte, voltei para ouvir o resto, mas o botão de Play não parava na posição.

Um tempo depois, minha mãe disse que não foi apaixonar-se por Javier que os afastou. Ela disse que aqueles últimos anos com ele foram os mais fáceis, na verdade. Javi a fazia feliz e isso infectava todas as partes de sua vida, até o casamento. Foi quando ele começou a morrer que ficou impossível. Ela não podia dividir seu desespero com meu pai da maneira como dividira a felicidade.

Havia algumas semanas de ensopados e lasanhas na geladeira, homens em nossa sala servindo bebidas para ele. Quando isso acabou, ele desmoronou um pouco, chorando na frente dos jantares pré-prontos que eu tinha requentado. Eu estava no nono ano na época, meu primeiro na escola em que ele trabalhava. Ele dava aula para duas turmas de matemática e era técnico, dependendo da temporada, de futebol americano, basquete e beisebol masculinos. O golfe comigo era o esporte de depois da escola e dos fins de semana. Sem minha mãe, ele adicionou mais horas de treino e torneios à minha agenda, e começamos também a visitar faculdades naquele ano, para eu conhecer técnicos e jogar algumas rodadas com o time. Às vezes, eu o ouvia conversando com um técnico, contando toda a história da mulher fugindo com um padre moribundo, embora Javi fosse só um cantor folk agnóstico. Mas, daquele jeito, a história do meu pai ficava melhor. Eu temia que ele estivesse estragando minhas chances com sua história triste, mas, no outono do segundo ano, tinham me prometido uma bolsa integral em Duke.

Naquele ano, alguns jogadores dos times principais do terceiro e quarto anos começaram a visitar nossa casa à noite. Eles me intimidavam. Meu pai lhes dava cerveja e eles viam esportes na TV, e, do meu quarto, eu ouvia as comemorações e os grunhidos subindo e descendo. Na escola, às vezes, eu ia ao escritório do meu pai no subsolo para fazer lição de casa no sofá dele durante um período livre, mas, agora, eles ficavam lá, aquele grupo com vozes graves e piadas irônicas. Outras vezes, quando eu sabia que ele não estava dando aula nem treinando o time, a porta do escritório ficava trancada, o que nunca tinha acontecido antes, sem som nenhum lá dentro. Às vezes, no campo de golfe depois da escola, ele estava ausente e letárgico, perdendo a conta de minhas tacadas ou ficando para trás quando costumava correr à frente, e eu me perguntava se ele estava fumando maconha com aqueles garotos na escola.

Algumas semanas antes de minha mãe voltar, desci ao escritório do meu pai uma tarde em que não estava me sentindo bem. Eu tinha saído do treino de basquete e precisava de um lugar para deitar. A porta dele estava fechada, mas não trancada. Estava escuro, e eu não acendi as luzes. Fiquei deitada no sofá, afundada na costura. Estava barulhento demais para dormir. O vestiário feminino ficava ao lado — o time principal estava saindo, e os times reservas estavam voltando — e havia muitos gritos, respingos e portas de metal batendo. Supus que meu pai já estivesse na quadra com o time dele. Havia vozes perto, risadas baixas. Depois de alguns minutos, ouvi a porta da salinha de estoque atrás do sofá se abrindo. Três garotos saíram direto pela porta do escritório, já vestidos para o treino. Meu pai saiu por último. Ele pigarreou, afivelou o cinto e saiu da sala. Todos andavam rápido. Nem me viram. Eu os ouvi descendo o corredor e abrindo a porta pesada que dava para a quadra. Levantei e entrei na salinha. Havia pequenos feixes de luz em um canto. Vários buracos haviam sido furados na parede, aberturas pequenas, cada um com uma visão excelente das meninas.

Depois que minha mãe voltou, nunca mais passei uma noite na casa do meu pai. Mostrei os buracos na parede do vestiário ao diretor esportivo e, naquela primavera, meu pai anunciou sua aposentadoria precoce. Parei de participar dos torneios, mas Duke manteve a palavra e me matriculei lá, embora tenha perdido a bolsa quando saí da equipe depois da primeira semana. Sabia que meu pai não ia ajudar com a mensalidade se eu não estivesse jogando golfe, então, arrumei um emprego num restaurante de churrasco e fiz o primeiro de muitos empréstimos que criaram os juros compostos da dívida que hoje me persegue. Mas eu nunca poderia voltar para o golfe. Só de segurar um taco já ficava enjoada.

Pelo correio, recebo um cartão do convênio Cambridge Pilgrim. O logo é um grande chapéu preto de peregrino com uma fivela branca. Faço um desenho disso e mando para Caleb. Ele morou em Boston por uns anos depois da faculdade e achou engraçado o quanto os negócios locais usavam a imagem dos peregrinos, aqueles estraga-prazeres miseráveis. Embaixo do desenho, escrevi: "Logo vou ser tão saudável quanto um peregrino! Expectativa de vida média: trinta e quatro anos".

Mas tenho orgulho do cartão e me sinto aliviada de agora poder fazer alguns exames. Tenho uma pinta que mudou de cor, e minha menstruação está bem mais intensa e dolorida do que era. Não vou a um médico há cinco anos, desde a pós-graduação, última vez que tive plano de saúde.

Primeiro, eles me fazem ir a um clínico geral para pegar os encaminhamentos.

Tudo é pontudo. Quando ele olha nos meus olhos, diz que meus globos oculares são pontudos. E quando olha dentro dos meus ouvidos, diz que meu canal auditivo é pontudo.

— Eu me sinto um desenho mal-feito — digo a Harry mais tarde.

Depois, vem o dermatologista, que tem a pele cor de quartzo, sem uma sarda ou pinta. Não entendo como ele viveu uma vida tão protegida do sol. Fico envergonhada da minha pele, que queimei e descasquei religiosamente nos verões do ensino médio, convencida de que um bronzeado ia garantir um namorado no outono, o que nunca aconteceu.

O golfe também não ajudou, todo aquele tempo sob o sol forte na Georgia ou na Califórnia de camiseta regata e sem viseira. Eu detestava viseiras.

Achei que podia só mostrar a ele a pinta no meu braço, mas ele me faz deitar de barriga para baixo sob uma série de lâmpadas quentes e fortes. Levanta a camisola azul até meu pescoço. Não esconde sua desaprovação. Bufa, estala a língua e faz *tsc*. Mexe em algo na minha escápula e aproxima a lupa dermatológica. Cutuca de novo e segue em frente, descendo pelas minhas pernas e costas, cutucando e arranhando sem parar. Pede para eu me virar. Me descobre de novo. O exame da frente dura um tempão. Ele coloca a ferramenta na minha testa, têmpora, peito, braços. Chega bem perto da pinta esquisita e passa um tempo nela, depois vai para minha barriga e perna, demonstrando grande interesse pela canela e até por um dedão.

Ele me dá um sermão sobre FPS e como eu nunca mais devia sair no sol sem me proteger. Diz que eu devia ter ouvido minha mãe quando era mais nova. Não conto que minha mãe me ensinou tudo o que sei sobre fritar a pele com óleo de bebê e papel-alumínio para refletir.

Ele explica que precisa fazer uma biópsia de três pintas e sai no corredor para chamar a assistente.

— Hoje? — pergunto quando ele volta.

Mas ele já está dispondo bisturis numa bandeja.

Saio do consultório com três talhos costurados com fio preto rígido. Os resultados devem chegar até sexta, ele me diz.

No ginecologista, deitar na maca é doloroso, porque dois dos talhos estão nas minhas costas. O nome na lista de médicos era Fran Hubert, que eu supus ser uma mulher, mas era um erro de digitação. O nome dele é Frank. Sem surpresa nenhuma, o Pilgrims não tem muitas médicas no catálogo.

O médico insere o espéculo melecado com um lubrificante frio. Ele tem uma careca brilhante com grandes pintas descoloridas que chocariam o Dr. Dermatologista.

— Então, você é escritora. — Ele abre o espéculo girando algum tipo de maçaneta, e sinto uma cólica repentina. Ele olha lá dentro. Sinto-me como um carro sendo levantado para uma troca de pneus. — O que você já publicou?

— Nada, na verdade. Só um conto numa revista pequena há alguns anos.

Ele não está ouvindo de verdade. Desembrulha um longo cotonete e o insere.

— Seu colo do útero é pontudo.

Porra de médicos.

Ele puxa o cotonete e coloca num tubo plástico.

— E então, você vai escrever o Grande Romance Americano?

Estou cansada dessa pergunta.

— Você vai curar o câncer de ovário?

Ele puxa o espéculo, e minhas entranhas desinflam.

Ele se recosta na sua cadeira giratória e me olha nos olhos pela primeira vez.

— *Touché.*

Ele me diz que vou receber o resultado do papanicolau em alguns dias. Eu me esqueço de mencionar o sangramento menstrual intenso e a dor.

Depois de montarmos o jantar no Iris, Tony faz um pedido no China Dragon, e Harry e eu vamos buscar. Estão tocando Duran Duran enquanto esperamos no caixa, e fazemos uma dancinha, e ele me gira, e faço uma careta e falo dos machucados no meu ombro, minhas costas, minhas pernas.

— Pobrezinha — diz ele e me dá um abraço gentil.

Cantamos alto “My Name Is Rio” no caminho de volta e, quando chegamos ao topo da escadaria, Marcus me entrega um bilhete que diz: "Oscar ligou". Sem telefone. Deixei o bilhete dele em casa.

— Ele disse que vai ligar de novo?

— Não.

Vou para o salão e Marcus me chama de volta. Por algum motivo, acho que vai falar mais sobre Oscar, o que ele disse ou talvez como ele é, me dizer para me afastar ou me jogar. Em vez disso, ele fala:

— O que quer que esteja acontecendo aí embaixo precisa ser resolvido. É nojento. Você está oficialmente recebendo uma advertência de higiene.

Na estação de garçons, Harry faz uma careta e explica que a vaselina que precisei colocar nos cortes deixou manchas oleosas nas costas da minha camisa, e dá para ver duas feridas sangrentas e os pontos pretos. O dermatologista me disse que eu não podia cobrir com Band-Aids, então prendemos um guardanapo embaixo da minha camisa com uns grampos e comemos nossa comida chinesa no deque. São só 16h30, e o sol está alto e quente, mas dá para sentir que está enfraquecendo, afastando-se de nós. Antes, a essa hora, precisávamos ir atrás de sombra aqui fora.

Thomas abre as portas francesas:

— Casey, linha dois.

Harry faz um trinado e Tony pergunta:

— O que foi?

E Harry diz:

— Tem um homem atrás dela.

E eu respondo:

— Não tem, não. — E tento desacelerar meus passos até a porta. E Tony fala:

— Aposto que tem cem homens atrás dela.

Ele é diferente longe de Dana.

Pego o telefone no bar.

É o Dr. Dermatologista. Duas das três pintas são pré-cancerígenas. A outra é um carcinoma de célula escamosa e, embora ele tenha retirado tudo, seria melhor fazer mais uma raspagem, só para garantir. É o tipo de câncer de pele, diz, que se costuma ver em pessoas muito mais velhas. Ele repete que não posso nunca mais expor minha pele ao sol sem proteção. Diz:

— Eu sei que você está embriagada de juventude e imortalidade, mas é assim que se morre.

Conto para Harry, que me dá outro abraço cuidadoso. E, mais tarde, um velho na mesa de dois do canto de Harry reclama de sua atitude despojada, e Harry diz que está só embriagado de juventude e imortalidade. O homem reporta isso a Marcus na saída, e agora Harry também tem uma advertência.

No dia seguinte, decido ligar para Oscar. Trabalho um turno duplo e carrego a carta com o telefone dele no avental, mas não crio coragem para fazer isso durante o almoço. No meu intervalo, vou até o Bob Slate comprar uma resma de papel — digitei o último capítulo no computador de manhã e estou pronta para imprimir o livro todo — e, quando volto, Marcus me diz que Oscar ligou.

Harry vem para o turno do jantar, joga fora meu café e convence Craig e me dar uma taça de vinho tinto.

— Beba isso, depois você liga.

Mas álcool não tem esse efeito em mim. Me faz ficar cansada, depois triste, depois vomitar.

Enquanto estou bebendo, o telefone toca. Se você estiver prestando atenção, o telefone do Iris está sempre tocando. As pessoas ligam dia e noite para fazer reservas. Às vezes, querem uma mesa para aquela noite. Às vezes, querem para daqui a um ano. As pessoas são loucas no planejamento. Como elas sabem onde vão estar morando no ano que vem ou se vão estar vivas? Sou supersticiosa demais para fazer planos assim. Nunca tive uma agenda ou calendário. Guardo tudo na cabeça.

— Marky Marcus chegando — diz Harry.

Deslizo a taça para trás do computador.

— Casey. Telefone. *De novo.*

Atendo no telefone da confeitaria. Só tem Helene lá, colocando mousse em potinhos adoráveis.

Meu coração galopa. O vinho não ajudou.

É o Dr. Ginecologista, que explica que tenho displasia grave no colo do útero e que preciso ir fazer uma raspagem da região. Diz que a enfermeira vai me ligar de manhã com um horário para o procedimento.

Volto à estação de garçons.

— Mas que tanta raspagem é essa?

— É porque você é muito pontuda — diz Harry.

— Eu me sinto um bloco de queijo. — Pego o jarro de água para levar à mesa que Fabiana colocou na minha área. — Plano de saúde é uma merda.

Depois disso, não tenho tempo para ligar para Oscar até ser tarde demais para ligar para um homem com dois filhos pequenos.

Chego em casa perto da meia-noite, exausta, com a pele zumbindo. Tiro o uniforme, tomo banho, reaplico vaselina nos buracos das pintas. Os fios pretos os fazem parecer aranhas. Meu telefone toca. Já acabaram os médicos.

— Alguém chamado Harry com um sotaque gostoso e paquerador me deu seu telefone de casa — diz ele. — E insistiu que não era tarde para ligar. E — continua, quando não digo nada porque minha garganta está queimando por Harry ser um amigo tão maravilhoso — ele parecia saber algo sobre mim, o que achei um bom sinal. Você está aí?

— Estou aqui — falo, me recompondo.

— Que bom. Minha mãe disse que eu não deveria ir atrás de mulheres junto com os meninos e que é cedo demais para jogar minigolfe. Tenho certeza de que é uma grande decepção.

Fico surpresa de perceber que é mesmo.

— Então, achei que talvez pudéssemos dar uma caminhada de adultos no arboreto no sábado. Você é adulta, certo? Quer dizer, parece meio jovem. Mas não está no ensino médio nem nada assim, né?

— Faculdade te faria desistir?

Silêncio.

— Sim. Faria, sim.

— Eu tenho trinta e um.

— Graças a Deus. — Ele parece verdadeiramente aliviado.

— Quantos anos você tem?

Outra pausa.

— Quarenta e cinco.

Mais velho do que pensei.

— Isso te faria desistir?

— Depende. Desistir do quê?

Oscar está esperando no portão do arboreto com um cão basset infeliz. O cachorro me lembra um brinquedo que eu tinha quando criança, um cãozinho de plástico numa corda, cujas orelhas subiam e desciam ao ser arrastado atrás de mim.

Passo por ele até uma placa de rua na qual possa prender minha bicicleta.

— É você? — diz Oscar. Ele não parece muito contente com isso.

— Sou eu. — Abro o cadeado devagar. Não tenho certeza de querer estar aqui.

Sinto-o parado atrás de mim.

— Você tem cabelo — diz ele. — Antes, estava para cima.

— Normas do restaurante. — Uno as duas pontas da espiral e giro os números do cadeado. — Você tem um cachorro.

— É o Bob. Bob, o cão bobo.

Não sei o que fazer depois de trancar minha bicicleta, então, me agacho e faço carinho na cabeça do cachorro. É um pouco oleosa. Ele pressiona a cabeça contra a minha mão como um gato.

— Não temos uma relação muito boa. Preciso ser honesto sobre isso — diz ele.

— Quer brincar, Bob o bobo?

— O Bob não brinca.

— O que o Bob faz?

— Melindres.

Fico de pé e corro pelos pilares da entrada e giro.

— Vem, Bob! — Bob gira a cabeça, mas mantém o corpo firme na direção da rua. Agacho de novo e bato no asfalto.

— Vem, garoto! — O cachorro finca as unhas na calçada com mais força.

Oscar está me analisando. Já começou a tomar decisões. Sinto isso. Entre nossa ligação e hoje, ele se convenceu a desgostar de mim, e agora está voltando. Fico lá abaixada e penso em como as mulheres são treinadas desde cedo a perceber como os outros as percebem, às custas do que elas mesmas estão sentindo sobre os outros. Às vezes, misturamos essas coisas num terrível emaranhado difícil de desatar.

Bob se lança na minha direção. Oscar, segurando a outra ponta da coleira, é levado junto. Deixo Bob cheirar minha orelha. Fico de pé, e começamos a caminhar.

— Então — diz Oscar.

— Então. — Olho para ele. Não é um homem alto, e nosso olhar está quase no mesmo nível. Não estou acostumada com isso.

— Aqui estamos. — Os olhos dele estão ainda mais claros hoje, com bordas escuras. — Passeando com o Bob.

O cachorro está farejando algo agora, a cabeça enfiada entre as escápulas, o nariz roçando meio centímetro acima do asfalto. Oscar me analisa enquanto caminhamos. Está bem mais relaxado do que com as crianças ou na noite de autógrafos. Ele me encara com um sorrisinho, como se eu já estivesse dizendo algo engraçado, como se tivéssemos um histórico de piadinhas entre nós.

— Só para você saber, eu tenho um pouco de medo de árvores — fala.

Tem árvores por todo lado. É um arboreto. Todas têm pequenas placas de latão com o nome da espécie. Estamos no bosque do bordo: bordo-coreano, bordo-japonês, bordo falso-plátano.

— Isto é algum tipo de terapia de exposição?

— O maior problema são os buracos nas árvores. Uma vez quando criança eu estava sentado num galho de carvalho, vi um buraco, fui olhar dentro e, quando vi, estava no chão. Poft. Eu fui olhar — Ele faz uma cara igual à de Jasper — e de repente estava olhando para o céu com a minha mãe gritando lá de casa. Ela não estava correndo na minha direção nem nada. Só gritando.

— O que aconteceu?

— Uma coruja enfiou o bico na minha testa. — Ele para e me mostra. Tem um buraco fundo logo abaixo da linha do cabelo.

— Meu Deus.

Ele sorri quando toco a cicatriz.

Começamos a caminhar de novo.

— Casey do quê? — pergunta ele.

— Peabody.

— Ah. Muito excêntrico — diz. — Bem tradicional americano. Peabody. É um daqueles nomes que ficam na frente da boca. Peabody. — Ele pronuncia rápido, exagerando os sons estalados. — Ao contrário de Kolton, que é todo atrás.

Falo os dois nomes e dou risada. Ele tem razão.

Oscar me diz que ele e os filhos têm uma lista de nomes de lugares assim, palavras que pulam dos lábios, e fala alguns deles: Pepperell, Biddeford, Mattapoisett, Cinnabon.

— Com certeza, você não deixa eles comerem Cinnabons.

— Como assim?

Imito o rosnado dele.

— Nada de chocolate! Enquanto você colocava três pacotes de açúcar no seu café.

Ele ri.

— Quem é você? De onde você veio?

— Você já me viu antes. Ou eu te vi.

— Onde?

— No lançamento do seu livro. Em Avon Hill.

— No último verão?

Faço que sim.

— Você não estava lá.

— Estava, sim.

— Eu teria notado, acredite.

— Eu estava lá. Casa chique. Telhado de mansarda. Você estava na sala de jantar autografando livros.

— O bufê da festa era do Iris?

— Eu não estava trabalhando. Estava com minha amiga Muriel.

— Muriel. Muriel Becker.

Faço que sim de novo.

— Ela é sua amiga.

— Basicamente minha única amiga aqui. Fora o Harry.

— Harry do telefone?

— Aham.

Ele aperta os olhos.

— Você e Muriel são amigas. É, sim, consigo entender. Ela é uma boa escritora.

— Eu sei.

Ele para de andar.

— *Você* é escritora?

Suspeitei que isso talvez o repelisse.

— Sou garçonete.

— Você é escritora. — Ele realmente não gostou disso. Coloca a cabeça para trás. — A primeira mulher por quem não sinto repulsa, e é uma escritora.

— Pelo jeito, é um problema para você.

— Eu não chamaria uma escritora para um encontro.

— Quem disse que isto é um encontro?

— Isto é um encontro. É meu primeiro encontro em muito tempo. Por favor, não diga que não é.

Bob escolhe este momento para colocar as patas de trás no meio das patas da frente e produzir uma espiral suave de cocô na base de um lilás-japonês. Oscar puxa um saco plástico do bolso. Enfia a mão dentro, pega a pilha, vira o saco do avesso e dá dois nós. Cruza a trilha para jogar num lixo e volta.

— É por isso que você está aqui? Foi por isso que flertou comigo no restaurante?

— Flertei? Com você? Com o pai mal-humorado que não consegue olhar nos olhos?

Ele sorri bem de leve.

— Eu gostei dos seus filhos, não de você. Eu não diria que estava flertando com eles, mas a preocupação deles com você me tocou. John estava se esforçando muito para o dia ser especial.

Ele assente. Um dálmata sem coleira corre até o bumbum de Bob, fareja e sai pavoneando. Oscar limpa o nariz com o dorso da mão.

— Então você sabe sobre a mãe deles.

— Eu estava tentando melhorar um dia difícil.

— E foi por isso que você disse sim ao minigolfe, por causa deles?

— Deles e do seu bilhete. Com todas as partes riscadas.

— Aquele cara estava parado atrás de mim, lendo cada palavra. Eu não conseguia pensar. — Ele limpa o nariz de novo.

— Você está meio enferrujado.

— Eu sei. — Oscar tenta me segurar com os dois braços, mas Bob resiste. Ele solta a coleira, e o cachorro para e senta sobre as patas traseiras, nos observando. Oscar descansa os antebraços nos meus ombros, como se tivesse feito aquilo muitas vezes antes. — Você ouviu a parte sobre não me causar repulsa, né?

— Eu sempre namorei outros escritores. — Coloco os dedos ao redor do braço dele. Ele é forte e compacto. Nossos quadris estão alinhados. — Nunca deu certo.

— Então, eu sou só o próximo da fila.

— Uma *longa* fila.

Algum tipo de falcão sai do topo de uma árvore passando por nós, e Oscar se encolhe. O falcão sobe para outro galho alto.

— Você fica *mesmo* nervoso perto de árvores.

— Posso te beijar antes de elas todas atacarem, por favor?

Faço que sim.

Ele me beija, se afasta e me beija de novo. Sem língua.

— Nunca chamei uma garçonete para sair antes. — Outro beijo casto. — Não é assim que eu funciono. — Os lábios dele são mais macios do que parecem.

— Como você funciona?

— Fui casado por onze anos. Todas as minhas habilidades estão obsoletas.

Ele pega a coleira de Bob e voltamos a andar. Viramos no Conifer Path, uma alameda estreita e vazia. Pergunto como ela morreu. Ele diz que de câncer e me conta que, depois, passou três anos com raiva. Digo a ele que minha mãe morreu em fevereiro. Tento pensar em como descrever, mas não sai nada. Ele pede desculpas por não saber como é perder uma mãe. Fala que uma das coisas mais difíceis foi ver os meninos, aos dois e cinco anos, passando por algo que ele não passou.

— Quando minha mãe morrer, eles vão me consolar — diz.

Subimos uma ladeira, descemos por outro caminho e damos a volta de novo até os lilases.

Oscar para.

— Foi aqui que tivemos nossa primeira briga. — Ele marca um X com o sapato. Afasta-se vários metros. — E aqui — Ele marca outro X — foi onde fizemos as pazes. — Ele volta e pega minha mão. — Na primavera, quando todos os lilases florescem, isso fica belíssimo. Vamos voltar na primavera.

Na minha secretária eletrônica:

— Oi, Casey. Como você está? Acabei de voltar à cidade. Há uns minutos. Hum. Não planejei direito esta mensagem. Estava só querendo falar com você. E te ver. Ter aquele encontro. Estou no mesmo número, 867-8021. Espero que esteja tudo bem com você. Eu, bom. Nos falamos depois.

Toco a mensagem de novo. O ruído de fundo e a risadinha que parece um soluço quando ele diz que não planejou a mensagem. Toco mais uma vez e aperto Apagar.

Vou fazer a raspagem na semana seguinte. O médico e a enfermeira me mostram um desenho de um colo do útero num pôster na parede. Parece um cigarro cor-de-rosa. A ponta inferior é a abertura por onde sairia um bebê. Eles estão planejando colocar fogo nessa parte.

Você não tem terminações nervosas no colo do útero, explicam, então, não precisa usar um anestésico local. Mas tem um som horrível de algo se rompendo, e logo a sala se enche de um cheiro que dá vontade de descheirar imediatamente, mas não é possível. É o trabalho deles, penso, cheirar colos do útero queimados.

Encontro Muriel no Bartley's logo depois.

— O som parecia uma raquete de mosquito. E fedia. Como se estivessem queimando cabelo, sapatos de couro e ovas de salmão, tudo ao mesmo tempo.

Muriel baixa os olhos para o hambúrguer.

— Você precisa parar.

— Mas eu lembrei de falar sobre minha menstruação e a dor, e ele disse que talvez eu seja uma "candidata" à endometriose. Afeta a fertilidade, ele falou. Não tem tratamento nem cura. O que quer dizer que agora posso ficar igualmente aterrorizada de engravidar e de nunca engravidar. — Como uma batata frita. Não consigo comer meu hambúrguer. — Como anda a escrita?

Ela balança a cabeça.

— Não consigo fazer aquela maldita guerra terminar. Todo dia, eu me sento e tento acabar com ela, mas não consigo.

— É uma grande guerra. Dois frontes. Não é tarefa fácil.

— Acho que estou nervosa com aquela cena.

— A cena do lago?

— É. — Muriel teve a ideia da cena do lago antes de qualquer outra coisa. Todas as outras ideias se desenvolveram ao redor dela. — Estou ficando toda nervosa com isso.

— Você só precisa escrever e acabar logo com isso.

— Não sei por que estou me sentindo assim. É como uma ansiedade de performance ou algo assim. E se eu brochar?

— Seus leitores vão deitar de conchinha com você e falar que não importa nem um pouco e que acontece com todo mundo.

— É a motivação do livro todo, essa cena.

— Não é, não. Talvez já tenha sido, mas não é mais. Você precisa esquecer isso. Não é um conto com esse ápice perfeito. É bagunçado.

— É, eu sei. Um romance é uma longa história com a qual tem algo de errado — cita ela. É uma frase que passa de boca em boca, atribuída a vários escritores diferentes.

— Coloque os personagens no lago e eles vão fazer o que têm que fazer.

Sempre soamos confiantes ao falar do livro dos outros.

A pequena editora para a qual ela trabalha vai mandá-la a Roma para uma convenção. Por um tempo, ela ficou indecisa sobre convidar Christian para ir junto. Diz que finalmente chamou.

— Ele disse que não. Ele me falou no nosso primeiro encontro que sempre quis ir à Itália, e aí fala não sem nem pensar no assunto.

— Por quê? — Não gosto da ideia de Muriel sair do país. Meu estômago fica gelado e vazio. As pessoas morrem quando viajam.

— Ele disse que a Itália é para romance, para prazer, não para um retiro corporativo. Eu falei pra ele que não tinha nada de corporativo. É uma série de mesas-redondas literárias. Ele respondeu que não queria ser levado na minha viagem de trabalho. Respondi que ele estava sendo machista e rígido.

— Ele quer que seja especial. Ele viaja sempre a trabalho. — Christian é engenheiro de firmwares embutidos. Não sei o que isso quer dizer, mas ele frequentemente passa parte da semana fora.

— Para Detroit e Dallas-Fort Worth. — Ela faz um gesto de mão. — Tudo bem. Assim fica claro. Eu quero alguém que me apoie e seja espontâneo, alguém que pularia numa chance dessas. E não é ele, então, agora eu sei. Como está indo a reescrita?

Eu tenho imprimido o romance para repassá-lo, fingindo que sou outra pessoa, alguém que acabou de encontrá-lo numa livraria. Faço anotações por todo o manuscrito, digito as mudanças no computador e imprimo de novo.

— Não sei se ainda estou conseguindo enxergar.

— Me dá ele.

— Ainda não.

— Casey, me deixa ler logo.

Eu quero. Quero que ela leia. Mas ela tem pilhas de manuscritos pelo apartamento, não só dela, mas de todos os escritores que conhece e pedem opinião, e é legal demais para dizer não.

— Você precisa de outro par de olhos nele, Case. Vou ficar insultada se você não me mostrar logo.

— Está bem.

— Quando?

— Em uma ou duas semanas.

— Data?

— 25 de setembro. — Parece bem distante.

— No sábado que vem. Tá bom.

O dia 25 é sábado que vem?

Caminhamos até a casa dela. Conto alguns detalhes do meu encontro com Oscar que esqueci durante o almoço. A cicatriz na testa e ele marcando o lugar com um X.

— É bizarro — diz ela. — É como se você estivesse falando de uma pessoa totalmente diferente da das noites de quarta.

Entramos numa loja que ela ama. A dona é alta como Muriel, e todas as roupas lá ficam bem em mulheres altas. Os vestidos custam mais de US$100 e as blusas, até as camisetas de algodão, mais de US$50. Não consigo pagar nem um par de meias num lugar desses. As únicas roupas boas que tenho vieram de minha mãe. Muriel, olhando os cabides de roupas, lembra minha mãe. Eu não tinha visto a semelhança antes. Não sei como Muriel consegue pagar essas roupas ou seu apartamento bonitinho de um quarto na Porter Square. Não sei como as outras pessoas estão se virando, pagando as contas e dormindo a noite toda.

Ela não experimenta nada e, quando voltamos à rua, pergunta:

— Você já leu os livros dele?

— Ainda não.

— Como pode não ter lido?

— Vai mexer com a minha cabeça. Me influenciar de uma forma ou de outra. É sempre assim.

— Mas são informações importantes.

— Será? É tão fácil confundir o cara e o que ele escreve.

Se Oscar fizesse potes de argila, eu não ia ligar. Poderia olhar para os potes e amar ou odiar, e aquilo não teria nenhuma influência sobre o que sinto por ele. Queria poder ser tão neutra em relação à escrita quanto em relação a potes de argila.

— Você não quer ler nem as cenas de sexo?

— Não!

— Ele gosta de escrever sobre sexo.

— Para.

— Posso só contar uma coisinha sobre as cenas de sexo dele?

Percebo que ela está aguardando isso há um tempo.

— Não. Tudo bem. Uma coisa.

— Ele sempre usa a palavra "azedo".

— Azedo?

— É algo que eu notei. Em geral em relação à mulher: hálito azedo, pele azeda. Alguma coisa sempre está azeda. É como se ele tivesse um tique.

Ela está rindo muito da minha expressão.

Oscar me encontra depois do meu turno de sexta à noite. A mãe dele vai dormir em casa com os meninos para que ele pudesse sair quando eu ficasse livre. Ela fez um bolo de cenoura para a sobremesa, e ele traz um pedaço grande. Dividimos enquanto caminhamos pela Massachusets Avenue. É delicioso. Quando terminamos, Oscar faz uma bolinha com o papel-celofane, guarda no bolso e pega minha mão. A mão dele é gorducha e quente.

— Minha mãe está um pouco nervosa com isso. Ela acha que você vai me machucar. — Ele ri como se fosse uma ideia absurda e me beija. Sorrio enquanto estamos nos beijando, pensando em dizer depois para Muriel que nós dois estávamos com um gosto azedo por causa do limão da cobertura; ele me sente sorrindo e seu sorriso fica mais aberto.

Eu gosto de beijar Oscar. Ele faz pausas para falar coisas que vêm à cabeça dele, um aluno que tinha doze dedos, Jasper o mordendo forte na coxa durante o jogo de taco de John naquela tarde. Não tem aquele sentimento que existe com alguns caras, de que estão correndo na direção de um único lugar e vendo quão rápido conseguem chegar lá sem complicações nem muita conversa.

Tomamos cerveja no Cellar e ele caminha comigo até a minha bicicleta, na frente do Iris, onde estacionou seu carro. Ele me apoia na porta do passageiro, com as mãos no meu quadril.

— Esses quadris — diz ele — são perfeitos para fazer bebês.

Dou risada. Na verdade, tenho o quadril bem estreito. Muitas vezes me perguntei como um bebê inteiro passaria por ali.

A gente se beija por muito tempo, e eu o sinto encaixar-se no vão entre um quadril perfeito para fazer bebês e meu osso pélvico. Cabe direitinho ali.

— Humm — murmura. — Aconchegante.

No almoço do dia seguinte, conto a Harry sobre o encontro.

— Céus — fala ele. — É assim com os escritores? A palavra "aconchegante" e você fica perdidamente apaixonada?

— Eu não estou perdidamente apaixonada.

— O homem tem mais de quarenta anos e dois filhos, pelo amor.

Depois, enquanto estamos assoberbados e estou repondo freneticamente a caixa de chás para uma mesa de seis bibliotecárias, ele diz:

— Tire seu fazedor de bebês da frente, amada. Preciso de uma faca de carne.

E, no fim, ele me diz que tem um cara gatinho no corredor me procurando.

— Viu? Ele é uma graça, né?

— Acho que não é a figura paterna que você gosta.

— Ele parece *bem* mais novo que quarenta e cinco. E vai se foder.

Faço-o checar se não tem sementes de papoula no meu dente e vou até a porta.

Não é Oscar. É Silas. Sinto um choque ao vê-lo. Ele parece mais jovem, mais magro. Está vestindo uma jaqueta de couro preto, velha, com vincos profundos e zíperes corroídos nos bolsos.

— Desculpe te tirar do trabalho. Eu queria ver se você estava bem.

— Não tem problema. — Faço um gesto na direção das minhas mesas do outro lado da porta. — Já entreguei a maioria das contas. Como você está? Como foi a viagem?
— Estou calculando quanto tempo faz que ele voltou. Duas semanas, provavelmente. Ele deixou algumas mensagens de voz, depois desistiu. Não quero mais saber de caras assim, que vêm e voltam, estão aqui depois não estão mais. Aprendi minha lição.

— Ótimo. Ótimo. — Tem uma pilha de cartões de visita no balcão da hostess, e ele os folheia com o dedão. *Trrrrr. Trrrrr.* Ele levanta os olhos. — Desculpe por ter desmarcado nosso encontro. Eu só queria te dizer isso pessoalmente. Entendo por que você estaria brava ou... — *Trrrrr.*

A porta de Marcus está aberta, e sei que ele está ouvindo cada palavra.

— Não precisa explicar.

— Eu quero — diz ele, mais alto do que pretendia. — Desculpa. É que algumas vezes, mais ou menos no último ano, esse sentimento toma conta de mim, como se fosse uma alergia, sabe? Preciso estar em movimento. E, desta vez, tive a oportunidade de ir mesmo e senti que precisava aproveitar, embora eu quisesse muito sair com você. Muito. Mesmo. Queria só explicar isso. Achei que nosso encontro seria melhor se eu me livrasse daquela sensação.

— Eu entendo. De verdade. Obrigada por me contar. — Tento fazer aquilo soar como um ponto-final, como se fosse o fim e a chance daquele encontro houvesse passado. Tento começar a voltar para o salão, mas meu corpo não se move.
— Teve algum relance do sublime? — eu me ouço dizendo.

— Um ou dois. — Ele abre um sorriso.

Eu tinha me esquecido do dente lascado dele.

Merda.

— O sublime sempre acaba te encontrando.

Ele assente. Todas as minhas mesas provavelmente já separaram os cartões de crédito. Logo, ele vai descer e sair para a rua, e isso deixa meu estômago com uma sensação de vazio, embora esteja cheio do bolo de semente de papoula de Helene.

— E então, que tal? — diz ele.

— Talvez devêssemos ir ao museu.

— Sábado?

Fabiana sai e retoma seu balcão de hostess. Silas solta a pequena pilha de cartões.

— Sábado funciona. Mas eu trabalho às 15h.

— Eu te pego às 10h30.

Ele desce a escada como um moleque, rápido e em um movimento, um único estrondo. A porta lá embaixo bate.

Minhas mesas me olham com raiva quando entro de volta no salão. Não olho ninguém nos olhos e vou direto para a estação de garçons;

— Por favor, me diga que não deixou uma chance dessas passar — fala Harry.

— Não deixei.

— Ah, você é uma safadinha de avental manchado — diz ele, e me entrega os dois recibos de cartão de crédito que passou por mim.

No começo da manhã de sábado, imprimo meu esboço para Muriel. Não suporto olhar nenhuma das palavras saindo da máquina. Vejo o nome Clara, e meu estômago afunda. É sério que eu chamei uma protagonista de *Clara*? Depois de cinquenta páginas, meu quarto fica úmido e com o cheiro da loja de fotocópias em que trabalhei durante a faculdade, de papel úmido, toner e eletricidade. A pilha na bandeja de impressão fica alta demais e as páginas começam a deslizar, então, pego a primeira parte do livro, alinho as beiradas e coloco virada para baixo na minha mesa. Faço isso cinco vezes até a impressora cuspir a última página e parar abruptamente. Sinto que ela deveria começar a cantar. Viro a pilha, e aí está. Coloco numa caixa antiga da Kinko's, escrevo o nome de Muriel em cima e enfio na mochila antes que eu comece e rabiscar as páginas de novo.

Pedalo até o prédio dela e coloco a caixa na mesa de correspondência na entrada. A caminho de casa, imagino-a me dizendo que não recebeu e, daqui a um ano, eu vendo o livro publicado por um dos outros moradores — provavelmente o cara que trabalha na loja de peixes tropicais e negou ter usado o amaciante dela — e eu tendo que processá-lo com provas de todas as páginas que tenho nos cadernos e no meu computador. Causa ganha, diria meu advogado. Mas eu não poderia pagar um advogado, então, precisaria representar a mim mesma. Ou ligar para minha amiga Sylvie, na Virginia, que era advogada de propriedade intelectual. Ela tinha estudado história da arte e teatro, e eu a vi em *As três irmãs* e *Arcádia*, e nas duas vezes ela se transformou completamente. Eu não a reconhecia como minha amiga Sylvie quando ela estava no palco. Penso nela em seu escritório em Alexandria, fazendo papel de advogada tantas horas por dia. Penso em todas as pessoas fazendo papéis, afastando-se cada vez mais de si mesmas, do que as emociona, do que mexe com elas por dentro. E penso no meu romance na mesa de correspondência de Muriel e espero que o cara dos peixes tropicais não mexa nele.

Quando volto, a sala ainda tem cheiro de impressão, e sinto minha primeira onda de medo de ser lida. Silas virá em vinte minutos, então, não tenho tempo de chafurdar. Pulo no chuveiro e, ao sair, meu nariz ainda está vermelho do caminho gelado até Cambridge. Exagero no blush para compensar e acho uma camisa limpa que tenho quase certeza de que não usei na festa em que conheci Silas. A festa de Oscar. Mas, na época, ele não era Oscar. Era o autor autografando livros que eu não tinha dinheiro para comprar na sala ao lado.

Silas tem um Le Car verde-limão com um buraco de ferrugem aberto na porta do passageiro. Por dentro, está tapado com fita isolante.

— O carro é da minha irmã. Um ex-namorado dela o atacou.

— Com o quê?

Ele contorna o carro até o lado dele e entra.

— Um arpão. Ele coleciona armas marítimas. Olha, entrou até aqui. — Ele toca a beirada do meu banco, e movo a perna para revelar um rasgo no tecido.

Estou de saia, então, minha perna está nua, e a proximidade dos dedos dele causa uma pequena comoção na minha Terra Prometida.

Garrafas e lixo rolam no banco de trás quando ele engata a marcha. O carro tem cheiro de meias sujas e me lembra do quarto de Caleb na nossa infância. Ele está usando a mesma jaqueta de couro, que range quando o braço muda a marcha e volta ao volante. Não sei o que vamos dizer um ao outro. Estou confusa com o cheiro de meias e querendo os dedos dele se aproximando da minha perna de novo.

Quando aceleramos, a fita isolante começa a bater.

— Foi como ver um viking — comenta Silas. Levo um segundo, mas percebo que ele ainda está falando do buraco. — Ele tinha um cabelo vermelho e braços enormes. Precisou de algumas tentativas.

— Sua irmã estava dentro?

— Não, não. Ela tinha saído com outra pessoa naquela noite. Esse foi o problema.

Dirigimos pelos charcos de Fenway, grossos e verdes, uma ponte baixa de pedra por cima do rio Muddy, salgueiros pingando na água. Boston está clara e brilhante nesta manhã, e meu corpo parece leve depois de ter dado o livro a Muriel. Tenho vontade de tirar os sapatos e colocar os pés para fora da janela. Mesmo que ela destrua o livro, é movimento. Um avanço. Decido não contar a Silas que terminei. Não quero parecer arrogante.

— O que você tem feito?

Escaneio minha vida desde que ele deixou a cidade: pintas malignas. Colo do útero queimado. Oscar.

— Terminei meu romance. — É a única coisa que tenho.

— Você *terminou*? — Ele se vira com tudo e me olha até eu apontar a rua.

— Ainda está uma bagunça;

— Você terminou seu primeiro romance. Escreveu um romance inteiro, caramba. — Ele bate as palmas contra o volante e me olha.

Aponto de novo para a rua.

— Dei para Muriel ler.

— Ela é uma boa leitora.

— É. É disso que tenho medo.

— Cara, Casey. É uma conquista. — Ele parece genuinamente feliz por mim. Nem sempre dá para contar com um homem para isso.

No museu, ele compra nossos ingressos e dobramos as guias de metal dos crachás por cima dos colarinhos. Não venho ao MFA desde que voltei.

Subimos a escadaria ampla de mármore.

— Minha mãe me trazia aqui quando eu era criança. Ela me deixava pegar emprestada uma bolsa de couro duro do armário dela, e eu usava do mesmo jeito que ela. — Encaixo uma bolsa imaginária embaixo do braço.

— Como você era?

— Marias-chiquinhas cheias. Dentes da frente grandes — conto. — E ela me deixava comprar três cartões-postais na lojinha do museu, que ficavam batendo dentro da bolsa grande e vazia a caminho do carro. — Chegamos ao topo da escadaria. — Queria conseguir lembrar o que dizíamos uma à outra.

— É estranho, né? Minha irmã e eu uma vez atravessamos o país de carro. Ela tinha um monte de audiolivros em fita, livros grandes, tipo *Guerra e paz*. Mas começamos a conversar e nunca escutamos nenhum. Era meio uma piada nossa, de que, quando não tivéssemos mais nada a dizer, íamos escutar. Mas continuamos falando. E, agora, não consigo lembrar o que conversamos.

O ar entre nós crepita, como acontece quando se fala de seus mortos amados. Mas é difícil saber o que dizer em seguida.

Andamos pela Arte do Mundo Antigo, passando por um leão babilônico, urnas etruscas, uma pulseira núbia esmaltada, partes de corpos de estátuas gregas: um pé com sandália, um bumbum masculino musculoso com uma coxa. É bom ver arte para lembrar como ela sempre foi um impulso humano natural. Seguimos para a Arte da Europa, os halos e os anjos, o nascimento sagrado e o assassinato sangrento do mesmo homem várias e várias vezes, todo um continente tomado por uma única história durante séculos.

— Tem muitos buracos nessa trama — digo quando paramos em frente a um Fra Angelico. — Se Jesus foi tão celebrado quando nasceu, por que só tem histórias sobre ele quando bebê e homem prestes a morrer? Por que nunca ninguém o vê com oito anos?

— Ou adolescente. Com acne, revirando os olhos para tudo que Maria e José falam.

Às vezes, vou para o outro lado da sala, para podermos observar algumas coisas separados. Às vezes, nos perdemos e nos encontramos uma ou duas salas depois.

Chegamos a Arte das Américas e paramos em frente a *As filhas de Edward Darley Boit*, de Sargent. Três das garotas olham diretamente para nós. A mais velha não se dá ao trabalho. Parece quase estar cochilando, de costas apoiadas num vaso de dois metros. A do meio está parada ereta e desconfortável ao lado dela, com a terceira à esquerda perto de uma janela que não vemos e a mais nova no chão com uma boneca de porcelana e um olhar cético.

— Você acha que essas meninas tiveram que posar nessas posições dia após dia? — pergunto.

— Elas parecem infelizes.

— É, e não só por posar em posições esquisitas. Parece que estão tentando fazer uma cara boa, mas dá pra ver que, quando acabar, não vai ter nenhuma brincadeira superdivertida.

— Tem alguma delas com que você se identifica?

Estudo as quatro meninas.

— Acho que me identifico com ela. — Aponto para a segunda mais velha, tensa, drenada de cor. — Mas eu gostaria de ser esta, parada na luz.

— Ela é o foco, né? Embora esteja lá longe.

Nós dois nos inclinamos ao mesmo tempo para analisá-la. É belíssima, com o avental branco captando cada partícula luz.

— Ela sabe que é o centro das atenções e não tem certeza de que quer ser — falo. Nossos ombros não estão se tocando, mas o ranger da jaqueta de couro dele ecoa em meus ouvidos. Consigo sentir o cheiro da pele dele. — Mas tem alguma coisa fermentando nela.

— Olha o pé esquerdo dela. Ela está prestes a dar um passo.

— Queria conseguir escrever alguma coisa tão bonita quanto aquele detalhe bem ali, bem onde o cinto aperta o avental. — É difícil tirar os olhos. Não sei por que me emociona tanto e nunca conseguiria explicar. Há uma loucura na beleza quando nos deparamos com ela dessa forma.

Depois de *As filhas de Edward Darley Boit*, vou na mesma direção de Silas pelas salas. Paramos em frente a *Casas em Auvers*, de Van Gogh, depois de *Vaso de flores*, de Matisse, por um tempão sem dizer nada. Depois do caos vívido de Van Gogh, em que nada é suave, nada é homogêneo, nada é discreto e o mundo parece separar-se em fragmentos diante dos olhos dele, o vaso de flores brancas ao lado de uma janela à beira-mar de Matisse é sereno e leve, como se tudo pudesse flutuar se você deixasse.

Descendo as escadas até o café, Silas diz:

— Gosto de vir aqui. Me anima e me acalma de todos os jeitos certos.

Ele pede café e eu, chá, e sentamos em cadeiras de plástico modernas num átrio aberto. Sinto-me leve e embevecida pela arte, e a preocupação com Muriel lendo meu romance se foi.

Na volta, falamos menos. Ele fica mais confortável com o silêncio do que a maioria das pessoas. Nas pausas, penso em confessar que, de algum jeito, acabei tendo dois encontros com Oscar Kolton. Mas isso é presumir coisa demais cedo demais, como se ele fosse se importar. Este é o cara que começou a dirigir milhares de quilômetros para oeste na manhã do nosso primeiro encontro.

Quando entramos com o carro em casa, escuto o cachorro latindo para o veículo.

— Quer conhecer o Cachorro do Adam? Podíamos ir passear com ele.

— Cachorro do Adam. — Ele ri. — Prometi para o amigo que mora comigo que emprestaria o carro há tipo uma hora. Mas eu quero, sim. Outra hora.

— Está bem. Obrigada. — Saio rápido, antes de ele achar que estou esperando algo mais. Mas, depois que se vai, fico desejando ter sido um pouco mais lenta.

Coloco a chave na fechadura. Estou no clima de ligar para minha mãe, aquele clima feliz, de mudança de ares. Calculo o horário em Phoenix. Quase meio-dia. Perfeito. A ficha cai, e lembro que ela morreu.

Oscar me liga naquela tarde no Iris, durante a montagem.

— Minha mãe está aqui na outra linha — diz. — Está disposta a faltar na assembleia dela para ajudar o filho enamorado. — Há uma pausa abafada. — Ela quer que eu te diga que não é uma *assembleia*. É um grupo de *cinema*. Composto por mulheres *muito* inteligentes com PhDs como ela mesma, se quer saber. Amanhã à noite. Consegue se desocupar? — Ele abaixa a voz para um sussurro exagerado. — Ela acha que você é jovem demais para mim. — Um grito no fundo. — Ela disse que *não* falou isso.

Ele tem uma mãe, e eu não.

O calendário está na parede na minha frente. Marcus acabou de fazer o novo cronograma. Estou de folga amanhã à noite.

— Vou checar.

Cubro o telefone. Estou sozinha no escritório, então, ninguém me vê. Fico lá por muito tempo. Não consigo pensar. Quero sair com Silas mais uma vez antes de ver Oscar de novo. Sinto que tem uma bola disforme nos meus pulmões que não está deixando muito espaço para o ar.

Marcus interrompe.

— Saia do meu telefone.

Tiro a mão do bocal.

— Sim. Estou disponível.

No caminho de volta à cozinha, penso numa cena do meu livro. Dana está me mandando ajudá-la a arrumar a mesa de doze, mas, em vez disso, vou ao bar e escrevo uma nova ideia num guardanapo, que guardo no bolso do avental. Tenho uma porção de anotações em guardanapos e comandas na gaveta da minha escrivaninha para o próximo esboço.

Não consigo parar de sentir ansiedade por aquela noite. Em geral, consigo afastá-la. Numa noite cheia, não há tempo para ter consciência da mente ou do corpo. Só existem o vinagrete extra da mesa 21, as bebidas da mesa de dois, e duas mesas com pratos principais saindo ao mesmo tempo. Há piadinhas com Harry, Victor, Mary Hand quando colidimos no computador ou na janela das comidas. Sempre consigo me perder na correria. Mas, naquela noite, não. Fico apartada. Pela primeira vez, o estresse do trabalho não oblitera minha consciência do estresse no meu corpo. Só a aumenta.

Quando chega ao fim e estamos somando nossos totais, Harry dá um tapinha na minha cabeça.

— O que está rolando aqui?

Não consigo explicar, então, digo:

— Sinto que preciso contar para Oscar sobre o Silas. Quer dizer, ele tem filhos.

— Você saiu para uma caminhada e tomou uma cerveja com ele. Eu desconfiaria de um cara que se apega tão rápido. É meio que uma *compromilação* precoce. — Ele ri da própria piada, depois se levanta para levar as gorjetas da cozinha. Está de olho em um cozinheiro de linha ranzinza. Eu o observo empurrar a porta da cozinha cheio de esperanças. Ele pode até soar sábio no amor, mas também é ruim nisso.

Encontro Oscar num restaurante pequeno chamado Arancia, perto da Brattle Street. Não quis que ele fosse me buscar e visse onde eu moro. Ele ia querer entrar e dar uma olhada.

Ele está conversando com um casal na calçada. Afasta-se deles quando me vê chegando.

Me dá um beijo na bochecha.

— Terceiro encontro. — Ele me beija nos lábios. — Tenho uma coisa para você. Feche os olhos.

Sinto algo duro cobrir minha cabeça.

— Coube perfeitamente.

Coloco a mão. Um capacete de bicicleta. Tiro da cabeça. É prateado e elegante, e deve ter custado caro.

— Obrigada. É lindo.

Ele ri.

— Prometo que vou te comprar algo mais doce. Mas, pelo menos, agora não preciso me preocupar com você abrindo a cabeça. — Ele passa o braço pelo meu, e descemos os degraus de tijolo até o restaurante do porão. É minúsculo. Oito mesas. Na parede do fundo, uma cortina de veludo separa o salão da cozinha. Os aromas são mediterrâneos: balsâmico aquecido, mariscos, figos. Estou com fome. Espero que ele peça entrada e prato principal. Aguardamos que alguém nos receba na porta.

— Quem eram aquelas pessoas com quem você estava conversando?

— Tom e Phyllis McGrath. Tinham saído para caminhar. — Ele hesita. — Ela estava lendo meu livro. Reconheceu a foto da orelha.

— Aquela foto não parece nada com você. — Fecho a cara e aperto os olhos como um caubói fumante.

— Eu sou assim. — Ele tenta fazer a pose.

— Você não está parecendo você. — Há uma mulher numa mesa de três o observando. Ele é bonito, com aqueles olhos e a espiral de cabelo cor de cobre. Baixo a voz.

— Acontece muito isso de as pessoas te reconhecerem?

— Não acontece o suficiente. — Ele ri. — Por aqui, de vez em quando. Quero dizer exatamente aqui. Neste quarteirão. Talvez no próximo. Lá na Central Square, aí esquece.

A hostess emerge pela cortina de veludo e nos leva a uma mesa. É redonda, de madeira, sem toalha, sem flores.

Em vez de uma vela, é uma pequena luminária com uma corrente à moda antiga. A montagem e desmontagem aqui deve ser muito rápida.

— Então, você viu a foto, mas não leu o livro? — questiona Oscar.

Ele me pega desprevenida.

— Estive planejando uma ida à biblioteca.

— Ah, a biblioteca. Isso sim vai ajudar minhas vendas.

Um garçom aparece, levanta nossos copos da mesa para colocar água, recita os pratos do dia. É mais velho do que Oscar. Faz esse tipo de trabalho há décadas, dá para ver. Ele nos diz que o coelho vem com feijão-chicote e pasta de anchovas.

Oscar levanta a cabeça.

— Coelho e chicote? Quem pensou nesse cardápio, o Hugh Hefner?

Eu me encolho. Não se deve enfurecer esse tipo de garçom de carreira. Mas o cara cai na gargalhada. A risada dele é alta e enche o salão. Ele leva um tempo para se recompor.

— Ninguém falou nada a noite toda. Estava me matando.

Ele nos deixa para contemplarmos o cardápio. Vejo-o indo aos fundos e contando para outro garçom o que Oscar falou. Na mesa ao nosso lado, o casaco de um senhor desliza da cadeira para o chão e Oscar pega para ele, eles trocam algumas palavras sobre a garrafa de vinho na mesa do homem, que era da Austrália, onde, aparentemente, Oscar morou por um ano.

O garçom volta e Oscar pede mexilhões para dividirmos e o robalo. Eu peço os camarões grelhados e o *tagliatelle*. Digo para soltar o aperitivo de camarão junto com os principais.

Ele assente e se vai, e Oscar comenta:

— Olha você falando o idioma nativo.

Pergunto sobre as crianças.

Ele pega minha mão e acaricia o interior do meu pulso com um dedo.

— Sua pele é tão macia e aveludada. — Depois de um tempo, diz: — Meus meninos estão bem. Sabem que vim ver você hoje. John ainda fica muito eriçado com sua afirmação sobre o minigolfe.

Ele não bebe muito, e gosto disso. Tomamos uma cerveja cada um, depois trocamos para água. Os mexilhões chegam, com aroma de vermute e chalotas.

— Eu vi sua amiga Muriel na quarta.

Estive evitando o assunto do grupo de quarta à noite. Silas talvez tenha estado lá, e isso era estranho. E só a palavra "Muriel" fez meu estômago revirar.

— O que foi? Vocês duas se desentenderam?

— Eu dei meu romance para ela há quatro dias.

— Você não deu para mim.

— Depois do seu surto no arboreto? Não mesmo.

Ele ri como se tivesse se esquecido totalmente daquilo.

— Eu fui bizarro. Desculpa. Ela já te disse alguma coisa?

— Nada. — Uma nova rodada de ansiedade me inunda, com mais intensidade.

Ele assente, abre um mexilhão.

— Todos esses escritores com quem você saiu — diz. — Algum famoso?

Faço que não.

— Só você. Pelo menos num raio de dois quarteirões.

Nossos pratos chegam. O homem na mesa ao lado se levanta para ir embora com o resto de seus companheiros e examina o robalo de Oscar, cuja cabeça está pendendo para fora do prato.

Oscar inclina os olhos do peixe na direção do homem.

— Olhei-o nos olhos, muito maiores que os meus, mas mais rasos, amarelos, com um fundo de papel de alumínio manchado, visto através de velhas lentes de mica arranhadas.[2]

---

[2] Versos do poema "O peixe", de Elizabeth Bishop, publicado *Poemas escolhidos de Elizabeth Bishop*. Trad. Paulo Henriques Britto. São Paulo: Companhia das Letras: 2012. (N. T.)

— Bishop — fala o homem. — A grande mestre do desastre.

Ele tem idade o bastante para ser contemporâneo da poeta.

— De fato — concorda Oscar.

— Espero que você e sua garotinha tenham uma ótima noite — diz ele, e sai arrastando o pé até os amigos, as mulheres ajustando os lenços de seda com dedos retorcidos.

Oscar se inclina na minha direção.

— Ele acabou de dizer "garotinha"?

— Acho que sim.

— Minha *garotinha*?

O garçom vem nos perguntar como está tudo.

— Bom, meu peixe está morto — responde Oscar. — E ela *não* é minha garotinha.

O garçom ri. Parece querer rondar por ali como eu naquele dia no brunch. Peço parmesão para me livrar dele.

Quando terminamos, ele leva os pratos e nos traz uma torta de chocolate e um sorbet de manga.

— Cortesia do chef. Ele é um admirador da sua obra — diz a Oscar.

Oscar fica satisfeito, mas não surpreso nem lisonjeado como eu esperaria.

— Muito obrigado — fala.

As sobremesas são boas. Tudo foi bom, mas nada chega perto das vieiras de Thomas ou do pudim de bolo de banana de Helene.

A conta chega e nem finjo pegar minha bolsa. Eu nem trouxe uma bolsa. Só tenho meu capacete embaixo da cadeira.

— Não estou pronto para você pegar sua bicicleta e ir embora. Vamos dar uma caminhada?

Andamos até o parque Common. Há estudantes fumando nos bancos, joelhos para cima, pés descalços. Alguns outros jogam uma bola de futebol americano no escuro. Ainda é estranho não ser um deles, não ser estudante numa noite de setembro.

Em frente aos portões de um parquinho, ele aponta o lugar onde, no trepa-trepa, John bateu a cabeça na de outra criança, e o balanço de bebê em que Jasper ficou preso no ano passado.

— Com todo o tempo que passei aqui, dava para ter escrito mais três livros — diz ele.

Passamos sob um bordo cujas folhas já começaram a cair. Elas estalam sob nossos pés e soltam cheiro de outono. Eu tinha calos por causa dos trepa-trepas e das acrobacias que praticava por horas, me exibindo para minha mãe. Ela e Javi fingiam bem que era nas minhas habilidades no trepa--trepa que estavam interessados.

Na Chauncy Street, mostro a ele o apartamento que dividi com Nia, Abby e Russel, e, duas portas depois, ele aponta uma casa que diz que alugou com a esposa por um ano quando eram recém-casados. Não pergunto quando, não quero saber se moramos lá ao mesmo tempo. Passamos pelos alojamentos para casados de Harvard, e ele fala que seus pais moraram lá no último ano do pai, e conta uma história sobre a mãe quase incendiando o lugar ao pôr fogo num pano de prato e como ela fez o mesmo, recentemente, na casa dele.

Ele para na frente de uma casa no fim do quarteirão.

As luzes do térreo estão acesas, clarões azuis de uma TV no canto.

— Chegamos.

É uma casa colonial quadrada, perfeitamente simétrica, quatro janelas para a rua no térreo, quatro no primeiro andar, duas no sótão. Cinza com bordas brancas e persianas pretas. No final de uma pequena entrada para carros há uma cesta de basquete e uma tabela num poste com sacos de areia no topo de uma base preta. A vida de Oscar.

Vejo-o olhando a entrada. Não sei o que está sentindo. Ele se vira para mim.

— Minha mãe está vendo o jornal. Ela tem uma quedinha pelo apresentador.

No andar de cima, três janelas estão escuras e uma tem um verde fraco. Talvez seja um abajur.

— Os meninos dormem no mesmo quarto?

— Só quando eu não estou em casa. O Jasper vai para a cama do John. Os dois acabam na minha cama quando amanhece.

Apresentar isso a mim é importante para ele. Pego a mão dele, que me puxa e me beija na têmpora, e olhamos de novo pelas janelas como se a casa e tudo dentro dela pertencesse a nós dois.

Encontro Silas no cinema na Church Street. Escolhemos assentos perto da tela. Ele está usando um gorro de lã listrado que não tira durante todo o filme, e nossos corpos nunca se encostam. Nunca estive mais consciente de não encostar em alguém a vida inteira. Duas horas e meia de Merchant Ivory sem nos tocarmos. Depois, voltamos ao apartamento dele em North Cambridge. É preciso subir três andares de linóleo. Ele sacode um pouco a fechadura, e, lá dentro, o cheiro é igual ao do carro, com tabaco e bacon. Sigo-o por um corredor, passando por duas portas fechadas. Atrás da segunda porta, um cara finge orgasmos longos e altos em falsete.

Silas bate na parede.

— Até parece, Doug. — Ele me espera no fim do corredor. — Desculpa por isso.

Entramos na cozinha. Ele pega duas garrafas de cerveja na geladeira e abre encaixando a tampa num puxador de gaveta. As tampas caem na mão aberta dele, que as joga no lixo. Sentamos numa mesinha grudenta no canto. As duas cadeiras estão próximas e ele não as afasta. Há um jornal e uma caneta na mesa. Alguém estava fazendo palavras-cruzadas. Ele pega a caneta e puxa o jornal para perto, e espero que não tenhamos que terminar as palavras-cruzadas. Não gosto. Não gosto de nenhum enigma, nem de Scrabble, nem de nenhum dos outros jogos de palavras de que escritores deveriam gostar. Mas ele vira o papel para uma foto de Ken Starr e desenha nele um cabelo comprido que parece com enguias, depois solta a caneta de forma abrupta.

Conversamos e arrancamos os rótulos das garrafas. Ele pergunta o que Muriel achou do meu livro, e sou obrigada a dizer que não tive notícias dela. Acho que ele percebe que isso me deixa triste, então, me conta que seu colega de apartamento Doug está apaixonado por uma lésbica que, às vezes, passa a noite lá, mas nada acontece, e que seus outros colegas, Jim e Joan, ficam na suíte principal, mas precisam enfiar todas as coisas de Joan no porão sempre que o pai de Jim, que é pastor batista, vem de Savannah para uma visita.

— Como são seus pais? — pergunto.

Ele pega a caneta de novo.

— Infelizes. — Ele ri. — Tentei falar mais alguma coisa, mas não tem outra palavra. Eles deviam ter se separado há muito tempo. Acho que iam.

— Antes da sua irmã morrer.

— Isso. E, agora, ficaram aleijados e sem saber o que fazer. — Ele desenha uma espécie de Quasímodo dobrado com duas cabeças, uma corcunda e um monte de pés tortos. Entrega-me a caneta. — E o seu pai? Vocês são próximos?

Meu pai não é assunto de segundo encontro.

— Já fomos. Mas ele não é um cara legal. — Desenho meu pai de perfil, os fios grossos de cabelo branco espetados, o nariz longo com uma ponta minúscula, a boca bem aberta, gritando comigo por desistir das coisas. Silas pega a caneta e desenha um balão saindo da boca do meu pai, no qual escreve: "Não quero ser um escroto!". Pego a caneta dele, faço uma boca ao lado das duas cabeças de Quasímodo e escrevo: "Não sabemos quem somos agora".

Ele ri pelo nariz e fala:

— É mais ou menos isso.

Estamos sentados tão perto, e nossos braços finalmente estão se tocando, e penso que ele talvez se incline para me beijar, o que não acontece. Quando estamos indo para a porta, ele diz que quer pegar algo e abre a porta do quarto. A cama está bagunçada, um cobertor de lã nodoso e um lençol de baixo azul-claro. Uma escrivaninha fina coberta de papéis e uma cadeira giratória de escritório. Pilhas de livros por todo lado e uma máquina de escrever manual no canto. Fico parada na porta. Tem o cheiro dele. É um cheiro bom. Eu poderia ficar muito tempo lá parada, mas ele pega um livro de uma pilha e fecha a porta.

Ele me entrega o volume na escada.

— Achei na WordsWorth.

É uma brochura grande sobre arte de cartazes cubanos. Folheio. Há fotos do fim dos anos 1950 aos anos 1980, de cartazes grudados por toda Havana. Slogans políticos em espirais laranja-claras, jardins de flores *pop art*, uma releitura da lata de sopa de Warhol anunciando um festival de cinema.

— Muito obrigada. — Levanto os olhos. Ele está na metade da escada.

Ele me dá carona até o outro lado do rio. O rádio toca Lou Reed. Não falamos muito. Cada vez que ele coloca as mãos no câmbio ao lado da minha perna, minhas entranhas dão um pequeno solavanco.

Ele canta junto com Lou sobre colher o que se planta.

Na entrada, coloca o Le Car em ponto morto.

— Foi muito divertido — diz.

— Foi. — Desta vez, dou alguns segundos e, assim que me viro para abrir a porta, escuto-o vindo na minha direção, mas é tarde demais.

— Eu te ligo — fala ele. A porta fecha.

Aceno.

O cascalho estala e se espalha sob os pneus quando ele dá ré.

Na minha secretária eletrônica, Muriel está gritando: EU AMEI. EU AMEI MUITO.

Estou sentada com Muriel na mesa dela ao lado da janela. Ela nos fez chá em canecas cobalto. É uma manhã fria e o calor sibila no radiador de ferro fundido atrás de mim. Ela está de moletom e rabo de cavalo, óculos em vez de lentes de contato. Não a vejo assim muitas vezes. Esta longa mesa é onde ela escreve. É impossível não sentir que eu poderia escrever melhor apenas com um pouco mais de espaço e luz. Queria que meu próprio teto todo meu não fosse tão claustrofóbico.

Meu manuscrito está numa pilha entre nós. A primeira página tem duas marcações na margem. Ao lado da pilha, há quatro ou cinco páginas de anotações.

— Não sei se já te contei isso — fala Muriel —, mas, quando leio algo bom, meus tornozelos formigam. Acontece desde que eu tinha nove anos e li Elizabeth Bowen sem querer quando colocaram *The Last September* na prateleira da seção infantil na nossa biblioteca.

Estou nervosa. Sei que ela gostou, mas também sei que todas essas anotações não são elogios.

— Desculpa por ter demorado duas semanas. Comecei a pensar: e se eu odiar? Fiquei com medo de acontecer o que aconteceu com Jack. — Jack é um colega que parou de falar com ela depois de seu feedback sobre o livro de memórias dele. — Há duas noites, comecei e foi um alívio enorme. Meus tornozelos estavam pirando. — Ela puxa a pilha para mais perto e empurra os óculos mais para cima no nariz. — Kay Boyle disse uma vez que uma boa história é ao mesmo tempo uma alegoria e uma fatia de vida. A maioria dos escritores é bom em uma coisa, mas não na outra. E você está fazendo as duas lindamente aqui. — Ela acaricia a primeira página. Começa a folhear o manuscrito para me mostrar as partes que mais amou. As marcações estão por todo lado. Meu corpo inunda de um doce alívio. Meu coração desacelera para curtir. Ela marcou todas as minhas partes favoritas, as que me vieram com tanta facilidade e as que me foram tão desafiadoras. Diz que Clara é muito peculiar, mas é também a encarnação de todas as mulheres anuladas pela história dos homens. Começa um discurso sobre a hegemonia masculina dentro da família de Clara. Ela me dá crédito por todos os tipos de coisas em que eu não estava pensando de nenhuma forma ideológica.

Quando ela começa a me mostrar os pontos que precisam ser cortados ou expandidos, personagens que precisam de mais atenção, começo a tomar notas. Ela aponta os lugares em que descrevi a emoção de um personagem, em vez da reação à emoção.

— Não diga que a menina está triste. Diga que ela não consegue sentir os dedos. Emoções são físicas.

Ela colocou um X em várias páginas sobre a Batalha de La Plata, que tinham me tomado semanas de pesquisa.

— E — continua — você precisa escrever aquela cena de estupro.

— Não.

— Você precisa.

— Não consigo. Não quero.

— Não deveria acontecer assim, fora de cena.

Balanço a cabeça.

— Eu tentei. Não funcionou.

— Tenta de novo. Não dá para segui-la tão de perto pela maioria do livro e, aí, virar as costas. É por causa do seu pai?

— Não é a mesma coisa. Ele não estuprou ninguém.

— Ele curtia assistir.

Assinto. Meu rosto fica vermelho aos poucos.

— Use esses sentimentos — diz ela. — Use todos eles.

Quando volto à estufa, sento com a pilha de papéis que ela me deu. Escrevo algumas ideias em meu caderno, depois abro em uma página nova e fico olhando para ela por muito tempo.

A gente não percebe quanto esforço colocou para cobrir as coisas até tentar desenterrá-las.

O sofá de couro estava frio contra minha bochecha. Você parece uma fornalha, lembrei-me de minha mãe dizendo uma vez quando a procurei no meio da noite e ela passou um pano na água fria, colocando-o na minha testa. Senti saudade dela de uma forma que não me permitia mais sentir. Acho que chorei um pouco. Havia barulho demais para dormir, gente entrando e saindo dos vestiários, empurrando a porta de metal do ginásio com força. E aqueles barulhos — sussurros, pés arrastando — mais perto. Eu achava que estavam na minha cabeça.

Escrevo tudo no meu caderno: a febre, o sofá, os garotos de shorts de basquete. O som repugnante do meu pai afivelando o cinto ao sair por último da salinha.

Na manhã seguinte, leio as anotações e folheio de novo todas as páginas do manuscrito — os comentários e as marcas de Muriel, às vezes, quatro na mesma página. Ela entendia. Mesmo que ninguém mais entendesse, Muriel entendia.

Faço um bolo de banana pequeno no meu forninho elétrico e deixo para ela antes de ir trabalhar.

Todas as manhãs daquela semana levo o cachorro do Adam ao parque assim que acordo. O nome dele é Oafie, Adam finalmente me disse. O ar mais frio deixa minha mente afiada e focada. No parque, Oafie brinca com a peluda Fifi e o minúsculo Hugo, e converso com os donos, e nada disso me tira do eixo. Volto à minha mesa às 6h30 e sei o que preciso fazer. Não é nada parecido com enfrentar a página em branco. Tenho algo completo com que trabalhar agora.

Oscar viaja para leituras no Meio-Oeste, e Silas vem me ver no fim de um turno de jantar com uma *baclavá* e uma garrafa de vinho. Caminhamos até o rio.

Terceiro encontro, quero dizer; mas, com Silas, não posso. Nossos encontros não são deliberados dessa forma. Não admitimos que eles estão acontecendo nem dizemos o que significam. Parece tudo meio aleatório e leviano, e chamar atenção para isso pode sufocar.

Ele está usando um casaco de tricô irlandês com buracos nas mangas. Abre um cobertor, aquele de lã da cama dele, no gramado. Sento de pernas cruzadas em cima, e ele se deita de costas, apoiado nos cotovelos, sorrindo quando eu conto sobre a crítica de Muriel e minhas recentes manhãs de foco e clareza.

— A Muriel é implacável — diz ele. — Deve ser muito bom.

— Ainda está uma zona. Talvez agora uma zona mais administrável com as notas dela nas margens para me ajudar. Sempre penso naquele poema de Eliot sobre a visão e a realidade.

— “Entre o pensamento e a realidade/Entre o movimento e o ato/Cai a Sombra” — cita ele.

— Olha a sua voz poderosa de professor. Eu realmente sinto um pouco como se estivesse encolhendo a Sombra.

— Eliot diria que isso não é possível. — Ele termina a *baclavá* e limpa as mãos no jeans.

— Bom, ele que se foda. Eu estou, sim. — Termino a minha e também limpo as mãos no jeans dele, mais baixo, perto do joelho.

Ele ri. Vira-se de lado para me olhar.

— Como você dá aula para o ensino médio? Não acho que eu conseguiria voltar. — O desejo de me apertar contra ele está dando voltas na minha mente. Os cachos dele estão mais soltos agora, no ar seco do outono. Um está caído por cima da sobrancelha.

Ele começa a responder, mas há um clamor repentino rio abaixo. Os gansos.

Escutamos os grasnos e seus lamentos.

— Eu amo esses gansos.

— Vamos lá ver eles?

— Claro — respondo, mas na verdade quero deitar ao lado dele. Só não tenho coragem.

Caminhamos no escuro na direção dos sons. Conto a ele sobre minhas voltas de bicicleta para casa por esse caminho e a noite em que cantei “Loch Lomond” para os gansos. Conto como senti minha mãe bem ao meu lado, ou dentro de mim, e ele diz que conhece a sensação. Diz que a sentiu em alguns momentos enquanto dirigia para o oeste.

— Foi lá que ela morreu, em Crested Butte?

Ele parece surpreso.

— Você me mandou um postal de lá.

Ele faz que sim.

— É. Eu não senti ela lá. Ela partiu há muito tempo.

— O que você fez?

— Escrevi umas poesias ruins numa cabana, visitei um amigo em Boulder e minha tia em Duluth, e voltei.

Estamos andando perto e esbarramos um no outro. Outra pessoa talvez só pegasse a mão dele e dito: *algum dia* você vai me beijar? Mas eu não sou essa pessoa. Sempre sou pega de surpresa quando alguém quer me beijar, mesmo que tenha me encontrado à meia-noite com um vinho e um cobertor. As pessoas mudam de ideia. Entre o pensamento e a realidade cai a Sombra.

Subimos a ponte de pedestres e nos debruçamos por cima do muro para ver a comoção. Não tem muitos gansos, sete ou oito, mas estão atiçados, batendo uns nos outros com as asas, bicando os pescoços.

— Por que eles estão brigando?

— Talvez estejam discutindo sobre quando voar no inverno — opina ele.

— Não quero que eles migrem. — Aquilo me parece terrivelmente triste.

— Eles vão voltar. — Ele me dá um empurrãozinho com o braço e o mantém ali.

Nós os observamos por um tempo. Pelo canto do olho, observo Silas também, seu corpo longo curvado sobre o muro de pedra. Sinto o calor dele pelo blusão, o cheiro dele saindo pelo pescoço.

Ele se endireita e se ergue do muro, então abaixa e me beija, como se desafiado. Nenhum de nós se afasta. Pressiono meu corpo contra o dele, e ele escorrega as mãos em torno das minhas costas, e seus dedos percorrem os nós da minha coluna até o topo. Eu o sinto, cada pedacinho dele, e não é nem perto de suficiente. Damos alguns passos e nos beijamos de novo, mais forte, por mais tempo, contra o parapeito.

— Meu Deus, eu estava esperando por isso há muito tempo — diz ele no meu ouvido. Nossos corpos estão se movendo um contra o outro nos ângulos exatos, e não consigo responder com palavras.

Damos as mãos no caminho de volta, mas parece que ainda estamos nos beijando. Meu corpo todo reage a essa mão dele na minha.

Ele coloca minha bicicleta no banco de trás do carro dele e me leva até o outro lado do rio. Diz que tem que supervisionar uma viagem do nono ano para Gettysburg na semana que vem e me liga quando voltar.

Estaciona na minha rua e a gente se beija um pouco mais. Sem falar. Sem selinhos. Os beijos são longos e íntimos, como se estivéssemos dizendo um ao outro tudo o que era necessário.

Quando desço do carro, estou com tanto tesão que mal consigo chegar até a porta.

Em geral, ter um homem na minha vida atrasa meu trabalho, mas, pelo jeito, ter dois me dá energia renovada para a revisão. As emoções estão aguçadas. Dou mais prazer ao leitor. Nas margens, Muriel escreveu: "Demore-se aqui" ou "Deixe a gente sentir isto", e tento ficar e sentir o momento, e minha compreensão dele se expande. Pequenas coisas inesperadas começam a vibrar por todo o livro. Sinto-me como um maestro finalmente capaz de escutar todos os instrumentos. Penso em todos os cômodos em todas as cidades onde escrevi as partes deste livro, todas as dúvidas e os dias de fracasso, mas também aquele nó de teimosia que permanece dentro de mim.

Guardo a cena de estupro para o fim. Deveria acontecer numa praia, mas troco para um depósito no banco onde ela trabalha e, depois disso, me vem numa sentada. Eu vejo, ouço, sinto o gosto. Pulsa como uma música grudada na minha cabeça. Quando termina, fico assombrada por dias pelo que escrevi, com medo de voltar para casa à noite de bicicleta.

Estou na fila do correio, duas pilhas de seis caixas aos meus pés. Dentro de cada caixa, há uma cópia do livro e uma carta de apresentação a um agente. Muriel me disse o nome de alguns e achei os outros num livro de referência sobre autores contemporâneos na biblioteca. Discretamente, beijo meus dedos e toco cada caixa. Quando a fila anda, empurro as caixas para a frente com o pé. Respiro tão fundo que percebo que não o fazia há muito tempo.

O cara atrás de mim está lendo os endereços nas caixas de cima. Ele usa um sobretudo de lã de camelo e parece um personagem de Salinger, o garoto que encontra Franny na estação de trem em New Haven. Vê "Agência Literária" e "Nova York, NY".

— Isso aí é o Grande Roman...

— Aham. É exatamente isso — respondo.

Atrás do balcão, uma mulher corpulenta está trabalhando com os braços sobre os peitos, que descansam no balão, atrapalhando tudo o que ela faz. Ela coloca minhas caixas na balança uma de cada vez. É a última pessoa que as tocará antes de serem despachadas, e preciso que lhes deseje sorte.

— Trabalhei neste livro durante seis anos — falo em voz baixa.

— Hum — diz ela, digitando números.

A indiferença dela parece um péssimo presságio. Não sei como trazê-la para o meu lado.

— Se passa em Cuba.

— Hum.

Ela os coloca em três lotes sem cerimônia no que parece um grande cesto de roupa suja atrás de si.

Pago em dinheiro, principalmente notas de um dólar: US$96,44.

— Muito obrigada.

Ela me entrega o longo recibo que a máquina cuspiu.

— Vamos torcer para os seus próximos seis anos serem um pouco mais animados, docinho.

Cruzo o salão para levar água a um casal na mesa seis. Parece um sonho a forma como eles se transformam de estranhos encurvados, um homem com uma careca brilhante e uma mulher de jaqueta dourada, em meu pai e minha madrasta.

— Olhe só você — diz meu pai. Ele coloca o guardanapo de volta na mesa e se levanta. O velho técnico, agora frágil, o mesmo esgar, como se eu tivesse errado um buraco. Damos um abraço solto.

— Não vai molhar ele — fala Ann, porque estou com o jarro d'água na mão.

— Pode deixar.

Ele parece menor, o abraço com pouco músculo.

Abaixo para dar um beijo nela. Ela sempre tem o mesmo cheiro, meio metálico.

— O que estão fazendo aqui?

Eles nunca saem de Cape no verão.

— Falamos com Caleb ontem à noite e ele nos contou sobre você, então pensamos em vir dar um oi — explica Ann.

— Vou trabalhar até as 15h, mas quem sabe possa sair mais cedo.

Eles se olham.

— Precisamos ir antes do trânsito — diz meu pai. — Viemos só para almoçar.

— Queríamos dar uma olhada em você. Faz muito tempo. — Ela pausa. — E muita coisa aconteceu. — É um risco aludir à minha mãe na frente do meu pai.

Ann mandou uma carta de condolências para mim e para Caleb, assinada pelos dois. Meu pai provavelmente não sabe da carta.

Faz muito tempo que não os vejo. Três anos, talvez. Parecem mais velhos, como se algo estivesse puxando-os suavemente para o chão. Pergunto-me se meu pai sabe quanto cabelo lhe falta na parte de trás da cabeça.

Atrás deles, Fabiana coloca uma mesa de quatro, então, vou tirar os pedidos de bebida e me afasto.

— É muito suspeito — digo a Harry na estação de garçons.

Ele está dando uma espiada nos dois.

— Ela é uma coisinha brilhante, né?

— Por que estão aqui? — Quero ligar para Caleb, mas é uma ligação de longa distância e tenho mesas demais. — O que ele falou para eles?

— Talvez tenha falado a verdade. Que você sente falta da sua mãe. Que está precisando de uma grana.

Dou risada.

— Se ele tivesse dito qualquer uma dessas coisas, os dois nunca estariam aqui.

Sirvo uma xícara de café e levo ao meu pai. Ann não bebe líquidos. Não toma nem um gole da água. Vai pedir a salada da casa e mordiscar as cenouras raladas. Meu pai vai pedir o cheeseburguer duplo, tirar a carne do pão e molhar cada hambúrguer e batata cortada à mão no ketchup. Eu sei disso, mas, mesmo assim, deixo eles fazerem o pedido.

— Você não vai anotar? — pergunta ele.

— Não preciso.

Eu os sinto me observando com as outras mesas. Em uma delas, está um professor de história de Harvard que já atendi antes. Ele trouxe a esposa e as duas netas, e, quando coloco o enorme sundae na mesa, ele se encolhe na cadeira e finge não conseguir alcançar com a colher, e dou risada com as menininhas. Sinto o olhar frio do meu pai. Ele tinha muito ciúme de outros homens: certos profissionais do golfe, o pai de Tara, meu professor favorito de inglês no ensino médio.

Encontrei-o num aeroporto de Madri há alguns anos, o professor, sr. Tuck. Ele me apresentou a Faulkner, Caddy, Benjy e Quentin no nono ano. Escrevi meu primeiro conto para ele no primeiro ano do ensino médio. Passamos uma hora e meia juntos num bar do aeroporto. Ele ia pegar um voo para Portugal para visitar o filho que estava estudando lá. Eu estava de mudança para Barcelona. Contei que tinha feito pós-graduação em escrita criativa por causa dele, que estava escrevendo um romance. Ele falou que tinha parado de ler ficção. Ficou ruim, disse. Perguntou sobre meu pai. Eu não sabia o quanto ele sabia. Respondi que ele estava bem, morando na Flórida, verões em Cape. Depois da terceira cerveja, ele quis me contar que não fora ele a denunciar meu pai. Tinha ouvido falar que ele espiava, declarou, mas não tinha sido o dedo-duro.

— Você não pode conversar um pouquinho com a gente? — diz Ann quando levo a comida deles.

— Um pouco. — Procuro por Marcus ao redor. Não vou contar a eles que estou sob advertência. — Tenho quatro outras mesas. Acho que elas estão bem por enquanto.

Espero-os falar, já que é o que querem. Eles não falam, então, pergunto como está sendo o verão.

— Bom — diz meu pai para o centro de seu hambúrguer malpassado.

— Muito bom.

— Bem que podiam te dar um uniforme mais colorido — comenta Ann.

— Você gosta de ser garçonete? — pergunta meu pai. — Era para isso que serviam tantos diplomas?

— Mas eu gosto desse rosa — continua Ann, alisando a toalha de mesa de cima. — É um tom lindo.

— Você acha que está ganhando mais do que Patty Sheehan ou Annika Sörenstam? Sabia que a renda média de uma golfista profissional é mais de cem mil dólares por ano?

— Robbie.

— Cinco vezes campeã do Rolex Junior All-American, Jogadora do Ano da AJGA, vencedora de onze campeonatos nacionais…

— Eu nunca ia…

— Ia, sim — diz ele, começando a se levantar antes de perceber onde está. — Você não sabe de nada, porque você *desistiu*. — Aquele rosto estreito, aqueles olhos verdes-amarelados. Agora ele está igualzinho, todos os anos a mais se foram.

— Robbie — repete Ann, mais dura.

— Você provavelmente não conseguiria fazer o par em um buraco hoje.

— Talvez não.

— E você acha engraçado? É engraçado desperdiçar o que você tinha? Acabar num lugar assim?

O Iris não estava exatamente do lado dele, com as arandelas douradas, as portas francesas e os aparadores de mogno.

— Rob — diz Ann de novo, sinalizando agora algo mais aberto. Mas meu pai está respirando pesadamente e enfiando nacos de hambúrguer na boca.

Ela suspira e segura minha mão.

— Que anel lindo.

Olho para baixo. A mão da minha mãe. O anel da minha mãe. Ela acaricia a safira no meu dedo. É por isso que vieram.

O professor está pedindo a conta. Solto a mão da de Ann.

— Eles querem o anel — falo a Harry enquanto passo o cartão do professor.

— O anel da sua mãe? Que atrevidos. — Ele roubou um confit de pato, e pego um garfo para comer um pouco. A carne tenra derrete na minha boca.

Conto para Harry sobre meu pai, a salinha e como o diretor atlético não quis acreditar em mim quando contei sobre os buracos.

— Ah, Casey. — Ele olha por cima do balcão. — Aquele homem afundado ali?

— Ann não faz ideia. Foi tudo encoberto. Deram até uma festa de aposentadoria para ele, com bolo.

Levo a conta para meu pai. Sem refil de café, cardápios de sobremesa nem quadradinhos de chocolate.

— Deixe Ann experimentar — diz ele.

Faço que não com a cabeça.

— Deixe sua madrasta experimentar o anel que foi da minha mãe.

— Não tirei desde que ela morreu. — Eu não sabia que era verdade antes de dizer. Estou parada exatamente longe o bastante para nenhum deles conseguir chegar em mim sem dar um salto enorme.

— Como você ficou com ele?

— Ela deixou para mim.

— Devia ser a única coisa que ela tinha para te deixar, do jeito que ela vivia. Casey — diz ele, tentando soar carinhoso. — Ela nos abandonou.

— Eu sei, pai.

— Ann veio e salvou a gente. Ela nos acolheu. E quando eu perdi o emprego... — A voz dele falha. — Eu nunca tive muito para dar a ela.

Ann coloca a bolsa no colo. Olho para as mãos dela, pedras grandes em quase todos os dedos, dadas pelo ex. Ela puxa o talão de cheques.

— Quanto? — O primeiro marido dela era um Du Pont.

— Não.

— Vai — fala meu pai. — Diz seu preço.

Dou uma batidinha na conta na bandeja.

— Setenta e nove e setenta e cinco. Tenham uma boa viagem de volta.

Em vez de só deixar o dinheiro na mesa, eles dão a Fabiana na saída. Há um diálogo breve, não consigo saber sobre o quê, e eles se vão.

Fabiana me traz a gorjeta numa bandeja. Menos de dez por cento.

Ela pega um pedaço do pato com o meu garfo.

— Afinal, de onde você conhece essa gente?

Achei que, quando o livro saísse das minhas mãos, as abelhas iriam voar e eu poderia relaxar. Mas estão piores. A noite toda, deito no escuro no meu futon, enquanto elas se contorcem sob minha pele. Tento me acalmar pensando em agentes lendo meu manuscrito, mas meus sentimentos em relação ao romance começam a mudar. Logo, qualquer pensamento sobre ele me escalda de vergonha. Seis anos e foi *isso* que eu consegui? Tento segurar a coisa toda na minha cabeça de novo, e não consigo. Penso nas primeiras páginas, e o pânico floresce no meu peito e se espalha como fogo até minhas extremidades. Assisto ao relógio passando por seus números até amanhecer.

Durante o dia, sinto falta de trabalhar nele. Perdi acesso a um mundo em que minha mãe é uma garotinha lendo numa janela ou girando em círculos rápidos pela rua, as tranças presas no alto, longe das costas. Fora das páginas, ela está morta. Parece não haver fim à procissão de coisas que fazem minha mãe aparentar mais morta.

O ginecologista pediu uma mamografia. Falou que era difícil examinar meus seios manualmente porque eram fibrosos. Me sinto um cereal.

A técnica do exame é rude. Ela me empurra e puxa meu seio direito até o lugar na placa de vidro, e abaixa a outra placa tocando num botão e, bem quando está o mais apertado e amassado que consigo aguentar, ela abaixa um pouco mais. Às vezes, precisa levantar um pouco e afundar mais minha carne. Ela deveria ser ceramista ou chef de cozinha. Suas mãos são fortes e certeiras. Ela me lembra os cozinheiros de linha recheando batatas.

Quando está me colocando na posição final, ela me pede para colocar os ombros para trás e, quando não consigo fazer como quer, ela mesma me puxa.

— Ótimo — diz, mas mantém os dedos embaixo da minha axila e os mexe um pouco. — Hum — fala.

— O que foi?

Ela mexe um pouco mais.

— Você olhou isso?

— O quê?

Ela tira os dedos, e eu coloco os meus.

— Não sinto nada.

Fico me perguntando se ela é uma daquelas pessoas que convencem as outras de que estão doentes – Munchausen por procuração. Faz sentido ela se sentir atraída a uma carreira médica.

— Aqui. — Ela coloca meus dedos bem na cavidade e os move até um, e não há outras palavras para descrever, caroço duro. Meus dedos se afastam dele, negação a nível muscular. Apalpo a outra axila. Apalpo e apalpo. Todo mundo quer ser simétrico. Um par de caroços parece bem mais desejável. Nada. Ela também apalpa ali.

— Mencione para o seu médico.

— Não dá pra gente verificar agora, só para economizar tempo?

Ela ri como se fosse uma ideia absurda.

— Não.

Ligo para o consultório para falar do caroço, e eles me perguntam em qual tarde posso ir lá.

Me dão um médico diferente. Uma mulher. Ela usa tamancos de feltro cinza e uma presilha de cada lado da cabeça. Faz com que eu me sinta na sexta série fingindo que ela é médica e eu, uma paciente com um caroço embaixo do braço. Não tem uma explicação rápida. Ela pergunta se troquei de desodorante, sabonete ou perfume recentemente. Não troquei. Ela sugere que eu pare de usar todos os produtos, só por segurança. E que volte em uma semana.

— Vou estar bem fedida já — respondo. Ela diz que posso lavar meu cabelo, mas só com xampus que já usei antes e só inclinando bem para trás no chuveiro, tomando cuidado para a espuma não entrar embaixo do meu braço. E nada de condicionador.

— Fedida e com frizz — falo.

Depois de uma semana, o caroço está do mesmo tamanho e dolorido pelo tanto que estou mexendo nele. A médica diz que é para eu continuar com o programa anti-higiene. E, completa como se fosse algo em que acabou de pensar, é bom eu ir a um oncologista. Ela coloca isso no meu prontuário e, quando saio, me dizem que Donna vai me ligar em quarenta e oito horas com um dia e hora para a consulta oncológica. É o que acontece. Minha consulta com o Dr. Oncologista é daqui a sete semanas. Ligo para o consultório dele e imploro por algo mais cedo, mas a recepcionista surta e diz que eu sou uma jovenzinha bem sortuda por ter conseguido aquela data. Alguém cancelou. Eles agora já estão marcando para o fim da primavera.

— Afinal, o câncer pode esperar — falo. — O câncer não cresce, se espalha e mata as pessoas.

Ela desliga na minha cara. Espero que não delete meu nome do calendário.

***

Tento escrever algo novo. É ruim, e paro depois de algumas frases. Embora eu não sentisse na época, tinha entrado num ritmo com o romance antigo. Conhecia aqueles personagens e sabia como escrevê-los. Ouvia suas vozes e via seus gestos, e todo o resto parece falso e forçado. Sinto falta deles, pessoas que também já senti serem falsas e forçadas, mas que agora parecem as únicas sobre as quais eu seria capaz de escrever.

— Então — diz Oscar. — Acho que você podia vir em casa para jantar no domingo à noite.

— Uau.

— Eu sei.

Estou na linha da cozinha. Thomas está tocando Nirvana alto, e preciso tapar meu outro ouvido.

— Ainda está aí?

— Em choque.

— Tem aula segunda cedo, então vamos comer pontualmente às seis. O que você acha de iscas de frango e pepino em fatias?

— Adoro. — Meu coração está batendo. Iscas de frango e pepino em fatias. Não percebi que estava o tempo todo esperando por este convite.

Volto a enrolar os talheres no salão com Tony, Dana e Harry. Estamos numa das mesas redondas, e Craig preparou uma jarra de sangria. Angus, da cozinha, juntou-se a nós, já com roupas de rua. Fabiana e o novo garçom, James, também estão lá. Ele é escocês, sério, silencioso como um túmulo. Harry está encantado.

— Era um dos seus *amantes*? — diz Tony. Cometi o erro de contar para ele meu dilema numa noite devagar na semana passada.

— Qual deles? — quer saber Harry.

— Oscar. Quer que eu vá jantar com os filhos dele.

— Filhos? Não — fala Craig. — Pode terminar com esse cara.

— Como eles são? — pergunta Angus. — Vamos te ajudar a decidir agora mesmo.

— Quem disse que eu tenho que decidir? — Mas preciso escolher. Cheguei à rodada de eliminação. — Então, um deles tem minha idade, é excêntrico e falamos muito sobre a morte. Na manhã do nosso primeiro encontro, ele saiu da cidade por três semanas, mas voltou, e eu fico fisicamente desorientada depois que a gente se beija. Sempre me surpreendo quando liga, porque parto do pressuposto de que ele vai sumir. — Ninguém fala nada, então, continuo. — E o outro é como um cão pastor. Ele liga depois dos encontros, me deixa mensagens engraçadas quando estou no trabalho e não esconde o que sente por mim. É mais velho, tem dois filhos e consegue ser bem adorável.

Eles parecem tão perplexos quanto eu.

— O segundo é Oscar Kolton, o escritor, não é? — diz Craig. — Eu vi ele te olhando naquele dia.

— Só escolhe aquele com quem você gosta de foder — fala James, as primeiras palavras que já me disse.

— Ela não fodeu com nenhum dos dois — explica Harry, coisa que não deveria contar, mas sei que ele não consegue resistir a falar com James sobre sexo.

— Bom, esse é seu problema — opina James.

— Tem uma grande diferença entre amor e sexo — comenta Craig.

— Preste atenção ao que eles *falam*, não ao que eles *fazem* — diz Yasmin.

Angus dá risada.

— Não preste atenção nenhuma ao que a gente *fala*!

— Nem sempre você quer o que precisa — diz Dana.

— A escolha é sempre entre fogos de artifício e café na cama — fala Fabiana. — Sempre.

— Vocês são todos uns inúteis — diz Harry. — Estou com o James. — Ele levanta os olhos de um guardanapo, mas James está vendo Angus beber sua sangria.

Craig faz mais uma jarra.

— Imagina que você tenha uma colega de apartamento que é supergostosa e incrível — ele me diz. — Qual dos seus caras não ia transar com ela?

— Imagina que você tem um filho que está com uma febre de quarenta graus — propõe Fabiana. — Qual deles não vai surtar?

— Ou imagina que você tem um filho que está possuído e começa a cuspir sangue por todas as paredes — fala Angus.

— Ou que está escalando o Everest e seu filho é enterrado por uma avalanche na Face Kangshung — diz James. — Qual deles arranca as roupas para fazer outro bebê com você?

— Escuta aqui, Casey Kasem — fala Dana, jogando seu último rolinho na pilha. — Quem passa bastante tempo nas corridas conhece bem o cavalo, tá? Você sempre conhece seu cavalo.

Domingo à noite, as ruas estão tranquilas. Cruzo a Commonwealth Avenue com facilidade, sem a espera usual, e tenho a ponte BU só para mim. Está anoitecendo, e o rio está cor-de-rosa sem barcos para quebrar a imobilidade. Passo pela estação Sunoco, onde me despedi de Luke. As calêndulas já se foram. Não sei ao certo quando parei de notá-las. Tenho uma sensação inesperada de conquista ao pedalar por ali. Passo pelos gansos, só alguns, pisando forte na beira da água como nadadores se preparando para o frio. Depois, pela ponte de pedestres onde Silas me beijou. Minhas entranhas se reviram, mas ele provavelmente já voltou de Gettysburg e não ligou, e vou jantar iscas de frango e pepino em fatias com Oscar e seus filhos.

Todas as luzes estão acesas na casa deles. Apoio a bicicleta em alguns arbustos duros perto dos degraus da frente e, enquanto estou procurando uma campainha ou aldrava, uma fresta da porta se abre. Um focinho aparece.

— Oi, Bob.

Bob late uma vez. O som o assusta, e ele desaparece para dentro da casa ganindo.

A porta se abre um pouco mais e o rosto de Jasper paira sobre a maçaneta.

— Deixa ela entrar. — John cutuca Jasper para sair da frente.

Entro. Não é o que eu esperava. Eu não sabia que estava esperando alguma coisa até não encontrar. Não há entrada, corredor da frente, portas ou soleiras. Por fora, é um estilo regular colonial, mas, por dentro, todas as divisões foram removidas. Todo o andar de baixo é um grande espaço aberto, paredes pintadas de branco bem claro e uma escada que parece suspensa por fios cortando uma diagonal à esquerda e revelando uma seção aberta do primeiro andar. A cozinha fica no meio, com uma ilha e banquetas vermelho-claras na borda exterior. Oscar está de costas para mim, debruçado e mexendo com a comida numa bandeja no forno.

— A Casey chegou? — pergunta ele.

— A Casey chegou — responde John.

— Ela veio de bicicleta — diz Jasper.

— Usou capacete?

Levanto-o para os meninos verem.

— Sim!

— Posso guardar pra você — fala John.

Os dois meninos estão usando camisa social e calça cáqui, com um cinto em torno do corpinho. Jasper já tem umas manchas na manga branca. Os três estão de cabelo úmido, dividido no meio.

Oscar se endireita.

— Doze minutos de cada lado. — O rosto dele está avermelhado e seus olhos, esbugalhados.

— Olá. — Dou um beijo na bochecha dele. Ele parece duro e distante. Mas bonito, com uma camisa de linho azul-marinho e jeans.

Coloco a mochila em uma das banquetas vermelhas e tiro um saco de cookies com gotas de chocolate que fiz no meu forninho elétrico, três de cada vez. Abro o zip. Jasper se aproxima para cheirar. John diz que ele só pode comer um depois do jantar, depois também se debruça sobre o saco.

Oscar se ocupa com algo na geladeira.

Tem imagens presas na porta, desenhos de giz de cera e lápis de cor, a maioria variações de uma linha verde curva com um pouco de amarelo numa ponta.

— É uma cobra?

— Não! — diz Jasper, e dá um tapa na cabeça. — É um dragão!

— Um dragão que cospe fogo?

— Sim! Um dragão que cospe um monte de fogo!

— Você está gritando — fala John.

Jasper pula e sussurra:

— Muito, muito fogo.

Os desenhos estão assinados com ZAZ embaixo.

— ZAZ?

— É o *nom de crayon* dele — diz Oscar na pia, com um sotaque bem decente.

— O que é isso? — pergunta John.

Oscar abre a torneira para lavar os pepinos e não responde.

— Um *nom de plume* é como se diz em francês nome, "*nom*", de caneta, "*de plume*" — explico. — Alguns escritores não querem publicar as coisas com seu próprio nome, então, usam um pseudônimo, ou "nome de caneta". Seu pai falou "*nom de crayon*" porque Jasper usou um giz, não uma caneta. Funciona também como um trocadilho, porque "crayon" em francês quer dizer lápis, e você também tem alguns desenhos a lápis aqui. — Me sinto tonta depois de explicar isso.

— Ela está me dando bem mais crédito do que mereço, meninos. Uma característica encantadora, sem dúvida. — Ele me olha rápido antes de começar a descascar os pepinos. A casca cai em longas tiras grossas.

— Como posso ajudar?

— Continuando a educar os gentios.

— A gente comprou sucos de caixinha novos — fala Jasper.

— O que são sucos de caixinha?

Isso faz todos darem risada. Acham que estou brincando.

— Tem kiwi com morango, pêssego com manga e uva com alguma coisa — explica John.

Escolho uva com alguma coisa, e os meninos correm até um armário, brigando para ver quem vai me trazer. Fica decidido que John vai tirar o canudo e enfiar no buraquinho, e Jasper vai me entregar.

— Parece até que é uma visita da Madonna — fala Oscar.

— Não chore por mim, Argentina! — Jasper canta gritando enquanto John prepara meu suco de caixinha.

— Você está explodindo meus tímpanos. Aqui.

Jasper pega a caixinha de John e me entrega.

— Muitíssimo obrigada.

— Muitíssimo de nada. — Jasper ainda está pulando.

— Você quer fazer xixi? — John pergunta a ele.

— Não!

Eles ficam me olhando beber pelo canudo minúsculo. É doce e tem sabor químico. Oscar retumba ao fatiar os pepinos contra a tábua. Tomamos todo o nosso suco de caixinha e fazemos barulho sugando as últimas gotas. Por algum motivo, me lembro do baralho na minha mochila.

Pego as cartas. Elas me assustam. Não encostei nelas desde o gazebo em Pawtucket.

— Você gosta mais de cartas que de jogos de tabuleiro — sussurra John.

— Oito Maluco! — fala Jasper. — Você sabe jogar Oito Maluco?

— Claro. — Minha mãe me ensinou quando tive catapora no jardim da infância. Eu a fiz jogar por dias. Vamos à área da sala. Os meninos começam a se sentar no sofá, mas, quando vou para o tapete, eles se juntam a mim e nos sentamos de pernas cruzadas, com os joelhos encostando.

— A gente tem cadeiras, sabe — fala Oscar.

— Cartas são para jogar no chão.

É um bom baralho. Velho e flexível. As cartas eram da avó de Paco. Acabamos ficando com elas depois de visitá-la em Zaragoza, onde jogamos Chinchón. Paco e eu jogávamos buraco na cama. Tinha esquecido. Às vezes, achávamos cartas entre os lençóis de manhã. Elas têm um padrão de junco trançado. Quando as tirei da mochila em Pawtucket, Luke a segurou e disse: "Ah, vime", e eu ri pra caramba. Não sei por quê.

Corto as cartas e dobro as duas metade com facilidade. Solto os dedões, e as cartas se unem perfeitamente, rápidas e suaves. Deslizo os dedos por baixo da pilha de cima e dobro para o outro lado numa ponte bem arqueada, e elas caem lindamente. Nada como um bom baralho.

Os meninos estão encarando.

— O que foi?

— Como você fez isso?

— Isso? — Corto o baralho e faço de novo.

— É.

— Você não ensinou seus filhos a embaralhar? — falo para John.

— A gente embaralha.

— A gente faz assim. — John divide o baralho e tenta encaixar uma metade na outra de lado.

— Para. — Tiro gentilmente o baralho dele. — Nunca mais faça isso. É o jeito de velho, não é para ninguém de menos de 93 anos embaralhar assim.

— Preconceito etário — fala Oscar, virando as iscas de frango. — Doze minutos.

— Vamos lá — digo a eles. — Cada um tem seis minutos para aprender.

Entrego o baralho primeiro a Jasper, o que deixa John impaciente e Jasper nervoso. Ele está acostumado com John abrindo caminho, indo antes dele para o desconhecido. Coloco as mãos sobre as dele, e fazemos juntos, depois, tiro a minha. Os dedos dele mal cobrem o comprimento do baralho, e as cartas se abrem e a ponte se desfaz.

— Não consigo.

— Tenta de novo.

Ele tenta.

— Não consigo.

— Consegue, sim. De novo.

Na quinta tentativa, ele consegue. *Plaft* e *whoosh*.

— Papai, olha. Olha!

Oscar vem e para na borda do tapete.

Depois de mais algumas tentativas, Jasper consegue de novo. E de novo.

— Uau, Jaz. Olha só — diz Oscar. — Queria que alguém tivesse me ensinado quando eu tinha cinco anos. Aí eu não teria 93 agora.

Sorrio, mas não levanto o olhar. Só tenho alguns minutos para ensinar John.

Ele não me deixa fazer junto, mas, depois de algumas tentativas, consegue. Eles passam o baralho de um para o outro, praticando, internalizando, as mãozinhas mais certeiras a cada vez. John consegue uma ponte especialmente longa que cai com um belo *shushhhhhh*.

Eles se olham.

— É demais — fala Jasper.

— É *muito* demais — fala John.

— Ok. Para a távola — fala Oscar.

— Oito Maluco depois do jantar? — digo.

— Depois do jantar é hora de ler e dormir. — Ele aponta para a cadeira em que devo me sentar, na frente dele e ao lado de Jasper. — Cinco fatias de pepino para cada isca de frango — diz aos meninos.

Passamos os pratos de comida. As iscas de frango estão douradas e gordurosas. Há duas opções de molho para os pepinos, ranch ou italiano. Está tudo muito bom. Convenço os meninos a contarem histórias: o dia em que John entrou no ônibus escolar errado; a vez em que Jasper tirou uma soneca e só acordou no dia seguinte; a noite em que trancaram a babá para fora de casa.

— Conta a história da Enfermeira Ellen, papai — pede Jasper.

— Essa história é para a hora de dormir, não para o jantar.

— Conta! — diz John.

— Conta! — repete Jasper. — Ele coloca a mão no meu pulso. — É muito engraçada.

Oscar não quer contar essa história. Baixa os olhos para o prato e balança a cabeça, mas os meninos insistem, e ele olha para John e diz:

— Você quer mesmo?

John faz que sim.

— Quando a mãe deles, minha esposa, Sonya, estava no hospital, havia enfermeiras boas e enfermeiras ruins.

— Havia enfermeiras felizes e enfermeiras tristes — diz John.

— Havia enfermeiras gordas e enfermeiras magras — continua Jasper.

— E havia a Enfermeira Ellen.

— A Enfermeira Ellen era má.

— Ela era cruel.

— Ela era amarga.

— Ela odiava todo mundo.

— Mas, acima de tudo, ela odiava crianças — diz Oscar.

— Crianças não podem vir de manhã!

— Crianças não podem vir à tarde!

— Eu precisava contrabandear os meninos. Em macas, em cestos de roupa suja, em sacos de aspirador e embaixo de domos em bandejas de comida.

— O papai entrava sozinho e a mamãe reclamava: "Você não trouxe os meninos!".

— E a gente aparecia!

— Quando a gente ouvia a Enfermeira Ellen, a gente se escondia embaixo das cobertas da mamãe.

— E ficava muito, muito quieto.

— "Sinto cheiro de crianças", ela trovoava.

— E o papai dizia: "Não, nada de crianças hoje".

— A gente tentava conquistá-la — fala Oscar.

— A mamãe dizia: "Ela gosta de carros".

— E o papai comprava um livro sobre carros de corrida pra ela.

— A mamãe dizia: "Ela gosta do espaço sideral".

— E o John dava seu astronauta de Lego pra ela.

— A mamãe dizia: "Ela gosta de animais".

— E o Jasper dava o cachorrinho dele com as orelhas chupadas para ela.

— Mas nada a *sadisfazia*.

— Satisfazia.

— Nem flores.

— Nem chocolates.

— Nem molas, nem bolas, nem balas.

— Mas aí.

— Mas aí, um dia, o papai levou sorvete para a mamãe.

— Sorvete de menta.

— Mas foi um dia que ela estava enjoada demais.

— Ela apontou para a Enfermeira Ellen.

— E o papai deu o sorvete pra ela.

— E a Enfermeira Ellen sorriu de orelha a orelha.

— Como nunca tinha sorrido antes nem nunca mais sorriu.

Todos ficam em silêncio de uma vez, e há uma quietude terrível que não quero quebrar, mas sei que preciso, uma pagã obrigada a falar depois da liturgia sagrada deles.

— É uma história ótima.

— É verdade. Aconteceu — diz John.

A mão de Jasper está apertando meu pulso.

— Pratos na pia — fala Oscar.

John se levanta e pega dois pratos. Jasper solta e pega os outros dois. Ficamos só com os copos d'água entre nós. Oscar apoia o queixo na palma da mão. Ele levanta as sobrancelhas para mim.

— E essa é a versão resumida.

— Sinto muito.

Ele assente. Os olhos estão desfocados.

John e Jasper estão brigando para ver quem vai abrir a torneira da pia.

Quando Oscar nota, diz:

— Subam. Já pra cima.

Eles soltam e vão para a escada.

— Digam boa-noite à Casey.

Eles dizem "boa noite" e gostaria de poder abraçá-los, mas fico no lugar.

— Durmam bem.

No meio da escada, John fala:

— Obrigado por ensinar a gente a embaralhar.

— Continuem subindo — diz Oscar, e eles sobem o resto das escadas. Olham lá de cima da sacada, eu aceno e eles acenam de volta, e Oscar fala: — Rosto e dentes. — E eles desaparecem.

Levo os copos à pia.

— Olha só você — diz ele.

Estou carregando os quatro copos numa mão, a tigela de pepinos, a bandeja de iscas de frango e os molhos na outra.

— Uma verdadeira profissional.

Ele abre a máquina de lavar louça. Sai um cheiro dela. Desde o ensino médio não moro em um lugar com máquina de lavar louça. Coloco os pratos e inspiro o aroma de um lar americano.

— Eles fazem isso com as mulheres. As professoras, as mães dos amigos. Bom, você viu no restaurante. Eles meio que grudam nelas. Parte meu coração, porque como vai ser daqui a dez anos com garotas da idade deles? Toda essa carência.

— Elas vão ter que brigar por eles.

Ele balança a cabeça. Passa uma água nos pratos e coloca na máquina. Quero que ele esqueça os pratos e me puxe para o sofá.

Ele enxágua e remonta o secador de salada, e me entrega. É um secador de salada sólido, caro. Empurro o grande botão vermelho e a cesta plástica dentro gira e zune como um motor bem construído.

— Desculpa — fala ele, tirando da minha mão. — Esqueci que você não sabe onde guardar.

Lá em cima, há uma discussão no banheiro.

— Meninos!

— Prontos — chama John da sacada. A cabeça de Jasper mal chega à altura do parapeito.

Quero perguntar se posso ler um livro para os meninos antes de eles irem dormir. Fico me perguntando quais são os favoritos.

— Ok — diz Oscar. Ele seca as mãos num pano de prato. — Obrigado por ter vindo, Casey.

— Posso esperar ou, quem sabe, posso ler...

Ele balança a cabeça.

— A hora de dormir ainda é meio difícil.

— Papai — choraminga Jasper.

— Estou indo. — Ele começa a subir a escada e olha para trás. E lá está Oscar de novo, o Oscar do arboreto, aquele sorrisinho como se tivéssemos um passado juntos, centenas de piadinhas, como se só eu estar parada ali na cozinha chique dele fosse tudo que ele quisesse no mundo.

— Eu te ligo amanhã. — Ele levanta as mãos brevemente, num pedido de desculpas indefeso.

Sobe o resto da escada, coloca uma mão nas costas de cada um dos meninos e os guia pelo corredor até saírem de vista. A máquina de lavar louça começa a bater.

Pego minhas cartas do lugar no tapete onde me sentei com os meninos. Ouço as vozes deles entrecortadas acima de mim. Embaralho as cartas devagar pela última vez e as guardo na mochila. Coloco o casaco e o capacete, e saio pela porta. Bob saiu do esconderijo e me observa de uma poltrona perto da janela. Empurro a bicicleta até o fim da garagem aberta. Não consigo vê-los, mas sei em que quarto estão pela forma como a luz muda nas janelas. Quase sinto o cheiro de hálito de pasta de dente, o peso de um menino cansado apoiado no meu ombro.

Silas liga, e o encontro num restaurante coreano perto do MIT. Ele pede desculpas por não ter entrado em contato antes. Voltou com uma virose que os alunos transmitiram entre eles na viagem, diz, e vomitou por três dias direto. Parece mesmo um pouco pálido. Acabou de fazer a barba, e vejo os pelos curtos azulados sob a pele. Ele pede arroz branco e vegetais cozidos ao vapor.

Enquanto descreve as dezoito horas de ida e dezoito de volta num ônibus e as seis noites num Red Roof Inn policiando trinta e sete adolescentes com a bibliotecária de setenta e oito anos, fico me perguntando como contar a ele sobre Oscar. Quero saber se ele se importa. Parece ser o único jeito de descobrir se ele sente algo por mim. Era mais fácil imaginar quando ele não estava no mesmo cômodo, quando não estava apoiado com os cotovelos numa mesa, torcendo a embalagem dos pauzinhos com dedos inesperadamente familiares.

Ele começa a falar da última oficina de quarta à noite a que foi.

— Muriel leu uma parte do romance dela e, juro, no fim, estava todo mundo segurando a respiração. Até o Oscar.

Toda vez que ele fala o nome de Oscar, sinto um choque desagradável.

— Tudo bem com você? — diz ele.

— Sim. Só um pouco cansada. Como estão seus vegetais? — pergunto.

— Bons — responde, mas também não comeu muito.

Depois do jantar, andamos até a estação T. Nenhum de nós sugere nada para prolongar o encontro. Desço as escadas e passo a catraca com ele. Eu vou para um lado e ele para o outro. Paramos onde nossos conjuntos de escadas se dividem para trilhos separados. Aqui? É aqui que eu conto? É aqui que vamos conversar? Um trem chacoalha dentro de um túnel. Quero que me beije. Se eu falar de Oscar, ele não vai me beijar.

— É melhor eu pegar esse. — Ele me dá um tapinha de leve no braço. — A gente se vê.

Ele desce as escadas dois degraus de cada vez e consegue atravessar as portas logo antes de fecharem.

Acho que, afinal, não era preciso dizer nada.

Recebo minha primeira carta de rejeição.

"Sentimos que não se encaixa bem para nós", diz.

— Aquele agente não leu — fala Muriel. — Quem leu foi o assistente dele ou o estagiário. É por isso que diz "nós" e não "eu". — Estamos no apartamento dela. Ela me fez um sanduíche ótimo, mas não consigo comer. Meu apetite está diminuindo, junto com o sono. — Quando alguém realmente ler, vai ser outra história.

Não consigo falar, então ela se levanta e me abraça.

— Você vai vender aquela caralha. Eu prometo.

Preciso vender. Preciso de mais dinheiro. Um cara chamado Derek Spike, do EdFund, conseguiu o telefone do meu trabalho e falou com Marcus sobre ficar com uma parte dos meus rendimentos. Marcus desligou na cara dele.

— Esses filhos da puta. Eles infernizaram a vida da minha irmã. Eu acertei em não fazer faculdade.

Começo a achar que ele tinha razão.

Adam quer aumentar meu aluguel. Estamos parados no quintal embaixo do grande bordo, suas últimas folhas caindo como chuva. Pergunto se ele pode me deixar com o preço antigo até o ano-novo.

— O que te faz pensar que, quando virar o ano, você vai conseguir pagar?

— Eu terminei meu romance.

— E?

— Eu mandei para agentes e...

Ele joga a cabeça para trás e dá uma gargalhada.

Ligo para Caleb para reclamar.

— Seu amigo mora numa porra de uma mansão e dirige uma porra de uma Mercedes-Benz, mas de repente tem que aumentar meu aluguel?

— Ele tem os próprios problemas, Case. — Ele e Phil e Adam estão numa outra órbita, com as casas e os salários deles. — Divórcio é um apocalipse financeiro. O Phil diz que tem sorte de ser ilegal a gente se casar, porque eu já teria depenado ele. Provavelmente é verdade. O Adam falou que conseguiria bem mais pelo apartamento.

— É um *quarto*, não um apartamento. Um quarto mofado. — Estou tocando o caroço sob meu braço. Não consigo saber se está aumentando. Talvez esteja. Se for câncer, não vou mais precisar pagar nada a ninguém. Vou me mudar para a casa de Caleb e Phil, estragar a vida deles por um ou dois anos e morrer.

— Mesmo assim. O mercado em Boston é difícil. — Quando não respondo, ele fala: — Está aí?

— Só passando a mão no meu caroço.

— Casey. O Phil disse que provavelmente não é nada.

Caleb deve ter ligado para Adam, porque ele me encontra na porta na manhã seguinte quando vou pegar o cachorro.

— Podemos conversar? — diz, e aponta para a mesa da cozinha. Sentamos. Oafie corre em círculos ao nosso redor, esperando que eu fique livre. Acho que ele está reconsiderando o aumento do aluguel. Em vez disso, ele diz que decidiu dividir a propriedade e vender a garagem e o quintal para a metade de lá. Está me despejando.

— Quando?

— Vamos anunciar em três semanas. Não precisa limpar nem nada. Quem comprar vai derrubar. É o terreno que eles querem.

Silas me deixa uma mensagem, depois outra, e não ligo de volta. Fiz minha escolha. Cansei da gangorra, do quente e frio, dos caras que não sabem ou não conseguem te dizer o que querem. Cansei de beijos que derretem seus ossos seguidos de dez dias de silêncio seguidos de uma porra de um tapinha no braço na estação de metrô.

Os filhos de Oscar têm um dia sem aula e ele me convida para almoçar. O cheiro está delicioso. Ele está fazendo queijo-quente. Os meninos estão na mesa, desenhando.

Passei os últimos dias lendo os livros de Oscar: o primeiro romance dele, uma coletânea de contos e *Estrada do trovão*, que conta a história de um menino no fim dos anos 1950 que perde a mãe para o câncer em cinco dias. É escrito na perspectiva de "muitos anos depois", quando o menino está crescido e tem os próprios filhos. As frases são prístinas e cuidadosas. O arco narrativo é claro e controlado, com um auge de emoção no fim que ele segurou e estamos esperando. Tem uma tristeza que me surpreende, não na trama, que, claro, é sobre perda, mas há uma tristeza dentro da prosa, separada do conteúdo, que encontro em todas as obras dele — em seu primeiro romance, anunciado como cômico, e em todos os contos. É um senso de desespero com a própria escrita, uma espécie de jogar as mãos para o alto, como se dizendo: vou colocar isto na página, mas não é o que eu queria dizer, porque o que eu queria dizer não pode ser colocado em palavras. Cria uma espécie de atrito na narrativa. Procurei algumas resenhas em microficha para ver se mais alguém comentou sobre isso. Não comentou. As primeiras críticas que li eram todas positivas, jovem escritor cheio de potencial e um futuro ousado, essas coisas. E, para *Estrada do trovão*, eram calorosas e gratas. Finalmente. Silêncio por nove anos. O romance que estávamos esperando.

— Eu li *Estrada do trovão.*

— É mesmo? — Ele vira os sanduíches e descansa a espátula. — Céus. — Ele toca o pulso. — Meu coração está começando a acelerar.

Não sei se ele está falando sério. Será que se importa com o que eu penso ou está só fingindo?

— Eu amei.

— De verdade? — Ele realmente parece sincero.

— Sim, sim. — Conto a ele todas as cenas que admirei e por quê, os pequenos momentos e gestos. Ele parece ansiar por essa aprovação, e exagero em minhas reações iniciais. Não menciono que li também os livros anteriores, porque não sei se sou capaz de manter esse nível de entusiasmo por tanto tempo.

Ele chama os meninos, que vêm até o fogão com seus pratos e, ao colocar um sanduíche no prato de John, diz:

— Ela gostou do meu livro.

E, ao colocar um no prato de Jasper, diz:

— Ela gostou do meu livro.

E, quando John pergunta se podemos jogar baralho na mesa, diz:

— Por que não? — E comemos e jogamos, e, depois, na pia, quando os meninos estão voando com seus aviões de plástico ao redor do fogão a lenha, ele me puxa para perto e diz que me ama. Eu o beijo e nossos lábios estão escorregadios do queijo-quente, e os aviões dos meninos pararam de voar.

Conto a Oscar que Adam vai vender a garagem. Estamos na aula de natação dos meninos em East Cambridge, vendo-os na piscina coberta, sentados em cadeiras de praia. O ar está úmido, cheirando a cloro e a humanos ensopados. Meu jeans está colado nas pernas.

— Vem morar com a gente — diz ele.

Os braços finos dos meninos se debatem e eles avançam para o fundo. Eles estão aprendendo o crawl. É difícil respirar no ar úmido.

— Eu não estava...

— Eu sei que não. Mas por que não?

Ele não sabe como eu vivo, o tanto que tenho a percorrer, quanto eu devo, quão pouco durmo nem que recebi cartas de rejeição de três agentes. Não contei a ele sobre o caroço na minha axila. Ele me chama de sua criança abandonada, sua garçonete sem sorte, mas leva tudo na brincadeira. Aliás, um de seus apelidos para mim é Holly Golightly. Se morássemos juntos, eu ia me expor como a Jean Rhys decadente que realmente sou.

No sábado seguinte, ele e os meninos me pegam em casa para colhermos maçãs. Conhecem um pomar em Sherborn em que depois dá para comer donuts de sidra. Passei a semana toda animada. Nunca fizemos esse tipo de coisa na minha família. Nunca havia passeios. Oscar e seus filhos amam um passeio.

Eu os preparei para o tamanho de onde moro, mas mesmo assim eles se surpreendem ao entrar.

— É tipo a casa do Pequeno Polegar — diz Jasper.

— É menor, e a Casey é uma menina do tamanho normal — responde John.

Eles pulam no futon, mas se decepcionam ao ver que não dá pra brincar de pula-pula, examinam meus bicos de caneta e potes de tinta no peitoril da janela, e colocam a cabeça para dentro e para fora do banheiro.

Acho que Oscar, pela primeira vez, está totalmente sem palavras.

— As maçãs nos esperam — diz, por fim.

Vamos para o carro.

— De volta aos seus tronos — fala Oscar, e os meninos fecham os cintos das cadeirinhas altas.

— A gente acha que você devia vir morar com a gente — diz John.

— Nossas camas são melhores — fala Jasper, chutando a parte de trás do meu assento.

— Uau — respondo. Oscar está sorrindo, mas olhando para a rua. — Uau. — Viro para os meninos atrás de mim. Estão esperando minha resposta. — É uma oferta muito gentil.

— Ia ser de graça. A gente não ia te cobrar nem um centavo — explica John.

— Vou precisar pensar com muito cuidado. Obrigada.

No pomar, pegamos um carrinho verde e sacolas para nossas maçãs. Os meninos sobem no carrinho, e Oscar os leva em ziguezague pelas trilhas entre as macieiras alinhadas, e, quando o carrinho sobe em duas rodas, eles dão gritinhos. Seguimos as placas de maçãs com os nomes mais esquisitos — Ambrosia e Braeburn — e levantamos os meninos para alcançar os galhos mais altos. Nosso carrinho se enche de sacolas de maçãs. Cantamos "This Old Man" e "She'll Be Comin' Round the Mountain", e eles têm todo tipo de verso maluco. A cada quinze minutos, John ou Jasper perguntam se já pensei com cuidado suficiente.

Os meninos brincam num balanço enquanto Oscar e eu ficamos na fila dos donuts.

— Desculpa — diz ele. — Precisei checar com eles.

— É cedo demais.

— Você se mudou para a *Espanha* com o Paco.

— Eu já conhecia o Paco há dois anos e meio antes de ir morar com ele. Nós só temos algumas semanas.

— Algumas semanas? Eu te conheci em julho, Casey.

— Mas demorou um pouco pra ficar sério. — Acho que eu estava contando desde o meu último encontro com Silas.

— Sempre foi sério pra mim.

— Com o Paco, era só o Paco. Não tinha dois menininhos vulneráveis. E se não der certo? Não quero que ninguém machuque os dois.

— Bom, isso é não é muito realista. — Ele coloca o queixo na curva entre meu pescoço e meu ombro. — Além do mais, a gente vai dar certo.

Eles me deixam no Iris para o turno do jantar.

— Pensa bem. — Jasper bate na cabeça com o dedo quando eles se afastam. — Pensa!

Espero a ideia me acalmar, mas não acontece. Oscar me chamando para morar com ele não parece uma solução para a venda da garagem de Adam. Parece outro problema. E os problemas estão se acumulando. Thomas anuncia que vai abrir o próprio restaurante nos Berkshires. Clark, o chef do brunch, vai substituí-lo como chef principal.

— Mas ele é horríiiivel — diz Harry a Thomas. — É extremamente sem talento. E é um troglodita mesquinho e miserável.

— A decisão foi do Gory — explica Thomas. — Eu sugeri outros.

Na última noite de Thomas, consigo me despedir dele em particular no frigorífico. Estou pegando um ramequin de florzinhas de manteiga, e ele está sentado no caixote em que eu geralmente me sento.

— Casey Kasem — diz ele, mas gentil. Sempre nos entendemos. Não sei exatamente sobre o quê. Nunca falamos sobre nada exceto entradas e pratos principais. Mas está lá. Pelo menos, para mim.

— Queria que você não fosse embora.

Ele assente.

— Valeu. Foi uma época bacana.

— Boa sorte com o seu restaurante.

— Boa sorte com o seu livro. — Ele sorri da minha expressão. — O Harry mencionou.

— Valeu.

No fim do turno, a esposa dele vem ajudar a levar o resto das coisas. Ela está grávida, já com a barriga bem grande. Equilibra um livro de culinária gordo na barriga.

— Olha, mãe! Sem as mãos! — diz, e Thomas corre e agarra o livro.

— Você vai esmagar a menina.

— Sente isso aqui — fala ela, batendo na barriga. — Ela está protegida por aço.

Eu não sabia que iam ter uma menina.

Na noite seguinte, Clark assume. Traz alguns dos caras do brunch com ele e diz para Angus e os outros dois cozinheiros de linha voltarem no almoço. Ele se apropria de um dos balcões de confeitaria de Helene para as saladas. Diz para Dana parar de fazer cara feia, para Tony olhá-lo nos olhos quando ele estiver falando e para eu usar mais maquiagem ou coisa do tipo.

— Você parece uma vampira. E não do tipo sexy — fala.

Quando o serviço começa, ele dá um tapa na minha mão quando vou pegar minhas primeiras entradas na janela.

— Use um guardanapo.

— Não está quente.

— Use um guardanapo. Toda vez. Os clientes não querem ver seus dedos imundos no prato deles.

Quando Clark começa a trabalhar à noite, mais abelhas se infiltram na minha vida profissional. Começo a confundir meus clientes, errar os pedidos. Preciso tirar longas pausas na escada de incêndio. Tenho a sensação de que meu corpo inteiro é um grande sino de ferro em que alguém bateu e que não para de soar. É como se eu não conseguisse controlar a respiração, mas não consigo controlar nenhuma parte de mim. Muriel me diz para inspirar devagar e prestar atenção no meu corpo da cabeça aos pés quando isso acontece, mas acabo sem ar. Na escada de incêndio, faço um pouco de contração. Aperto os punhos, ou pressiono um joelho contra o outro, ou contraio todos os músculos do abdômen ao mesmo tempo. Às vezes, começo com o rosto e desço pelo corpo todo, apertando cada músculo um por um pelo máximo de tempo que consigo, depois soltando e passando para o próximo. É o bastante para poder voltar ao salão. Depois de algumas noites assim, Marcus descobre aonde estou indo, me encontra no meio da contração e me arrasta de volta. Às vezes, parada numa mesa de seis e recitando os pratos do dia, sinto que estou me quebrando em minúsculos fragmentos e não entendo como frases do tipo "com um glacê de conhaque de cranberry" ainda estão saindo da minha boca nem por que meus clientes me olhando não sinalizam para alguém que eu preciso de ajuda. Tem algo fino me cobrindo e escondendo tudo. Se alguém enxergasse dentro de mim e chamasse uma ambulância, eu iria de bom grado. É minha maior fantasia nesses momentos aterrorizantes, dois paramédicos na porta com uma maca para eu deitar.

A noite do sábado seguinte é especialmente ruim. No fim, distribuo as gorjetas, arrumo tudo e vou embora assim que posso. Nem me despeço de Harry. Meu corpo está apitando. Não sinto os dedos. Só sei que ainda estou respirando porque continuo me movendo. O frio do lado de fora é bom. Quero que esteja mais frio. Quero gelo e neve, algo para anestesiar o pânico. Dois garotos de Harvard vestindo smoking saem do prédio do outro lado da rua e entram em outro. Um grupo de velhos, enrugados e se mexendo devagar, entra num Volvo perto da minha bicicleta. Odeio velhos. Odeio qualquer um mais velho que minha mãe, que não teve chance de envelhecer. No fim da rua tem um cara andando na Massachusets Avenue na direção da Central Square, rápido, com as mãos nos bolsos. Não é ele. Não é Silas, mas a curva do pescoço até a base da coluna é parecida. Algo horrível sobe em mim e preciso sair. Preciso sair. Preciso sair deste corpo agora mesmo.

Agacho na calçada e o puro terror me toma. Não sei se estou fazendo sons. Sou tipo aquele menino da segunda série que teve um ataque epilético no chão da sala de aula, tremendo como uma máquina, mas está tudo dentro da minha cabeça, tudo na minha mente trepidando como uma broca hidráulica que não consigo interromper. Parece não haver forma de sobreviver a isso ou interromper.

Não sei quanto tempo dura. O tempo se desgasta. Quando o pior passou, ainda estou agachada no chão, com a testa apoiada no joelho. Levanto a cabeça e vejo minha mochila, a chave de casa e o bolo de gorjetas espalhados ao meu redor na calçada. Levanto, com medo de alguém do Iris chegar e me achar jogada ali. Levo um tempo para destravar minha bicicleta. Meu corpo ainda está tremendo, igual ao de Toby Cadamonte depois do ataque.

Pedalo devagar até em casa, mas, quando deito no futon depois de um banho quente e um pouco de contração dos músculos, sinto que meu corpo foi ligado numa tomada. Mais respiração lenta. Mais contração.

Tento rezar. Beijo o anel da minha mãe e rezo por ela, pela alma dela e pela paz na alma dela. Rezo pelo meu pai e por Ann e por Caleb e por Phil e por Muriel e por Harry. Rezo pela Terra e por todos nela. E, no fim, rezo para dormir. Imploro para recuperar a habilidade de pegar no sono. Antes, eu era muito boa nisso. Rezo muito e, mesmo assim, estou ciente de que não tenho noção de pelo quê ou para quem estou rezando. Frequentei a igreja até minha mãe ir para Phoenix, mas nunca acreditei nas histórias da igreja mais do que no Pinóquio ou nos Três Porquinhos.

O pânico está infernalmente alto na minha mente, como se eu estivesse ao lado de um alto-falante num show. Acendo a luz de novo e tento ler. As palavras permanecem palavras. Não consigo escutá-las. Não consigo me perder nelas. Uma amiga da faculdade uma vez falou que não entendia como as pessoas leem por prazer. Ela não conseguia ver nem sentir nada além das palavras. Nunca se transformavam em nada além da voz interior dela recitando frases. Concluiu que não tinha imaginação alguma. Fico me perguntando se estou perdendo minha imaginação. Esse novo medo é gelado. Nunca mais ser capaz de ler ou escrever. Mas, de verdade, qual é a importância? Nesta semana, chegaram mais duas cartas de rejeição.

Passo a noite assim, passeando por camadas de ansiedade, humilhação e desespero. Em algum momento perto do amanhecer, perco alguma consciência. Não é exatamente sono, mas tenho que pensar que sim, porque é a única coisa que me resta ultimamente.

Quando o sol nasce, desisto e vou correr. Precisa ser uma corrida longa, porque Oscar e os meninos vão me levar para jogar minigolfe. John nunca esqueceu que eu me gabei de conseguir vencer do pai dele, e hoje é o dia em que preciso provar isso.

Está frio, a manhã mais fria até agora. Já tem trânsito na Beacon, e preciso esperar o farol abrir. O rio é uma folha de aço, o sol ainda não está alto o bastante para iluminá-lo. Ainda estou correndo de shorts porque não tenho calça de moletom e, depois de alguns quilômetros, paro de sentir minhas coxas. Corro até a ponte Watertown e volto pelo lado de Cambridge. Passo pelo hospital cinza e alto com suas janelas enfileiradas. Nos andares mais baixos, vejo flores em alguns parapeitos. Abençoe-os, meu coração parece dizer. Abençoe todos. E minha garganta se fecha ao pensar nas pessoas morrendo naqueles quartos e em seus entes queridos as perdendo, e preciso parar de correr para sugar ar o bastante.

Quando volto, tem um homem e uma mulher olhando para minha janela.

— Posso ajudar?

Eles se viram de repente. O homem estende a mão.

— Chad Belamy. Corretora Belamy. Você deve ser a escritora.

A escritora. Adam está me usando para fazer sua garagem parecer descolada.

— Jean Hunt. — Ela tem a minha idade, mas o cabelo está imóvel de laquê, e ela está usando um terno cinza, meia-calça e escarpins, tudo isso numa manhã de domingo.

Ela me pergunta sobre o bairro. Pelo tom e a forma como fraseia as perguntas, sei que acha que sou mais jovem do que ela. Digo que é uma mescla de famílias e casais mais velhos cujos filhos saíram de casa.

— E você paga para morar aqui? — questiona ela.

— É uma localização muito desejável — diz Chad Belamy, me pedindo com os olhos para concordar.

— Não é tão ruim quanto parece de fora. Pode entrar, se quiser.

Ela e Chad se olham.

— Não precisa — fala a mulher. — Eu ia começar do zero. — Ela olha o quintal do outro lado. — É um terreno bem menor do que eu esperava. Mas talvez seja o que eu consigo pagar.

Adam anunciou a propriedade por 375 mil. E, aí, ela vai ter que construir uma casa lá. É só isso que ela consegue pagar.

Ela me pergunta o que eu escrevo, mas falo que preciso tomar banho antes de um amigo chegar e peço licença.

Essa conversa corrói a camada de proteção que a corrida me deu e estou me sentindo bem tensa quando entro no carro de Oscar.

Jasper está chorando. Pergunto o que aconteceu, e ele me mostra a mão, a mãozinha minúscula e macia com um arranhão recente e sangrando bem no meio.

— Meu Deus. O que houve?

Oscar abana uma mão perto do volante, tentando sinalizar para eu falar mais baixo.

— Oscar, ele está com um *rasgo* na mão.

Ele abana a mão mais enfaticamente.

John começa a gritar.

— O que está acontecendo?

— Ele me bateu primeiro! Ele me bateu no olho! — John berra.

O rosto dele está tão vermelho que é difícil saber, mas acho que vejo um hematoma meio roxo na lateral do olho esquerdo.

Viro para Jasper.

— Você fez isso?

Jasper choraminga uma frase longa e incompreensível.

— Casey, por favor, vire para a frente — diz Oscar. — Você está incitando eles.

— Incitando? Eles estão se atacando lá atrás. Você precisa encostar o carro.

Ele ri.

— Se eu fosse encostar toda vez que eles se batem, nunca iríamos chegar em lugar nenhum.

— Oscar, ele está sangrando.

— Estou falando sério — diz ele, com frieza. — Eles vão ficar bem.

Não gosto do tom de voz dele, mas, depois de alguns quilômetros, os dois param de chorar. Estão rindo de um cachorro com um casaco cor-de-rosa e botinhas que Oscar aponta.

Aí, começo a sentir um cheiro repugnante.

— Meu Deus, o que é isso? — Tento abrir a janela, mas a trava de segurança está acionada.

Ouço uma risadinha do banco de trás. Oscar sorri no retrovisor. Eu me viro.

— Foi ele — diz John, apontando para o irmão. — Foi ele.

Jasper me dá um sorriso enorme. Aí, o cheiro fica ainda pior.

— Que nojo. Parece cocô misturado com gaivota apodrecida.

Todos riem. Não estou tentando ser engraçada.

— Por favor, me deixe abrir uma janela. — Estou me esforçando muito para não falar palavrão na frente deles.

— Alguém esqueceu o senso de humor em casa hoje — diz Oscar.

— Alguém esqueceu de tomar o remédio da risada — diz John.

Oscar destrava minha janela. Abaixo e enfio a cabeça para fora o máximo que consigo.

A sede do King Putt em Saugus tem formato de pirâmide e a lanchonete é um sarcófago. Decidi há muito tempo que, se jogássemos minigolfe mesmo, eu ia deixar Oscar vencer. Achei que devia preservar a fé de John na invencibilidade do pai por mais um tempinho. Mas, quando pego um taco na mão, sei que não vou ser assim tão nobre. Estou a fim de um pouco de glória hoje.

Finjo leveza. Nos dois primeiros buracos, faço que não estou familiarizada. Não é inteiramente mentira. Joguei minigolfe três vezes na vida. Mas estou analisando Oscar. Sei que ele é coordenado. Já o vi chutar uma bola de futebol e rebater minha bola curva num jogo de beisebol na árvore dos vizinhos. E eu o enganei. Não contei sobre meus anos de golfe porque sabia que ele ficaria curioso. Os atletas sempre ficam curiosos. Acham que podem ganhar de mim, e sempre acaba mal. Aí, ou eles ficam de mau humor, ou tentam me convencer a voltar a jogar.

Os meninos começam, John levando minutos inteiros para alinhar seu golpe e Jasper batendo na bola sem pensar, ficando surpreso quando ela voa no estacionamento.

No começo, não vou muito bem. A ansiedade está numa vibração estável, a cabeça do taco é feita de plástico vermelho, e o carpete é uma zona retalhada. Mas pego o jeito. No terceiro buraco, jogo a bola direto na Caverna de Cleópatra.

Os três gritam meu nome, alegres. Um golpe de sorte. Continuo. Não consigo evitar. Algo me domina. Acerto o escaravelho do quarto buraco e jogo direto na boca da áspide do quinto. Faz tantos anos desde a última vez que segurei qualquer tipo de taco. Tantos anos desde que me senti naturalmente boa em algo, boa de uma forma empírica e inegável que não depende da opinião de ninguém.

John está segurando o placar.

— Ela está ganhando de você, papai.

— Eu sei. — Oscar dá uma risadinha.

No sétimo buraco, quando os dois meninos batem as bolas no Nilo e correm para a orla onde vão pegá-las de volta, ele diz.

— O que está acontecendo?

Encolho os ombros e dou a próxima tacada.

Ele balança a cabeça.

— Olha você. A forma como você se mexe. A forma como curva a bola.

As abelhas se foram. A memória muscular dominou, trouxe meu corpo de volta a uma época em que ele não conhecia o pânico, mesmo sob imensa pressão. Segurar esse taco barato me acalmou. Sorrio de verdade para ele pela primeira vez no dia.

— Eu jogava quando era mais nova e era boa. Meu pai começou a me chamar de Casey, daquele poema antigo "Casey com o taco". Sabe qual é?

Ele faz que não.

— É um poeminha brega que ele amava quando era criança, sobre um jogador de beisebol. Casey é o melhor batedor do time de Mudville. E eles estão perdendo de quatro a dois e é o último turno, e eles jogam duas fora, mas dois jogadores horríveis conseguem chegar na base, e, aí, Casey pega o taco e a torcida pira. Primeiro strike. Segundo strike. E, aí, outra tacada. "E em algum lugar os homens riem e as crianças gritam", recito, na voz de barítono do meu pai. "Mas não há alegria em Mudville: o poderoso Casey falhou."

Oscar fica encantado.

— Poderoso Casey.

— Essa sou eu. Em homenagem a um cara que falhou no momento mais importante.

— Seu prodigiozinho secreto. — Ele cutuca meu ombro. — Tenho um amigo em Vermont que é do clube Woodstock.

— Não, obrigada.

— É o melhor campo de New England.

— Eu conheço bem. Não, obrigada.

— Por que não? Olha você. — Ele não para de dizer isso. *Olha você.* — Você ama.

Sigo em frente para alcançar os meninos.

— Só estou dizendo que, se você tem esse tipo de talento, devia usar de vez em quando.

Ando mais rápido.

Quando terminamos, John soma nossos pontos. Ganhei de Oscar por nove tacadas. Levamos nosso placar e o gerente escreve meu nome na lousa. Primeiro lugar do mês.

— Não acho que alguém vai superar isso tão cedo. — Vejo que ele não está acreditando.

No caminho para casa, os meninos estão tristes por eu ter ganhado do pai deles. Não aceitaram bem. Oscar tenta animar nós três, mas não funciona. Peço para eles me deixarem na praça. Depois que o carro se vai, sento num banco na frente do Grendel's. Minha cabeça está zunindo de novo. Não consigo acompanhar um pensamento. Tenho vontade de chorar, mas não sai nada. Sento e faço minhas contrações, todos os músculos que consigo, várias e várias vezes.

Falta uma hora para eu ter de ir trabalhar, então, passeio pela WordsWorth. *Escuridão visível* está na mesa de promoção e o pego. Nunca li. "Uma memória da loucura", é o subtítulo de Styron. Caleb vive dando para os amigos deprimidos. Começo a ler o primeiro capítulo. Styron voou a Paris para receber um prêmio. Tem certeza de que não vai superar o transtorno em sua mente. Perdeu a capacidade de dormir, está tomado pelo medo e por um senso de deslocamento. A escrita tem aquela lucidez impressionante de alguém tentando te contar a coisa mais verdadeira que sabe. As páginas são pequenas e as viro uma após a outra, minhas entranhas queimando com um reconhecimento aterrador. Paris é só o primeiro capítulo, o início da derrocada dele. Fecho o livro, seco o rosto e saio da livraria.

Embora apreciemos o escopo de
Somos gratos por poder ter visto o
Seu projeto não nos tocou
Não é exatamente o que estamos
Infelizmente, neste momento não podemos
Obrigado por seu envio, mas
Agradecemos por pensar em nós
Não nos entusiasmou o suficiente

Depois de onze cartas de rejeição, chega no meu telefone uma mensagem de alguém chamada Jennifer Lin. Ela diz que é assistente de Ellen Nelson e deixa um telefone. Ellen Nelson é a agente de dois dos meus escritores favoritos.

Ligo de volta na manhã seguinte antes de ir trabalhar.

— Eu li *Amor e a revolução* no fim de semana. Amei.

— Obrigada.

— Não, amei mesmo. Achei extraordinário, Camila.

Camila. Esqueci que tinha colocado meu nome real no manuscrito.

— Muito obrigada. — Mas o que Ellen Nelson acha? Estou impaciente para saber aonde essa conversa vai. E não posso me atrasar para o trabalho.

— Então, a Ellie não está aceitando novos autores agora. Queria eu mesma fazer este. Quero representar você. Com certeza você teve muitos interessados, e vou dizer desde já que seria meu primeiro livro. Eu trabalho na Agência Nelson há três anos e estava esperando pelo romance que me fizesse voar nas alturas, e é o seu.

Não tenho ideia do que perguntar, do que dizer. Por que não me preparei para isto?

— Você já tomou uma decisão? Cheguei tarde demais?

— Não, não tomei. Ainda não.

— Ufa. — Ela ri. — Minhas palmas estão suando. Fico me perguntando como as pessoas pedem as outras em casamento. — Não tenho histórico — continua Jennifer — e vou entender completamente se estiver interessada num caminho mais seguro. Mas você seria minha única cliente. — Ela ri de novo. — Eu te daria toda a minha atenção e o meu foco, o que, se você perguntar pra alguém da minha família, pode ser bem intenso. Eu trabalho muito. A Ellie falou que pode te dar uma avaliação completa e detalhada sobre mim. Posso passar pra ela?

Tem um clique e outra voz falando, como se eu tivesse entrado atrasada numa conversa.

— Você pode até ter alguém alinhado com grandes autores e um endereço chique, mas estou dizendo, você quer Jennifer no comando do seu navio. Mais ninguém. — Ela dá o que parecem três tragos num cigarro e sopra tudo no bocal do telefone. — Em primeiro lugar, ela odeia tudo. Tudo. Tive três best-sellers de estreia no ano passado. Ela *odiou* os três. Falou pra eu nem tocar neles. O seu livro, eu ainda não li, mas o seu livro deve ser algo impressionante, porque essa menina descarta tudo. Em segundo lugar, é ambiciosa. Vai se matar de trabalhar por você. Vai te dizer exatamente o que está fazendo e por que está fazendo. Você provavelmente tem outras opções. — Ela espera que eu confirme isso e, quando não digo nada, segue: — Você é discreta. Está bem. Entendo. Mas eu conheço esse ramo e estou te dando conselho de primeira linha.

Eu a agradeço e fico aliviada quando ela passa de novo para Jennifer, que começa a falar do manuscrito. Mal consigo absorver tudo, o entusiasmo dela, a atenção na leitura, a gentileza. Cada vez que ela menciona uma cena, lembro-me de onde estava quando escrevi — na cozinha amarela em Albuquerque, no bar embaixo do apartamento da mãe de Paco. Ela fala da quebra inteligente na narrativa, o fim abrupto da infância de Clara e, quando retoma, na mudança sutil mas nítida de voz. Isso aconteceu no quarto de hóspedes de Caleb e Phil em Bend, nas semanas depois da morte da minha mãe, quando eu não conseguia escrever nada e, ao recomeçar, teve de ser de um lugar diferente. A voz jovem de Clara tinha desaparecido. Ela fala e só consigo ver o que ela não vê: esses anos da minha vida entremeados nas páginas.

— Tem só algumas coisas que eu queria saber — diz ela, e lista alguns elementos do livro que acha que precisam de um pouco de atenção. Fazem sentido. Ela identificou coisas que eu nem sabia que estavam lá e coisas por cima das quais eu tinha passado. Ela fala por muito tempo, e estou olhando o relógio e pensando em perguntar se posso ligar para ela depois do trabalho, mas não quero interromper. Quero saber onde ela quer chegar com tudo isso. Ela vai me representar, mas como exatamente isso funciona?

Ela pergunta se quero fazer uma revisão e mandar de volta para ela. Quer saber se consigo em um mês.

— Queremos que chegue para os editores antes do Natal. Não dá para vender nada durante as festas.

Concordo em escrever uma revisão e desligamos. São 11h34. O restaurante acabou de abrir para o almoço. Saio voando pela porta.

Marcus está tão bravo comigo que quase me manda para casa, mas um grupo de oito repórteres do *Globe* chega sem reserva e ninguém mais pode atendê-los. Ele me diz que agora estou com duas advertências. Avisa que estou por um fio. Não estou nem aí. Eu tenho uma porra de uma agente.

Encontro Harry na cozinha pegando seus sanduíches de peito de peru. Conto sobre Jennifer, e ele devolve o sanduíche e me abraça forte. Dá um gritinho alto e Tony o manda calar a boca. Ele não cala. Continua berrando. Conto o que ela falou e que preciso fazer uma revisão, que ela tem um monte de ideias.

— Tipo o quê?

Olho para ele. Não lembro nada que Jennifer falou, exceto algo sobre uma transição no capítulo cinco.

— Algo sobre o capítulo cinco — digo.

— Você anotou, né?

— Meu coração estava pulando e eu estava atrasada para o trabalho e não sabia para onde a conversa estava indo.

Ele acaricia minhas costas.

— Você pode ligar pra ela depois.

— É — falo, mas sei que não vou.

Penso que, quando chegar em casa e sentar à mesa com o telefone contra a orelha, vou lembrar o que Jennifer disse, mas não lembro. Tudo fez tanto sentido para mim na hora. Lembro a sensação que tive, a emoção, mas não lembro muitas das palavras. Falamos sobre o tema da posse, acho, que percorre o livro, mas não sei o que ela disse. Não lembro nada em que ela queria que eu trabalhasse, exceto a cena da festa no capítulo cinco. Ela achou que precisava de algumas linhas de transição da cena anterior. Acho que ela falou que também dava para ser algumas páginas mais longa, também.

Ligo para Muriel. Ela está fazendo as malas para a conferência em Roma. Mal consigo falar. Ela me manda escrever cada palavra da conversa de que me lembro, não importa quão desconjuntada. Faço isso e ligo de volta. Ela escuta, depois fala longamente sobre a ideia de posse no romance e como toda a história de Cuba está representada no corpo de Clara. Oferece mais algumas sugestões que lhe ocorreram desde que ela leu. Não sei se Jennifer falou nada parecido com isso, mas são ideias inteligentes, e anoto todas.

Peço que ela tome cuidado na viagem. Falo isso três ou quatro vezes antes de desligarmos.

Oscar diz que agentes falam um monte de merda e não importa eu ter esquecido o que Jennifer falou.

— Claramente não foi memorável.

Estamos dirigindo para Wellesley para uma leitura dele. Estou usando uma saia e uma longa corrente de miçangas da minha mãe.

— Foi, sim. Ela é inteligente e perspicaz, e gostei muito das ideias dela.

— Mas não o suficiente para se lembrar delas.

— Eu estava atrasada para o trabalho e não tinha dormido bem, e meu cérebro anda anuviado.

— Você está falando igual a uma velhinha na menopausa.

Chegamos à livraria meia hora antes da leitura. Oscar diz seu nome para a garota no caixa, mas ela não reconhece e não sabe da leitura. Manda-nos falar com uma mulher nos fundos, que fica vermelha ao ver Oscar. Diz que é uma honra recebê-lo e nos leva a um recuo onde há fileiras de cadeiras para a leitura e uma mesa com pilhas dos três livros dele. Duas pessoas já estão sentadas nos fundos, tricotando. A dona da livraria diz que a escritora Vera Wilde virá para a leitura e o jantar depois.

— Espero que não tenha problema — diz.

— Vai ser bom vê-la.

— Ah, ufa. Ela falou que vocês eram velhos amigos. Nós a recebemos na igreja semana passada. — Ela nos leva a uma sala nos fundos cheia de caixas de livros e uma escrivaninha coberta de papéis e documentos. Tem duas cadeiras de plástico no meio. — Pode colocar suas coisas aqui e relaxar até as 19h. Quer um copo d'água?

— Não. Acho que vamos dar uma caminhada — diz Oscar, indo à porta.

Agradeço a mulher e o encontro na rua. Ele aponta para a livraria.

— Você viu aquele xerox patético que grudaram na porta? A Vera Wilde enche a igreja. Eu fico com seis cadeiras e um apoio de partitura que roubaram da aula de música da escola. Caralho.

— Tinha pelo menos vinte cadeiras. Talvez trinta.

— Eu tenho 47 anos. Já era para estar lendo em auditórios. Você viu a capa da *Book Review* no mês passado? Era meu aluno. Meus alunos estão me superando. Não vou fazer isso. Eu sempre acho que vai ficar tudo bem, mas não está tudo bem.

— Achei que você tinha 45.

— Eu sei que tenho um livro melhor dentro de mim. Tenho algo grande em mim. É só que. Desde que. Merda. — Quase parece que ele vai socar os tijolos da loja de presentes ao nosso lado. Em vez disso, espalma as mãos na parede e solta algumas respirações irregulares.

Praticamente todos os caras com quem já me relacionei acreditavam que deveriam já ser famosos, acreditavam que seu destino era a grandeza e que já estavam atrasados. Um momento de intimidade inicial muitas vezes envolvia uma confissão deste tipo: uma visão de infância, profecia de um professor, um QI de gênio. No começo, com meu namorado da faculdade, eu também acreditei. Depois, achei que só estava escolhendo homens iludidos. Agora, entendo que é assim que criam os garotos, é assim que eles são atraídos à vida adulta. Já conheci mulheres ambiciosas, determinadas, mas mulher nenhuma jamais me disse que seu destino era a grandeza.

Meu pai tinha em si esse tipo de drama, surtos repentinos de desespero com sua vida e chances desperdiçadas e oportunidades que nunca teve. Levei um tempo para entender que minhas vitórias no campo de golfe, não importava quanto ele se esforçasse para obtê-las, só o faziam sentir-se pior. Imaginei que um homem de fato bem-sucedido como Oscar teria superado toda essa baboseira.

Ele se endireita e me procura. Estou alguns metros à frente na rua.

— De vez em quando, faço esse drama. — Ele seca o rosto com as mãos. — Já passou. — Ele coloca um braço ao meu redor e seguimos de volta para a livraria.

No fim, eles não têm cadeiras suficientes. O filho da dona é enviado ao porão para pegar mais, mas mesmo assim tem gente que precisa ficar apoiada nas prateleiras. Sento no meio da quarta fileira, ao lado de um estudante tomando notas. A dona preparou uma introdução longa e emotiva, e lista os prêmios e bolsas dele. Ela nos conta que há um grande filme de *Estrada do trovão* sendo produzido, o que eu não sabia.

Oscar se levanta e a agradece — Annie, ele a chama agora —, elogiando seu "renovado acervo" e dizendo obrigado pelas hipérboles. Ele agradece a todos por terem vindo numa noite tão linda. Faz longas pausas entre as frases, dando à plateia a sensação de que está envergonhado, de que aparecer em público lhe é difícil, de que ele nunca esperou ter de fazer isso. Quando lê, coloca o livro no apoio de metal e as mãos no fundo dos bolsos. Levanta os ombros e abaixa a cabeça, de modo que os olhos nos mirem tímidos, quase como se sentisse que as palavras não são boas o bastante para ler em voz alta. É uma apresentação bastante adorável para quem não o ouviu resmungar que não leria na igreja.

No meio da leitura, meu coração começa a bater rápido demais. Minhas mãos e meus pés parecem inchados, como se meu pulso os estivesse inflando. Tem três pessoas à minha esquerda e quatro à minha direita, e estamos tão apertados que meus joelhos encostam na cadeira à frente. Sair vai criar um caos. E só consigo pensar em sair. Sou um saco de pânico contido por uma membrana fina de pele. Contraio e descontraio discretamente na minha cadeira de metal que veio do porão.

Quando ele termina, as pessoas batem palmas, e parece uma plateia de centenas. Ele se afasta da estante de música e se senta na mesa de autógrafos. Logo se forma uma fila, e os presentes começam, um a um, a fazer elogios. Ele garante que se movam rápido, como fez em Avon Hill, quando me era um estranho.

Flutuo para a parede de ficção. Annie tem mesmo um bom acervo. Há muitos dos meus favoritos: *The Evening of the Holiday*, *Amada*, *Gente independente*, *Troubles*, *Housekeeping*, *Árvores abatidas*. Na faculdade, minha prova de fogo para uma livraria era *Fome*, de Hamsun. Está lá também. Eles me acalmam, todos esses nomes na lombada. Sinto muita ternura por eles. Passo os dedos pela fileira de romances de Woolf. Não tenho mais muitos livros. Mandei os meus para a Espanha, mas não tive dinheiro para trazê-los de volta. Ainda estão na casa de Paco. Duvido que vá vê-los de novo.

Tem uma mulher afastada da mesa, olhando Oscar com um sorrisinho. Quando a última pessoa da fila se move, o sorriso dela se abre e muda todo o seu rosto.

— Vera! — Oscar se levanta, contorna a mesa e a abraça apertado, e eles estão rindo. Ela aponta algo na capa do livro, e riem juntos. Tem mais ou menos a idade dele, está de jeans preto e botas de couro claro, a postura de uma professora de balé.

Vamos a pé até um bistrô no fim da rua. Oscar passa o braço pelo meu e nos faz ficar alguns passos atrás de Annie e Vera.

— Então — diz.

— Você foi ótimo. Profissional. Eles estavam comendo na sua mão.

— Quero que *você* coma na minha mão.

— Eu estava.

— O que foi? Você está nervosa?

Os meninos estão dormindo na casa dos pais de Oscar. O plano é que eu passe a noite na casa dele.

— Eu não durmo.

— Ótimo. Também não tenho planos de dormir.

— Não é isso — falo, mas Vera está segurando a porta do bistrô para nós, e não consigo explicar.

Colocam-nos numa mesinha redonda, Oscar à minha esquerda e Vera à minha direita. Annie está à minha frente, mas eu não existo para ela. Ela gira de Oscar para Vera, enchendo-os de perguntas.

Depois de algumas rodadas, Vera se vira para mim.

— E você, pelo que se interessa?

Olho para ela sem expressão, e ela ri.

— Estou só tentando subverter a linha de perguntas onde-você-mora-o-que-você-faz.

— Ah, original. Eu me interesso por... — Me sentir normal. Não ter câncer. Me livrar das dívidas. — Livros, acho.

— O que você lê?

— Eu amo Shirley Hazzard e...

— Eu amo ela! — Ela me olha fixamente.

— É minha deusa pessoal.

— Nunca conheci ninguém que tivesse lido ela.

— Eles tinham *The Evening of the Holiday* lá na livraria.

— Meu favorito.

— O meu também. A luva.

— A luva! — Ela coloca a mão no meu braço.

Comparamos outros amores literários, trocando nomes e saltitando para cima e para baixo em concordância, e anotando os poucos que não coincidem.

Quando ela me pergunta se escrevo, assinto como quem pede desculpas. Outra aspirante. Ela deve estar cercada deles. Mas parece ficar feliz. Pergunta no que estou trabalhando, eu conto, e ela faz todo tipo de perguntas, e acabo falando sobre minha mãe, e Cuba, e a longa lista de perguntas que eu guardava no fim do meu caderno para fazer quando voltasse do Chile, e como, em vez disso, ela morreu. Vera coloca a mão de novo no meu braço e diz que sente muito, e é verdade. Ela é uma das que sabe. A mãe dela morreu há seis anos, também de repente, também sem se despedir.

— Por anos, a única frase que eu conseguia escrever e fazia qualquer sentido para mim era: "Ela escorregou no gelo e morreu". Não sei como você terminou aquele romance. Você já leu, Oscar?

— Li o quê?

— O livro da Casey?

— Ela não me deixa nem chegar perto.

Provavelmente seria verdade. Mas ele nunca pediu.

Nossa comida chega, e Oscar pergunta a Vera sobre Nova York, e os amigos que eles têm em comum, e o editor que tinham compartilhado até o homem tentar escrever o próprio livro e ter um surto psicótico total.

Vera vai embora antes da sobremesa. Dirigiu mais de uma hora para a leitura de Oscar e precisa voar amanhã para Londres para mais um trecho de sua turnê.

— Adorei ela — falo a Oscar na volta para casa.

— Vocês se deram muito bem.

— Ela gosta de você.

— A gente se conhece há muito tempo.

— Ela *gosta* de você.

Ele dá uma risadinha e não nega.

— Vocês já...

— Não. — Ele sorri. — Não de verdade. — Ele me sente olhando-o. — A gente se beijou um pouco. Há anos. Quando tínhamos vinte e poucos. — Eu o imagino dando selinhos nela num sofá nos anos 1970. — Ela era séria demais para mim.

— Séria? Como assim? Vocês dois riram por cinco minutos inteiros quando se viram.

— Não, ela ri, é divertida, mas você a ouviu falando. Tipo quando ela mencionou aquele artigo sobe Edmund Wilson. É pretensiosa.

— Ela estava curiosa pra saber o que você achou.

— Mas as palavras que ela usa.

— Você acha que ela está tentando impressionar os outros?

— Não, acho que ela provavelmente pensa desse jeito.

— Então, ela está sendo autêntica. Você tem um problema com autenticidade?

— Olha, ela é uma boa mulher.

— Uma boa mulher?

— Ela é rígida. Faz tudo do jeito dela. É uma solteirona convicta.

— Ela me pareceu solta, vibrante, feliz. Por que você não ia querer isso?

— Estamos mesmo brigando sobre por que eu não estou com outra pessoa?

— Ela tem sua idade, é bonita e gosta de você.

— É só aquele *je ne sai quois*.

Mas eu sei o *quois*. Ela lê em igrejas e auditórios. Vai para Londres amanhã para o trecho europeu da turnê de seu livro.

A casa está escura. Nunca estive aqui sem mais ninguém. Oscar acende as luzes e tudo parece diferente, como se tivesse pintado as paredes de uma cor mais fria. Até Bob foi levado.

Oscar pega um copo de uma prateleira e enche de água.

— Quer um?

— Não, obrigada.

— Olha — diz. — Você ganhou um lugar na geladeira.

Vou até ele. É um novo desenho de ZAZ. Algumas linhas pretas, um floreio verde e um pequeno tornado marrom. Oscar aponta o tornado.

— Esse é seu cabelo. E esse é seu corpo, aqui. E isso é ou um taco de golfe, ou uma áspide. Não tenho certeza.

— Uau. É uma grande honra.

Ele solta a água e me beija.

— Obrigado por ter vindo hoje. — Ele me beija de novo. — Com você, foi muito mais gostoso. — Beijo. — Esses negócios tiram toda a minha energia. — Ele descansa a cabeça pesadamente no meu ombro. — Estou acabado. Vamos subir. — Pega o copo e vai para a escada.

Fico parada, fingindo olhar um pouco mais o desenho.

— Pode apagar as luzes? — pede ele, no meio da escada.

O quarto dele é grande, com uma cama *king size*. Dá para ver que, inicialmente, fora decorado pela esposa, com um lindo espelho pintado e cômodas brancas, mas também dá para ver onde o tempo se infiltrou. Tem uma mesa de laminado barato no canto, com pilhas de papel e uma caixa de papelão para a roupa suja. Ele sai do banheiro de camiseta e cueca boxer.

— Vem cá. — A boca dele está mentolada.

Estou acostumada a garotos. Estou acostumada à energia de potro deles. Estou acostumada a dar amassos em sofás e arrancar as roupas pouco a pouco. Não estou acostumada a um cara que escova os dentes antes de me pegar. Estou presa na minha mente, e minha mente está acelerada. Tiro a saia e o casaco, e entro na cama com ele. Ele passa um braço por baixo de mim e me puxa contra si. Achei que dormir na cama de outra pessoa talvez fosse melhor, mas é pior. Consigo sentir o pânico piorando.

O braço dele acaricia minhas costas, minha bunda e sobe de volta.

— Hummm — murmura ele. Nossos corpos estão deitados lado a lado pela primeira vez, e não é tão bom quanto quando estamos de pé com mais roupas.

Não sei o que eu quero. Não é nada parecido com deitar ao lado de Luke ou beijar Silas no carro dele. Fogos de artifício ou café na cama, escuto Fabiana dizendo.

— Está nervosa? — diz ele, sorrindo e me beijando. — Podemos ir devagar. Isso aqui já é bom. É isso que eu quero. E faz muito tempo que não quero nada.

A língua dele é gelada. Ele passa para um dos meus seios. Minha cabeça está cheia de gente em cadeiras na livraria e Vera

Wild apoiada na mesa do restaurante. Ele desliza os dedos para dentro da minha calcinha, mas sem ir para os lugares certos, e algumas unhas estão compridas. Imagino-o levando Vera Wilde para casa e a chupando no tapete da sala. Ajuda. Me afasto de seus dedos e aperto a bunda contra ele, e achamos um ritmo, e ele está respirando forte no meu pescoço, e nos mexemos mais rápido, e ele fica tenso e para de respirar, e sinto a pulsação em mim através das nossas roupas de baixo, e, quando acaba, ele diz que se sente um adolescente e ri alto no meu ouvido.

Ele veste uma cueca nova e me puxa para perto.

— "Mas, ah, ser jovem de novo/E tê-la em meus braços"[3] — diz em meu ouvido. Três minutos depois, pega no sono. Tento segui-lo, imitar suas respirações longas de sono e enganar meu corpo, mas estou acordada. Fico lá deitada por muito tempo. Depois de uma hora ou mais, levanto e desço.

Tem algumas cadeiras a mais puxadas ao redor da mesa de centro, da oficina na noite passada. Está claro onde Oscar se senta, na poltrona de nogueira com assento de couro, afastada das outras e um pouco mais alta. Pego o assento que ocuparia se estivesse na oficina, no meio do sofá, protegida por pessoas dos dois lados.

Eu devia querer ser ele, não transar com ele. Mas também não pareço querer isso.

Meu corpo se recusa a ficar sentado, então, ando um pouco, passando pela porta da frente, pelo armário, pelo banheiro, pelo canto da TV, pela geladeira, pela ilha e de volta à área da sala de estar. Há muito pouca bagunça. Nenhuma foto. Uma estante organizada por autor. Um exemplar de cada um dos livros dele. Abro o armário: parcas, botas, raquetes de tênis, um taco de beisebol. Na cozinha, há outro armário: vassoura, rodo, balde, aspirador fininho e um lixo reciclável. Lá, no topo de uma pilha de papéis, está um conto chamado "Star de Ashtabula".

---

[3] Versos do poema "Politics", de W.B. Yeats. (N. T.)

Foi digitado numa máquina de escrever manual, então tem uma aparência desbotada, irregular. O nome e o endereço de Silas estão no canto superior esquerdo. Fecho a porta. Vou sentar numa poltrona perto da janela. Embaralho um deck de cartas perto da TV. Volto ao armário com a lixeira reciclável.

É uma cópia limpa. Oscar não fez nenhuma marcação. Levo ao sofá. Star é uma mulher que está tentando impedir que uma velha árvore do centro da cidade seja derrubada. Ela vai de porta em porta numa série de bairros excêntricos e, quando chega o homem com uma retroescavadeira, há um protesto com todas as pessoas que ela reuniu, desconfortavelmente de mãos dadas ao redor da grande árvore. Acontece que o ex-marido de Star a pedira em casamento embaixo daquela árvore, de improviso, com poucas palavras e sem anel. Ela não tinha gostado do pedido na época e o obrigou a fazer de novo uma semana depois, à beira de um lago, com um diamante e uma dúzia de rosas, mas é do primeiro pedido, sob os galhos fortes daquela árvore, que ela se lembra e que a emociona, anos depois do divórcio, em momentos inesperados do dia.

Fico me perguntando como foi a discussão do conto. Muriel está na Itália, então não tenho minha espiã. Fico imaginando onde Silas se sentou. Penso no que as pessoas poderiam comentar, que falta tensão narrativa, que há advérbios desnecessários nas descrições dos diálogos, por exemplo, "disse ela, suplicante", que não descobrimos se ela salva a árvore. Parece ter sido escrito numa onda de sentimentos, como se o escritor estivesse determinado a seguir a emoção, não importando quão grosseira fosse a prosa. Há algo bruto e irregular que as pessoas tentariam consertar.

Levanto e coloco de volta na pilha. Olho as fotos nas revistas do sofá. Uma hora depois, volto à lixeira reciclável e enfio o conto na minha bolsa, bem no fundo. É a única coisa que consegui ler em semanas. Só por esse motivo, já devia guardar.

Depois de mais algumas horas, subo, entro de volta na cama e espero amanhecer.

uando passeio com o cachorro, agora, presto atenção ao tamanho dos carvalhos na ponta extrema do parque. Os galhos são enormes, cheios de músculos e veias, tão vivos quanto nós.

No Iris, uma mulher dá uma mordida no sanduíche de bacon, alface e tomate e devolve. Diz que não gostou da maionese apimentada. A cozinha faz outro, com um aïoli mais suave. Entrego e, alguns minutos depois, ela me pede para trazer um pouco da maionese picante de volta.

— Achei que eu não tivesse gostado, mas gostei — diz.

Muriel volta de Roma e me encontra para um café antes do trabalho. Ela ri de quanto a abraço forte. Conta que, no segundo dia da conferência, saiu do hotel e viu Christian do outro lado da rua sob um jacarandá. Eu disse que só se pode ir à Itália para romance, ele falou, e pediu-a em casamento.

Star teria gostado desse pedido.

Olho todos os classificados de apartamentos do *Globe*. Ligo para conferir os menores e mais baratos, mas já estão alugados. Finalmente, acho um e vou visitar. Fica em Cambridge. Inman Square. Uma quitinete no porão de um prédio vitoriano amarelo. O proprietário fica surpreso com o quanto o lugar me cativa. Fico ao lado do fogão por um bom tempo. Um fogão a gás de verdade. Ligo e desligo todas as bocas. E a geladeira é enorme. Ele ri do meu espanto e diz que é do tamanho-padrão. O carpete que ocupa o chão todo cheira um pouco mal, mas nada perto da minha estufa. Nos fundos, passando por uma porta de vidro, há um pátio particular circundado por floreiras e uma macieira-brava. É mais do que posso suportar.

Provavelmente por estar tão impressionada com o pior apartamento dele, ele pergunta se quero ver o de dois quartos que ele está reformando. Subo três andares com ele. Ao destrancar a porta, ele diz que está planejando reformar todas as quatro unidades. A do porão vai ser a última, mas vai chegar lá. Ele abre a porta. É todo iluminado e com piso de madeira polido. A cozinha brilha com os eletrodomésticos novos. Uma janela panorâmica com um assento embutido dão vista para o bairro. Grandes galhos de um bordo se espalham ao nível dos olhos, como se protegendo a casa. Para além, é possível ver o topo de todas as outras árvores e telhados cinza. Algo no meu peito se ameniza e dói ao mesmo tempo.

— Ainda estão finalizando o banheiro. — Ele olha o relógio. — É claro que ainda não chegaram.

Ele me mostra um quarto grande com o mesmo piso polido e o banheiro anexo, onde os pisos ainda são de compensado e a penteadeira está numa caixa. No canto, há uma banheira moderna embaixo de uma claraboia. Passamos para o segundo quarto. Há uma estante de livros e um espaço entre duas janelas longas, onde caberia uma escrivaninha.

Volto ao assento na janela da sala de estar. Sei que logo ele vai me fazer ir embora.

— O que você faz? — pergunta.

Balanço a cabeça.

— Não ganho o suficiente nem para o porão.

— Eu não estava perguntando por isso. Só fiquei curioso.

Preciso que ele saiba o quanto eu sou patética.

— Sou escritora.

— Escritora. Que legal. Difícil ganhar a vida com arte. — Ele se vira na direção da porta, balançando as chaves. — Mas vale a pena tentar, né?

Por fim, sou demitida do Iris. É a noite de véspera do jogo Harvard contra Yale. Temos 192 pessoas com reserva e uma fila de clientes sem reserva lá embaixo. Abrimos meia hora mais cedo. Harry, Dana, James e eu estamos no andar de cima. Tony e Victor, no de baixo. Depois de uma hora, Fabiana me diz que Tony está atolado e preciso atender uma mesa de quatro no bar do clube. Ela já colocou o pedido de bebidas com o meu número e, quando fica pronto, levo lá para baixo e tiro o pedido das comidas. A caminho do computador no andar de cima, vejo que minhas duas mesas de seis já sentaram. Abordo a mais próxima e o homem na cabeceira agarra minha cintura.

— Olha só, docinho. — Ele aperta. — Homens de alguma idade precisam de coquetéis de determinado tipo dentro de determinado tempo.

Os três homens fazem pedidos de bebida muito específicos com ares de médicos dando instruções de pré-operatório. As mulheres pedem taças de vinho branco da casa. O homem solta minha cintura.

A mesa de seis ao lado da deles é uma família que está pronta para pedir tudo e tem urgência porque precisa chegar na apresentação da filha. Ela é flautista. Em Harvard. As duas filhas mais jovens, ainda não na faculdade, reviram os olhos. A mãe vê.

— Tem muitas universidades nesta área — diz ela. — Eu só quis deixar claro.

Sou interrompida mais três vezes antes de conseguir chegar ao computador: outra Coca, um garfo mais limpo, molho inglês. Coloco as bebidas e o pedido urgente, e ouço a cozinha me chamando para os pratos principais da minha mesa de dois, duas mulheres de Radcliffe que me dizem estar comemorando cinquenta anos morando juntas em Boston.

Na cozinha, Clark está virando as cervejas, e os filés de peixe-espada vêm passados demais e o frango, malpassado, e ele está descontando em cada garçom que passa pela porta. Às oito, começou a xingar a gerência, chamando Marcus de puto e Gory de vaca sem sexo, e queimou a mão direita num cabo de panela que estava embaixo de uma grelha. Parece um touro no fim de uma luta. Tudo está piscando em vermelho. Fico bem longe.

E tem algo de errado com os Kroks. Eles chegaram adiantados e não estão com os smokings de sempre, e fazem as coisas ao contrário, começam no meio do salão e se espalham ao redor, cantando algumas músicas que nunca ouvi antes, as vozes altas e desleixadas. Mas os clientes não veem a diferença. Eles adoram. No fim da última música, os cantores tiram os bonés azuis de Yale do bolso e colocam na cabeça.

— Obrigado — gritam. — Nós somos os Whiffenpoofs!

A plateia ama a pegadinha. Vaia e aplaude ao mesmo tempo. Os Whiffenpoofs jogam beijos. Na porta, estão os Kroks chocados em seus smokings, finalmente sem aquela alegria irritante.

Estou levando sobremesas para a primeira mesa de seis — a segunda já foi para o concerto —, quando Clark entra irado no salão, a mão cheia de gelo e um curativo feito de panos rasgados e fita isolante. Ele agarra meu braço, e um pequeno cilindro de mousse de avelã voa para o carpete.

— O Marcus falou que tem uma mesa de cinco no bar do clube que está aqui há dez horas. Eu não recebi essa comanda.

No início, minha mesa acha que é outra pegadinha de Yale e assiste com ar divertido. Quando entende que o sangue e a raiva são reais, baixa a cabeça para o prato. O homem na cabeceira pega meu quadril de novo.

— Não é assim que se fala com uma jovem tão linda.

Desvio da mão dele e empurro o braço de Clark para longe de mim. Ele uiva.

— Tira a porra da mão de mim. — Minha voz está muito alta, bem mais alta do que eu espero, mais alta do que a de qualquer Krok ou Whiffenpoof. Ando rápido pelo salão silencioso até a escada de incêndio.

Minha garganta fechou, e estou engolindo pequenos bocados de ar. Tenho muito choro dentro de mim, mas não sai uma lágrima. Estou tentando apenas respirar. Está começando de novo aquela necessidade de sair do meu corpo. Meu coração bate tão rápido que parece uma longa batida a ponto de explodir. A morte, ou algo maior e bem mais sereno, parece muito perto, logo atrás de mim.

— Casey.

É o Marcus.

— Eu sei. Estou indo embora — consigo falar.

— Ótimo — diz ele, e volta para dentro.

Eu me troco no banheiro e deixo meu uniforme imundo no chão da cabine. Na outra cabine há duas garotinhas. Vejo as meias-calças brancas e os sapatos de couro preto delas. Lavo as mãos e não olho no espelho, não quero ver quem está lá. As meninas estão cochichando, esperando que eu vá embora antes de elas saírem. Fecho a porta fazendo barulho, para elas saberem que a barra está limpa.

Desço as escadas estreitas e, depois, a escadaria elegante maior. Os presidentes me veem ir. Meu peito parece um velho pedaço inchado de fruta prestes a se abrir de tão podre. Ouço as vozes das garotinhas. Eu quero ter garotinhas. Não fui para a consulta de retorno que o Dr. Ginecologista sugeriu. Agora, não vou mais ter convênio. Não quero ser infértil.

Também não quero engravidar. Fitzgerald disse que o sinal de um gênio é conseguir manter duas ideias contraditórias na mente ao mesmo tempo. Mas e se você mantiver dois medos contraditórios? Ainda é algum tipo de gênio?

Tiro o telefone da tomada quando chego em casa para Oscar não poder me ligar, e Harry não poder me ligar, e Muriel não poder me ligar depois que Harry ligar para ela. Não posso ficar aqui dentro. Não consigo ficar parada. Mas tenho medo de sair. Não quero andar pela entrada da casa até a rua. Tenho medo de não voltar. Tenho medo de explodir ou dissolver, ou me jogar na frente de um carro. Tenho medo dos homens a esta hora da noite quando estou a pé, não de bicicleta. Tenho medo de homens em carros e homens em portas, homens em grupos e homens sozinhos. Eles me consomem. Comem. Somem. Agora, estou do lado de fora. Circundando a grande árvore. Você odeia homens, Paco disse uma vez. Será? Não gosto de trabalhar para eles. Marcus e Gory. Gabriel na Salvatore's foi uma exceção. Meu professor de francês da oitava série massageou meu pescoço durante uma prova de recuperação, esfregando com força contra as costas da minha cadeira de plástico. Cheguei a pensar que ele estava com coceira. E quando perguntei ao sr. Tuck num aeroporto em Madri por que ele não tinha contado para ninguém sobre o meu pai, ele disse eu gostava do seu pai, mas você sabe o que acontece com o mensageiro. Odeio a covardia masculina e a forma como sempre defendem uns aos outros. Eles não têm controle. Justificam tudo o que o pau deles os obriga a fazer. E se safam. Quase sempre. Meu pai espiou garotas, possivelmente eu, por um buraco, no nosso vestiário. E, quando foi pego, ganhou uma festa e um bolo.

Contorno o quintal. Faz barulho. O chão está coberto de folhas secas. A árvore está quase pelada. Adam não tira as folhas. Não cuida do jardim. As floreiras altas estão grossas de tantas ervas mortas. Minha mãe passava todo fim de semana no quintal. Era a única vez que eu a via de jeans. De cintura alta, marcando o bumbum. Ela tinha um bumbum bonito. Era alto e empinado, mesmo depois dos cinquenta. Não herdei esse bumbum. Todos os vizinhos tinham uma queda por ela, mas ela não queria saber mais de homens. Eles vinham visitar com estacas e adubo na primavera, bulbos no outono. Ficavam por lá, perguntando sobre os tomates-gigantes ou as videiras trombeta dela. "Acho que meu marido era meio apaixonado por ela", me disseram mais do que algumas mulheres no velório dela. Mas não se sentiam ameaçadas. Também a amavam. Elas me contaram histórias de como cuidou delas durante uma artroplasia de quadril, um acidente de carro, o suicídio de um filho. Como dormiu no sofá delas, fez comida e resolveu tarefas. Como lutou contra a prefeitura para não haver pesticidas em propriedade escolar e escreveu cartas a editores sobre direitos LGBT e justiça racial. Chuto as folhas. Alguém recentemente me lembrou dela. Sinto a memória, por pouco fora do meu alcance, como se a memória tivesse sabores, uma mulher mais ou menos da idade dela. Não consigo lembrar. Minha mãe era uma pessoa real. Eu não sou uma pessoa real. Ela tinha convicções e tomava atitudes. Tinha propósito e crenças. Ajudava os outros. Eu não ajudo ninguém. Ela ajudou a fundar aquela instituição de doações. Não consegui nem escrever uma carta de agradecimento por uma geladeira. Só quero escrever ficção. Sou um peso no sistema, arrastando minhas dívidas e meus sonhos. É só o que eu sempre quis. E, agora, não consigo nem fazer isso. Não consegui chegar perto do meu livro desde que falei com Jennifer Lin.

O estalar de folhas pisadas acorda o cachorro, que late da janela do hall. Agacho ao lado do tronco da árvore e fico imóvel, embora tudo dentro de mim se agite. O solo sob as folhas está quente, mas o ar está frio. Algo pisca na minha frente. É minha respiração. Consigo ver minha respiração. Faz muito tempo desde que morei num lugar em que dá para ver minha respiração. Sou uma criança abotoada dentro de um casaco de lã e luvas brancas, dirigindo com minha mãe, escorregando no banco de couro azul do passageiro, dedões parecendo cubos de gelo, esperando o aquecedor fazer efeito a caminho da escola, ou da igreja, ou do mercado. Oafie para de latir para escutar o silêncio. Ele se afasta do parapeito e volta para a cama.

Não posso entrar até desacelerar. Meu coração e minha mente parecem estar numa corrida até a morte. Observo minha respiração. Contraio os músculos um a um. Foi a Star de Ashtabula que me lembrou da minha mãe.

Entro, deito no meu futon e espero explodir.

— É um pouco tarde para ficar se fazendo de difícil, não acha? — diz Oscar.

— Eu fui demitida.

— Fantástico!

— Não pra mim.

— Você consegue coisa melhor que aquele emprego.

— Tipo o quê?

— Qualquer coisa. Trabalhe num escritório. Algo com horário normal.

— Mas eu quero o horário normal para escrever.

— Eu tenho um trabalhinho pra você.

— Como assim?

— A culpa é sua. Eles gostaram demais de você.

— Do que você está falando?

— Então, eu preciso ir para Provo no fim de semana que vem, e pensei que minha mãe tinha colocado na agenda dela, mas não colocou e vai para Lennox para um fim de semana de meninas. E se recusa a cancelar. Tentei dizer que ela não era mais uma menina nem nos padrões mais generosos e que a maioria das amigas dela são tão machonas que deviam dizer que é um fim de semana dos caras, e ela não achou engraçado e desligou na minha cara, e quando tentei ligar para a Brenda, sabe, que mora no fim da rua, os meninos começaram a choramingar que ela sempre faz torta de carne e enfia papel higiênico no nariz dela e sai cheio de sangue, e pediram você. Pediram para te pedir para passar o fim de semana com eles. Falei que você estava trabalhando e era impossível, mas, agora, talvez não.

— Quanto você paga para a Brenda?

Ele ri até perceber que estou falando sério.

— Duzentos por dia.

— Tá bom. Eu fico com eles.

Oscar me deixa um cheque e um bilhete na geladeira.

Só queria dizer
Que pode comer todas as ameixas
E as uvas
E as bananas
Mas não coma todos os kiwis
Pois o Jasper vai chorar.
E não vá embora no domingo
Nem nunca.

Desço a rua até o ponto do ônibus escolar. Todas as outras mulheres são babás. John sai do ônibus rápido, mas Jasper vem devagar. A garota atrás dele parece pronta para empurrá-lo. A caminho de casa, ficam tímidos. Pergunto sobre a escola e recebo respostas monossilábicas. Jasper pergunta três vezes quando o papai vai voltar.

— A *que horas* no domingo às sete? — diz, piscando pesado.

John ri.

— Lá vem a torneirinha.

Todo mundo precisa de um bom lanche. Pego todas as frutas e coloco dois kiwis cortados no meio com uma colher na frente de Jasper. Oscar preparou potes de plástico com queijo, aipo e cenouras para este horário, mas vejo bacon numa gaveta da geladeira e lembro o que fazia depois da escola. Cozinho o bacon, passo maionese em alguns biscoitos de água e sal e empilho, em cima de cada um, cebola picada, bacon e cheddar, e coloco sob o dourador no forno. Ficam perfeitos. Devoramos todos. Comê-los me leva de volta à sexta série. Faço mais. Devoramos todos de novo.

— O papai diz que maionese entope as artérias — fala Jasper.

— E bacon também — continua John. — E queijo.

— A gente é jovem. Não precisa se preocupar com isso ainda. — Os pais realmente fazem as crianças se preocuparem com as *artérias*?

— O papai é muito velho! — diz John.

— Bom, ele não é velho, mas não é a máquina perfeita que nós somos. — Coloco outra bomba de colesterol na boca.

— Mas ele não vai morrer — fala Jasper. — Ele prometeu.

— Ele não pode prometer. Ninguém sabe quando vai morrer — diz John.

— Ele prometeu. E uma promessa é uma promessa.

— Mas...

— Que tal eu ensinar pra vocês um jogo chamado rouba-monte? — ofereço.

Oscar explicou que eles precisavam entrar na banheira toda noite. Não sei bem o que fazer. Não posso largar um menino de cinco anos e um de sete sozinhos numa banheira, mas duvido que vão ficar confortáveis se eu estiver no cômodo. Estou receosa e estendo o jantar, o baralho e um jogo de Chispa! o máximo que consigo para evitar a hora de dormir. Mas John olha o relógio e anuncia que é hora do banho. E Jasper diz:

— A prancha de surfe é minha! — E sai correndo pelas escadas, e John o persegue, e, quando chego lá, a água está ligada e os dois meninos estão pelados na frente da privada, numa luta de espadas com o xixi. Saio de fininho, mas John me chama de volta e me pede para descer os brinquedos do banho, apontando uma prateleira alta com a mão livre.

Sento no chão ao lado da banheira e fico com o submarino. Jasper está com o espião na prancha de surfe e John, com o paraquedas do Exército. Brincamos até as pontas dos nossos dedos ficarem azuladas e enrugadas.

Quando falo que é hora de sair, Jasper diz que tem que passar xampu.

— O papai lavou ontem à noite.

— Ficou sujo de novo.

John balança a cabeça.

— Ele sempre quer passar xampu.

Jasper me entrega o xampu infantil. Nada nele mudou. A cor dourada. A lágrima vermelha que diz "chega de lágrimas". O cheiro. Ao contrário de tanta coisa, é exatamente o mesmo que minha mãe usava em mim. Eles molham a cabeça mergulhando-a na água, e passo o xampu. Coloco o cabelo cheio de espuma de Jasper no formato de orelhas de cachorro, achatadas e caídas, e o cabelo mais comprido de John numa antena reta. Eles riem um do outro, e deixo que fiquem de pé com cuidado, um de cada vez, para olhar-se no espelho em cima da pia. Seguro a cintura deles como minha mãe segurava a minha. Eles descem devagar e faço novos formatos. Inalo o cheiro.

Depois que os tiro da banheira e os seco, colocam o pijama. O de John é azul-marinho liso com punhos brancos que não chegam ao pulso nem ao tornozelo, e o de Jasper é xadrez vermelho e verde desbotado, herdado de John. Eles me mostram os quartos deles.

— O do John é maior, mas o meu é mais aconchegante — diz Jasper, indo na frente.

— É o que a gente fala quando ele reclama.

— O meu é maior em conserto. Viu?

— Conceito — corrige John.

— É o universo inteiro. — Ele abre os braços. Definitivamente, é um quarto com tema de espaço, com planetas do nosso sistema solar pendurados num canto e o Sol no outro, um pôster da *Apollo 17*, e um céu noturno que brilha no escuro no teto. Tem uma cama de solteiro no canto, e o resto do chão está coberto com uma enorme estação espacial de Lego.

— Como você chega na cama?

— Na ponta do pé, assim. — E ele vai desviando, quase em ponta de balé, e consegue atravessar sem derrubar nada.

O quarto de John é organizado e frugal.

— Eu não gosto de nada na parede. Pode pegar fogo.

Qualquer coisa pode pegar fogo. Conviver com crianças significa pensar um monte de coisas que não se pode dizer.

Ele me vê notar uma prateleira de porta-retratos. Vamos juntos na direção deles.

Lá está ela. Sonya. Cabelo curtinho, olhos castanhos arredondados, o sorriso maroto de Jasper. Percebo que a imaginava esbelta, boêmia, com ar sonhador, mas ela é compacta e determinada. Sem papas na língua, diria minha mãe. Ao lado dela — no topo de uma montanha, no sofá de couro deles, no altar —, Oscar parece alto. Ela parece ativa e vigorosa, como sempre parecem aqueles que morrem jovens, como se tivessem recebido uma dose extra de energia e paixão pela vida, como se soubessem que teriam menos tempo para gastá-la. Ou talvez seja só a forma como vemos suas fotos depois, quando toda vida que ainda achamos neles parece exagerada.

— É nossa mãe.

— Ela parece muito gentil.

— Ela era.

Não sei como esses corpinhos suportaram perdê-la, como chegam ao fim de cada dia.

— Eu também perdi minha mãe. No inverno passado.

— Ela era velha?

— Não. Tinha cinquenta e oito. Mas não era tão nova quanto a de vocês.

— Ela tinha trinta e sete.

— A gente viu ela. Quando ela morreu — diz Jasper. — Parecia um pedaço de tronco flutuando.

— O papai mandou você parar de falar isso.

— Mas parecia — diz Jasper. — O John tem um diário! — Ele dispara para o outro lado do quarto, engatinha embaixo da cama e traz de volta um caderno gordo.

— Não. — John arranca dele.

— Só a página engraçada. — Jasper acha uma página perto do começo com palavras grandes escritas com marcador preto: EU ODIO PAPA várias e várias vezes. E, embaixo: JASPR É UM COCOSENTO.

Todos rimos.

— O que você queria dizer?

— Não sei. Não lembro. — Ele ainda está gargalhando. Pega o diário da mão de Jasper e começa a folhear.

— Faz tempo que você tem?

— Desde os quatro.

Ele escreveu umas cem páginas. A letra começa grande e selvagem, a maioria escrita com canetas grossas, e fica menor e mais fina. As entradas mais recentes são meticulosas e minúsculas.

— Você é escritor, igual ao seu pai.

Ele faz que não.

— Eu só gosto de registrar as coisas. Pra não esquecer.

Sinto as fotografias ao nosso lado, uma família congelada em movimento.

Embaixo das fotos, há livros. Olhamos todos e Jasper puxa seus favoritos, que reduzimos de uma pilha enorme a uma pilha menor. John só quer *Robinson Crusoe*, no qual já chegaram quase à metade.

— Podemos ler na cama do papai? Tem mais espaço.

Mas, quando nos acomodamos ali, eles se apertam tão perto de cada lado meu que não precisávamos do espaço extra. O cheiro de xampu de bebê sobe do cabelo deles e das minhas mãos enquanto viro as páginas.

Depois dos livros, eles estão cansados e vão cada um para sua cama. Pergunto se alguém quer que eu cante uma música, e dizem que não, mas, quando estou saindo do quarto de Jasper, ele diz que mudou de ideia. Canto "Edelweiss" e "Blowin' in the Wind", e, aí, John chama do outro lado do corredor e diz que também mudou de ideia. Conto sobre os Kroks e canto "Blue Angel" e "Loch Lomond".

Volto à cama de Oscar. Ele não trocou os lençóis, e os travesseiros têm cheiro dele, da pele e do creme de barbear dele. Penso na esposa dele e no rosto bonito que tinha. Se meu caroço acabar sendo um câncer mortal, não acho que alguém vai depois olhar fotos minhas e pensar que eu tinha uma dose extra de nada. Pego no sono em torno das 4h e Jasper entra antes das 5h. Ele bate o corpo contra a cama até eu acordar e fica lá parado até eu puxar o cobertor para ele entrar. Está acordadíssimo. Me conta sobre um menino da sua sala, chamado Edwin.

— Ele é um cara que bate e soca — diz.

— E o que você faz?

— Dou um golpe de caratê nele. Na minha *maginação*. Na vida real, vou pro outro lado da sala.

— Parece uma boa estratégia.

Falamos de picolés e dos nossos sabores favoritos, e de todos os lugares em que ele nadou na vida, e de uma pedra da qual John pulou em algum lugar que começava com M e onde tinha gatinhos embaixo de uma varanda. Ele pega minha mão e segura como se fosse um mapa, com as duas mãos na frente do rosto dele, abrindo os dedos e depois fechando-os.

— Não lembro da minha mamãe — diz.

— Você só tinha dois anos, não é? — Não consigo dizer *quando ela morreu*.

— Aham. Não sei se ela era igual você ou completamente diferente. Se ela era igual a tia Sue ou completamente diferente. Ela era igual a *quem*?

— Ela provavelmente era igual a você.

— Eu?

— Provavelmente, era curiosa e inteligente e boba no melhor sentido.

Ele leva meus dedos à boca e dá batidinhas com eles contra os lábios.

— Quando minha mãe morreu, às vezes eu sentia ela dentro de mim — conto. — Como se eu tivesse engolido ela.

Ele ri.

— Engolido ela.

— Ainda tem uns momentos em que sinto isso, e parece que ela está dentro de mim, e não tem diferença entre nós ou essa diferença não importa.

Ele está escutando, ainda dando batidinhas com meus dedos. Não diz nada.

— Acho que é todo aquele amor. Todo aquele amor tem que ir pra algum lugar.

Ele mordisca um pouco meu dedinho. Faz que sim devagar.

— Acho que ela me amava — sussurra para os nós dos meus dedos.

— Amava, sim — digo. — E ainda ama. Muito mesmo. E esse amor sempre, sempre vai estar dentro de você.

O tempo é imprevisível quando se está com crianças. Uma manhã inteira fazendo panquecas e brincando de estátua passa num minuto, enquanto esperar Jasper amarrar os sapatos ou nos alcançar de bicicleta é infindável. Eles me levam aos parquinhos favoritos: o que tem o escorregador de túnel, o que tem balanços altos, o que tem a parede de escalada. Comemos *quesadillas* na *taqueria* da Bow Street e cupcakes de banana no café ao lado. A caminho de casa, alugamos *Uma babá quase perfeita* na Blockbuster, e faço macarrão com queijo sem nenhum vegetal pra acompanhar, e comemos no sofá, o que Oscar não permite. Jasper entra na minha cama às 3h da manhã e dorme rápido desta vez, e acho que eu não vou pegar no sono, mas a respiração dele e seus pezinhos quentes na minha canela me embalam. No domingo, vamos ao aquário, ao mercado, fazemos cookies e jogamos cartas. Para o jantar, eles me ajudam a fazer uma lasanha para a volta de Oscar. O voo dele pousa às 18h14. Tiramos a lasanha quinze minutos depois disso e a observamos, o queijo borbulhando na lateral. Estamos com fome. Jogamos pingue-pongue na garagem para nos distrair, mas os meninos brigam para ver quem vai jogar do meu lado, então, corto a brincadeira e sugiro ler mais um capítulo de *Robinson Crusoe*. Eles se aconchegam de novo um de cada lado. Talvez não seja cedo demais. Talvez este seja o meu lugar. Acho que este pode ser o meu lugar.

Estamos bem na parte em que Crusoe acha uma pegada humana na ilha quando Oscar abre a porta. Fico aliviada. Não queria ter de explicar os canibais a eles. Os meninos pulam do sofá e correm até ele.

— Vocês não estavam na entrada! — Ele os levanta com facilidade, um em cada quadril.

— A gente não viu o farol — diz John.

— Eu pisquei.

Oscar me disse uma vez que a única coisa boa nessas viagens é piscar o farol ao chegar e ver os meninos passarem correndo nas janelas e saírem pela porta até a entrada, os corpinhos claros brilhando contra o asfalto. Mas me esqueci disso. Ele vê *Robinson Crusoe* na minha mão.

— Vocês estavam lendo sem mim?

— A gente pode ler de novo — diz John. — A gente não entendeu tudo. Podemos começar de onde a gente parou na quinta.

Oscar os põe no chão, tira o casaco e pendura no armário. Coloca uma palma na cabeça de cada um.

— O que mais eu perdi?

Eles gritam nossas atividades e ele assente, debruçado. Ainda não olhou para mim.

— Como foi? — falo quando não aguento mais.

Ele não levanta os olhos.

— Bom.

— A gente fez lasanha, papai! Uma lasanha de verdade.

Os meninos o arrastam até o balcão para olhar.

Pusemos a mesa com pratos que John tinha escolhido de uma prateleira alta. Jasper desenhou estampas nos guardanapos de papel. Não tínhamos flores, então, fizemos um arranjo de Lego no centro.

— Podemos comer agora? — John me pergunta.

— Claro — responde Oscar.

Sento com eles. Meu corpo está pirando. Fico empoleirada na beirinha da cadeira. Não paro de ensaiar palavras, explicações de por que preciso ir embora, mas não as falo em voz alta. Talvez ele tenha conhecido alguém em Provo. Talvez só tenha tido um momento de lucidez. Talvez o fim de semana todo, enquanto eu estava me apaixonando pelos filhos dele, me apaixonando por toda esta vida, ele estivesse mudando de ideia.

Os meninos recontam, detalhe por detalhe, nossos dois dias juntos. Ele escuta, debruçado sobre a lasanha, assentindo. Nada daquilo o agrada. Isso fica claro. E eles estão se esforçando muito para agradá-lo, se esforçando muito para serem interessantes e divertidos, dizer algo de que ele vá gostar. Muriel falou que, às vezes, chega na oficina e ele está simplesmente ausente. Mas isto é mais que ausência. É uma retração proposital e estratégica. Parece cruel impô-la a crianças.

Consigo chegar ao fim da refeição. Tiro os pratos. Paro na pia, de costas para a mesa. Sei que devia ficar, ajudar com a louça, esperar os meninos irem dormir e conversar com ele. Mas não consigo. Preciso ir embora. Subo, coloco minhas roupas e meu nécessaire na mochila e desço de novo.

— Você vai embora? — diz Jasper.

Agacho e dou um abraço nele. Pego o braço de John e o puxo.

— Eu me diverti muito com vocês dois no fim de semana.

— Tchau, tchau, boneca — fala Jasper. É de *Uma babá quase perfeita*.

Dou um pequeno aceno para Oscar e me viro.

Minha bicicleta está na garagem e, quando eu a tiro, ele está me esperando.

— Aonde você vai? — Ele segura meu guidão e coloca a roda da frente entre as pernas, de modo que fica de frente para mim e muito perto. — Por favor, não vá embora brava. Se eu fiz alguma coisa, desculpa.

— *Se* você fez alguma coisa?

— Estar distante, frio, alguma coisa. — Ele fala como se fosse uma acusação velha e cansativa, como se tivéssemos estado aqui muitas vezes antes, nesta discussão entediante e clichê. — Eu fico com ciúme. Sempre fiquei. Quando Sonya estava morrendo, eu sei que todo mundo desejava que fosse eu.

— É claro que não desejava.

— É claro que desejava. Ela era *mãe* deles. Eu era o dispensável, o babaca que vivia tentando ter mais tempo para o trabalho. Mas teve um momento perto do fim quando eu estava abraçando os dois numa poltrona horrível no quarto de hospital dela, e os senti voltando-se inteiramente para mim, como se soubessem que tinha acabado e éramos só nós três. Foi terrível e assustador e partiu meu coração, mas também foi emocionante. Eu finalmente tinha a atenção total deles. — Ele estende a mão para a minha. Retribuo o gesto, e ele me puxa para perto. Coloca a mão dentro da minha blusa e põe o dedo no meu umbigo. — Eu gosto de ter a atenção total das pessoas. — Ele me beija. Faz círculos na minha cintura nua com as mãos. — Então... eu tive um tempo livre em Provo e fui à livraria, e por acaso li um conto excelente na *Kenyon Review*.

— Não.

— Sim.

— Eu escrevi há muito tempo. — Quando minha mãe estava viva.

— Eu não tinha ideia de que você era tão boa. — Ele me sacode.

— Nos anos 1980.

Dentro da casa, os meninos ligaram o filme de novo.

— A gente viu *Uma babá quase perfeita*.

— *Uma babá quase perfeita*, que é só para maiores de treze?

— Pode ser que eles tenham algumas perguntas.

Quando paramos de nos beijar, ele coloca o capacete na minha cabeça e o prende embaixo do meu queixo, encaixando os dedos entre minha pele e o plástico para não me beliscar.

— Dá um abraço neles por mim.

— Você já deu.

— Dá outro.

Ele espera que eu explique, mas não consigo. Também não tenho certeza do que quero dizer.

Muriel me diz que deu meu telefone à irmã dela, que tem uma amiga que dá aula numa escola que acabou de demitir o professor de inglês.

— Escolas de ensino médio me dão nervoso.

— É um lugar bacana. Uns oitenta por cento dos alunos têm bolsa. Não é uma escola particular típica. Você teria o verão inteiro de folga para escrever.

Imagino que não vá ter notícias deles, mas recebo uma ligação do chefe do departamento de Inglês, Manolo Parker, no dia seguinte. Ele me chama para uma entrevista dali a três dias, em 9 de novembro, véspera da minha consulta com o oncologista.

Muriel me empresta roupas, maquiagem e o carro dela para a entrevista. Durante a manhã, fico deitada na cama, apalpando meu caroço. Não consigo determinar se cresceu. A entrevista me aterroriza quase tanto quanto o oncologista. Passei meia hora tentando arrumar a cara, esconder as olheiras profundas cinza-azuladas com corretivo, deixar minhas bochechas rechonchudas e rosadas com blush, meus olhos maiores e mais acordados com um lápis. Mas minhas mãos tremem, as linhas ficam tortas, não dá para disfarçar todo o medo.

Saio com tempo suficiente para a hora do rush, e esse tempo é necessário. O trânsito se arrasta para fora da cidade, farol a farol. Dirigir é um luxo do qual me esqueci. Tem aquecimento, para começar, e um rádio. Um cara está cantando sobre levar a namorada para fazer um aborto. Diz que ela é um tijolo que lentamente o afunda. Fala isso sem parar. Num farol demorado, cochilo parcialmente por um momento e, quando acordo num susto, penso por alguns segundos que estou grávida e aí percebo que não sou eu, é só a garota da música, e é um alívio. Fico desproporcionalmente triste pela mulher cujo ex-namorado escroto compôs essa música chamando-a de tijolo e ganhando dinheiro com essas palavras agora. Passo por pilares de pedra, subo por uma via de entrada comprida e arborizada e paro no estacionamento de professores.

Um caminho sobe desse estacionamento por uma colina íngreme até a escola. Lá embaixo há campos marcados por linhas brancas, com um gol de cada lado e arquibancadas nas laterais. Poderia ser minha escola. Tem um cara cortando a grama com um trator. Poderia ser meu pai. Não posso trabalhar aqui. Todos os cheiros são iguais.

A entrada é toda de vidro, recém-reformada. Manolo me encontra na porta.

O aperto de mão dele é forte, não suavizado por eu ser uma mulher. Ele me leva por um corredor reluzente.

— Achei que você devia ver como a gente começa o dia — diz, segurando a porta do auditório para um grupo de alunos e suas mochilas enormes. Cumprimenta todos pelo nome. — *Ciao*, Stephen. Está gostando mais de *Sula* hoje, Marika? Muitíssimo bom dia, Becca, Jep.

Eles gostam dele e da atenção que recebem. Becca aponta para mim:

— Você vai ser entrevistada hoje?

Faço que sim, ela me dá um joinha e continua andando. Manolo me leva a algumas fileiras e sentamos nas cadeiras dobráveis aveludadas com outros professores. Ele me apresenta aos que estão perto, e alguns outros se viram e acenam. Todos parecem saber por que estou aqui.

É barulhento. A escola inteira está aqui, da sétima à décima segunda séries, Manolo me explica. Ele me dá um histórico rápido da instituição: fundada por três sufragistas locais, só para garotas até 1972, morta de 1976 a 1978, renascida das cinzas com a ajuda de um doador anônimo cuja única condição era que a admissão fosse cega.

O salão fica em silêncio. Uma mulher esquelética com cabelo grisalho liso até o ombro subiu os degraus do palco e está parada num púlpito na frente da cortina fechada.

— Diretora da escola — me sussurra Manolo. — Aisha Jain.

— "O que achei ser amor em mim" — diz ela — "descubro mil vezes que é medo." — Ela olha para cima, ao redor e de novo para baixo. — "Da sombra da árvore ao redor da cadeira, uma música distante de pássaros congelados tintilando no..."

Uma mão se levanta na plateia, e ela se interrompe.

— David. - Ela aponta para a mão.

— Amiri Baraka, também conhecido como LeRoi Jones. Não consigo lembrar o título.

— Título, alguém?

— "O mentiroso."

— Ótimo trabalho, os dois. *Bon appétit*.

— Eles ganham um mimo grátis na lanchonete por acertar — me explica Manolo.

— Desfrutem da sua educação hoje — diz ela, descendo do palco e assumindo lugar na lateral.

Alunos, enfileirados na escada, sobem no palco um a um para fazer anúncios: viagem fotográfica, tênis verde encontrado no telhado (um menino grande desce o corredor até o palco para recuperá-lo, sob muitos aplausos), reunião do Comitê de Planejamento e Supervisão depois das aulas aqui no auditório, Clube de Debates na sala 202, Aliança Gay-Hétero na biblioteca. Quando os anúncios acabam, as luzes se acendem e a escola toda começa a gritar e bater os pés como se estivéssemos no Fenway e o Sox tivesse acabado de rebater uma bola para fora do estádio. As cortinas se abrem e há dois homens com guitarras, uma mulher na bateria e outra com um sax no microfone.

— Mama — ela começa a cantar, grave e lento, por cima do barulho da plateia. É "Misguided Angel", dos Cowboy

Junkies. Uma música que eu e Paco dançávamos na cozinha dele na Central Square.

Manolo chega perto.

— Banda do departamento de Matemática.

Tem um pedaço de cartolina improvisado na frente da bateria que diz: OS COSSENOS.

Em seguida, eles tocam "Ain't That Peculiar" e terminam com "Try a Little Tenderness". São bons. E estão se divertindo muito. A escola toda se levanta para aplaudir, e saímos aos poucos do auditório.

Manolo está com um enorme sorriso no rosto. Todo mundo está, incluindo eu.

— Uau — falo. — Que jeito de começar o dia.

Estamos andando mais devagar do que os outros, que passam por nós correndo para chegar à aula.

— Aisha me disse uma vez que a principal qualidade que procura num candidato é felicidade. Achei brega quando ouvi pela primeira vez, mas dá para ver. Este é um lugar muito feliz.

Voltamos pela área da entrada de vidro e descemos um corredor amplo, iluminado pelo sol que entra por uma fileira de janelas altas. Sinceramente, não me lembro de janelas na minha escola. Todas as memórias têm a luz tênue de lâmpadas fluorescentes. Será que alguém lá era *feliz*?

Manolo aponta para uma porta de escritório aberta e diz que é a sala de Aisha, e ficamos um pouco lá. Sigo-o até a sala dele, compartilhada com outro colega que está em aula. Conversamos no meio da sala, em um par de cadeiras giratórias antes de cruzarmos o corredor para minha entrevista. Ele me pergunta o que eu lia quando estava no ensino médio, e conto que me deram o cardápio de sempre de *O apanhador no campo de centeio*, *Uma ilha de paz*, contos de Updike e Cheever, histórias sobre meninos decepcionados com a humanidade, mas, por fora, minha mãe estava me fornecendo Wharton, Didion, Morrison. Vejo um exemplar de *Macbeth* numa mesa e conto a ele sobre um artigo que li recentemente sobre como

Lady Macbeth tem todas as qualidades de um herói trágico, mas ninguém ensina assim. Ele me pergunta se li *Todos os belos cavalos*, de Cormac McCarthy, que seu último ano está lendo, e respondo que sim, e me pergunta o que achei, e digo que não consegui superar a escrita para curtir a história, que o autor parecia alternar entre imitar Hemingway e imitar Faulkner. Ele faz cara de decepcionado, aí, um sinal toca e ele diz que precisa ir dar aula.

Pega a bolsa de livros e fala que foi ótimo me conhecer e aperta minha mão de novo, com a mesma força. Ele me leva à sala de Aisha, e percebo que aquela fora minha entrevista com ele. Achei que estávamos só batendo papo, esperando a entrevista de verdade na sala de Aisha começar.

Tem uma recepcionista numa escrivaninha numa pequena área de espera. Ela se levanta e me leva à sala. De perto, Aisha não é tão severa. Sorri com facilidade e tira os sapatos assim que se senta de novo. Dobra uma perna embaixo do corpo. Estamos sentadas em poltronas verdes perto da janela.

— O que você está achando tão divertido?

— Ah. — Não consigo pensar em nada para dizer exceto a verdade. — Estava só pensando num livro que tem uma poltrona assim. — Toco no estofado duro atrás da minha cabeça.

— Qual livro?

— *Árvores abatidas*. De Thomas Bernhard.

— Alemão?

— Austríaco. A maior parte se passa numa poltrona em Viena.

— O livro se passa numa poltrona?

— O narrador foi ao que chama de um jantar artístico na casa de velhos amigos que o decepcionaram quando ele era jovem. Ele não os vê há trinta anos, e se senta numa poltrona perto da porta ruminando sobre eles e seus *jantares artísticos*. Não tem capítulos nem parágrafos. São só os pensamentos dele, pontuados pela frase "sentado em minha poltrona". É um refrão. "Sentado em minha poltrona." Muitas vezes por página. Ele está lá porque uma amiga em comum cometeu suicídio e acabaram de ir ao velório, e na verdade é um livro sobre arte e tornar-se um artista e todas as formas como isso acaba com as pessoas, na verdade.

— Como acabou com ela, a amiga que cometeu suicídio?

Gosto de como ela parece genuinamente interessada nesse mundo ficcional, como se tivesse importância, como se tivesse todo o tempo do mundo para isso antes de começar a me questionar sobre minha experiência lecionando.

— Segundo o narrador, ela começou como atriz e dançarina, mas conheceu um artista que fazia tapeçarias, casou-se com ele e canalizou todos os seus sonhos de grandeza artística e fama internacional nele, que nunca teria continuado sem o estímulo dela. E ela conseguiu. Quanto mais e mais renomado ele ficava, mais e mais infeliz ela se tornava, mas na verdade ele era a sua obra de arte, então, ela continuava tendo de trabalhar naquilo e, no fim, se autodestrói. Pelo menos é sobre isso que eu acho que o livro é, aqui sentada na minha poltrona.

Ela sorri o tempo todo, o que torna difícil parar de falar. E falar sobre personagens de livros, para mim, é entusiasmante e calmante ao mesmo tempo.

— Você sempre foi uma leitora tão entusiasmada?

— Na verdade, não. Eu gostava de ler, mas era chata com livros. Acho que o entusiasmo veio quando comecei a escrever. Aí, entendi como é difícil recriar em palavras o que você vê e sente na sua cabeça. É isso que eu amo no livro de Bernhard. Ele consegue estimular a consciência, e é contagioso, porque, enquanto você lê, aquilo te influencia e sua mente começa a funcionar daquele jeito por um tempo. Eu amo isso. Essa reverberação, para mim, é o mais importante na literatura. Não temas ou símbolos, ou o resto das porcarias que ensinam na escola.

Ela gargalha.

Sinceramente, esqueci por um momento o motivo desta conversa.

— O que você faria diferente na sua aula de inglês?

Penso um pouco.

— Eu ia querer que os alunos conversassem e escrevessem quais *sentimentos* o livro desperta, do que se lembraram, se mudou os pensamentos deles sobre alguma coisa. Pediria para manterem um diário e escreverem livremente depois de lerem cada livro indicado. Em que isso o fez pensar? É isso que quero saber. Acho que dá para conseguir algumas ideias realmente originais assim, não as ideias velhas regurgitadas tipo homem versus natureza. Por favor, pode me matar se eu algum dia pedir a alguém um ensaio sobre homem versus natureza. Perguntas assim são feitas para te tirar completamente da história. Por que você ia querer tirar os jovens da história? Você quer que mergulhem mais fundo, para sentir tudo o que o autor tentou com tanto esforço criar para eles.

— Mas você não acha que *há* questões mais amplas que o autor está tentando explorar?

— Sim, mas não deviam ter primazia sobre nem mesmo ser separadas da *experiência* da história em si. Um autor está tentando dar uma aventura de imersão. — Jogo as mãos para o alto e acho que isso a assusta.

Ela se afasta de mim.

— O único problema com a sua pedagogia é que nossos alunos precisam fazer vestibulares e precisariam ter *alguma familiaridade* com esses recursos literários.

Assinto.

— É claro.

Acabou, penso sentada na minha poltrona.

Na saída, sinto cheiro de almoço. Se tivesse ido melhor, eles talvez me convidassem para comer. O cheiro é bom. Berinjela à parmegiana e cheesecake. Vi na lousa na frente da lanchonete. Eu não teria recusado um almoço grátis.

Lá fora, três garotas estão encostadas na parede do prédio usando casacos de lã, o rosto voltado para o sol fraco de novembro. Há um exemplar de *Adeus às armas* no chão ao lado de uma delas. Imagine só forçar garotas e ler sobre a falsa e servil Catherine Barkley, sempre se martirizando. "Eu não existo. Eu sou você. Não me considere alguém à parte." O único Hemingway que eu mandaria ler é *O sol também se levanta*, e só por aquela passagem em que ele entra na igreja e reza por todo mundo e por si duas vezes, e lamenta não se sentir religioso, e sai no sol quente na escadaria da catedral com os dedos da mão ainda úmidos, e os sente secar ao sol. Eu amo essa parte.

Desço a colina até o carro de Muriel. Mas já não é bom. Sinto falta da minha bicicleta. Não tenho certeza se posso dirigir. Sinto-me represada. Abaixo todas as janelas. O caminho até a saída é mais curto do que eu lembrava. Saio na rua principal. Não sabia que dava para estragar uma entrevista por se sentir à vontade demais. Não sabia que havia esse perigo. Eu não falei de nenhuma das coisas que Muriel me treinou a falar, do currículo que desenvolvi na Espanha e das aulas de graduação que dei enquanto fazia pós, e depois em Albuquerque. Em vez disso, fiquei tagarelando sobre Bernhard e lembro, ao entrar na rodovia, que não é "na minha poltrona", mas "*na* poltrona". "Sentado *na* poltrona" é o refrão de *Árvores abatidas*, e sou tomada de vergonha por ter errado. Além do mais, ela só contrata gente feliz, então, isso me exclui da lista. Penso na minha conversa com Manolo sobre *Todos os belos cavalos*, e agora está claro que ele amava o livro e eu o insultei. Dirijo pela estrada e absorvo, uma a uma, todas as formas como a manhã deu errado. *Sua pedagogia.* Ela só estava querendo me agradar. Aí, me lembro da consulta com o oncologista amanhã, e talvez nada disso importe porque, mesmo se eu conseguir o emprego, vou só ser a professora que fica com câncer e morre.

Deixo o carro na casa de Muriel e passo a chave pela caixa de correspondência dela. Preciso andar pela praça e voltar atravessando o rio, mas não tem problema. Agora, o que mais tenho é tempo. Na praça, paro no Au Bon Pain. Estou com fome, e eles têm um sanduíche de frango com pesto por US$2,95 de que eu gosto e que vai me encher. Na fila, estou um pouco aérea. Fico lembrando e esquecendo o nome do sanduíche que vou pedir. Às vezes, Tony e Dana vêm pegar comida aqui, e tenho medo de encontrá-los, mas ainda é cedo. Se estiverem trabalhando no almoço, vão estar no meio do horário de pico.

— Ei. — Um puxão na manga da minha jaqueta. Um ribombar familiar. — Casey.

É Silas, de jaqueta de motoqueiro.

Tudo em mim enlouquece ao mesmo tempo. Meu rosto fica em chamas e meus lábios tremem, então, estico-os num grande sorriso.

— Oi. — Dou-lhe um abraço seco e atrasado. A jaqueta range e o beijo na ponte volta à minha mente, e meu estômago dói. Ele tem o cheiro do carro dele. Seguro um pouco mais.

— Você vai pedir? — pergunto, embora veja que ele está segurando um copo de café Au Bon Pain.

— Não. Bom, talvez eu peça algo para comer.

Ficamos juntos na fila e lembro meu pedido, e ele adiciona um sanduíche de peito de peru com queijo e paga rápido, antes de eu conseguir tirar meu dinheiro da bolsa que peguei emprestada de Muriel.

Levamos a comida para uma mesa perto da janela. Não consigo comer. Dou duas mordidas e não consigo engolir. Quando ele sai para pegar mostarda, cuspo tudo no guardanapo.

— Não está bom?

Balanço a cabeça.

— O que está acontecendo? Você parece meio... abatida.

É uma forma bem gentil de dizer.

Conto que fui demitida, e ele é tão solidário que conto sobre o caroço, as abelhas, a falta de sono, a revisão que não consigo fazer. Conto sobre a entrevista, a banda de matemática e como estraguei tudo me sentindo confortável demais, e como era bizarro eu realmente querer ficar para almoçar.

Não conto que li o conto dele porque isso significaria contar a ele que estava na casa de Oscar, mas tenho vontade. Ele está ouvindo com muita atenção, assentindo e mexendo na tampa do copo de café. Reúne todo o nosso lixo, joga fora e, quando volta, suponho que vá dizer que precisa ir, mas ele se senta de novo com as duas mãos na mesa agora, perto das minhas.

— Lembra quando eu te chamei pra sair e depois fui embora da cidade? Foi porque tudo parecia estar se despedaçando, e eu precisava me levantar e andar por aí às 2h da manhã. Não conseguia parar de andar. Sentia que, se parasse de andar, ia morrer. O verão passado inteiro eu fazia as malas e não ia. Aí, eu te conheci e soube que não podia sair com você até me sentir mais normal. Então, finalmente, fui.

— Eu não tenho um Crested Butte.

— Mas tem alguma coisa.

— Parece mais um abismo.

— Algum lugar a que precisa chegar.

— Sim. O resto da minha vida. Parece que o caminho está bloqueado.

Ele ri e inspira.

— "*Nel mezzo del cammin di nostra vita...*" — Ele para e ri da minha expressão. — Meu sotaque é ruim demais.

— É atroz. Mas continue.

— "*Mi ritrovai per una selva oscura che la diritta via era smarrita.*" Fiz uma aula de Dante na faculdade, e podíamos escolher recitar cinco páginas em inglês ou uma página em italiano ruim.

— É uma bela frase de abertura.

— Penso nela muito mais do que jamais imaginei que pensaria.

— Eu realmente perdi meu *cammin*.

— Todos nós perdemos nosso *cammin*.

— É tão físico. Parece que meu corpo está me rejeitando.

Ele assente como se realmente entendesse o que estou dizendo.

— Você já tentou, sabe, se concentrar no topo da sua cabeça, depois na testa, depois...

— Eu fico pior. A única coisa que ajuda é contrair.

— Contrair?

Levanto o braço e aperto o punho direito. Conto até dez e solto. Levanto o punho esquerdo e aperto, e ele me copia. Eu solto e ele solta. Repetimos o processo em muitos músculos, braços, estômago, pernas, pés. A última coisa que mostro a ele são os músculos do rosto, apertando tudo bem forte depois abrindo bem os olhos e a boca. Parecemos demônios ensandecidos protegendo um templo.

Depois, as coisas parecem mais suaves.

— É bom — diz ele. — Me sinto flutuando.

Saímos. Há alguns jogos acontecendo nas mesas de xadrez.

— Ei — fala Silas, tocando minha jaqueta. — Vamos jogar.

O cara na última mesa está sozinho, esperando um jogador. Silas pergunta se podemos jogar só nós dois e entrega a ele dez dólares, e o cara vai embora. Silas me deixa usar o assento do cara, que ainda está quente e dá para o resto do pátio e a Massachusetts Avenue na direção da Central Square. Pega a cadeira em frente. Não jogo há muito tempo. Meu pai me ensinou num pequeno tabuleiro portátil com fundo magnético. A gente jogava em aviões. Este é embutido, preto e castanho, na mesa de pedra. As peças são de mármore, pretas e marfim.

— Ok, você é Adolf Anderssen e eu sou Lionel Kieseritzky — diz ele, alinhando os cavalos. — Estamos em Londres, 1851. Abertura do Bispo. As brancas começam. — Ele aponta meu peão acima do rei, eu o movo duas casas e ele assente. Ele move seu peão oposto para ficar diretamente em frente ao meu. — Tenho um livro sobre partidas famosas de xadrez, e às vezes eu as jogo. — Ele me olha. — Minha versão de contrair. — Ele dá um tapinha no peão acima do meu bispo, eu o movo uma casa, ele balança a cabeça e eu movo mais uma, colocando-o diretamente e desnecessariamente em risco do único peão que ele moveu.

— Por que eu faria isso?

— É um risco. — Ele pega meu peão. — Mas acho que te dá mais controle do centro do tabuleiro.

Não entendo por que tenho mais controle tendo voluntariamente perdido uma peça. Ele me faz mover um bispo, depois desliza a rainha dele pelo tabuleiro e diz:

— Xeque.

— Droga. — Movo meu rei para a direita, e ele assente. — Agora, não posso fazer o roque.

— Isso mesmo.

Pego dois dos peões dele e ele pega meu bispo e mais um peão. Somos ousados, Anderssen e eu. Quando encurralados, saímos para o ataque, sacrificando peças sem necessidade.

— O engraçado nesta partida, que chamam de Partida Imortal, é que eles jogaram num sofá durante um torneio mundial muito intenso de sete semanas. Era uma partida casual para relaxar entre as competições.

— Talvez seja relaxante para você. Mas eu estou sendo massacrada.

Ele pega minha torre, e a rainha dele está em posição de pegar minha outra torre e depois meu rei. Em vez de defendê-los, ele me faz mover um peão insignificante uma casa no meio do tabuleiro, sem ameaçar ninguém.

— Brilhante — diz Silas. E pega minha outra torre com a rainha dele. — Xeque.

Avanço uma casa com meu rei. Acabou. Ele está com o bispo e a rainha dele atrás de mim, e eu não tenho ninguém. Mas, em vez de ir atrás do meu rei, ele tira um cavalo da fileira de trás.

Analiso o tabuleiro. Vejo por que ele se sente ameaçado. Movo meu cavalo e pego o peão dele.

— Xeque.

— Boa! Foi isso que ele fez.

Ele desliza o rei dele uma casa. E, aí, vejo. Vejo muito claramente. Movo minha rainha três casas para a frente:

— Xeque.

Ele pega minha rainha com o cavalo. Movo meu bispo diagonalmente uma casa. O rei dele está imobilizado. Para qualquer lado que ele vá, um dos meus cavalos vai pegá-lo.

— Xeque-mate — grito para ele. — Xeque-mate!

Silas dá um grito de alegria e levanta as duas mãos para eu bater.

— Como isso aconteceu? — Olho todas as peças que perdi de um lado da mesa, dois peões, duas torres, um bispo e uma rainha. — Como ele fez isso?

— Ele não precisava delas. Só teve a coragem de continuar lutando.

— Eu estou mesmo me sentindo meio imortal.

Ele ri. Parece feliz e não tenta esconder.

Acompanho-o até o carro na Oxford Street. Suas aulas na escola terminam mais cedo às quartas, mas ele tem que dar aula particular para um menino às 14h e está atrasado. Andamos perto um do outro, meu ombro roçando o braço dele como no rio naquela noite.

— Quando movi aquele peão e você disse brilhante, eu não entendi. Mas aquele peão bloqueou sua rainha de voltar e te salvar.

— Aham — diz ele, mas parece também estar pensando em outra coisa.

Chegamos ao Le Car dele. Toco o buraco na porta do passageiro.

— O que aconteceu no nosso último encontro? Por que você não me beijou? — Parece nitrogênio líquido saindo de mim.

Ele fica surpreso com a pergunta direta, mas não resistente. Algo no corpo dele relaxa. Ele se recosta no carro, apoiando os calcanhares no meio-fio.

— Senti que tinha alguma coisa estranha naquela noite. Antes, havia uma facilidade entre nós, pelo menos, eu achava que havia, e tinha sumido. Você parecia meio fora de alcance. Eu ainda estava bem doente, então, imaginei que pudesse ser comigo. — Ele estava observando o sapato raspando na beira de granito. — Eu ia mencionar da próxima vez que te visse, mas, aí, estava na casa do Oscar e ouvi o filho dele falando dos desenhos na geladeira. Ele disse que um deles era da Casey, a namorada do pai. Eu te liguei algumas vezes para perguntar se era verdade e, quando você não ligou de volta, imaginei que tivesse minha resposta. — Ele levanta o olhar e parece que estamos nos tocando.

Você conhece seu cavalo, escuto Dana dizer.

Meu corpo começa a contrair involuntariamente, e espero que ele não consiga ver.

— Eu entendo — continua ele. — É o pacote completo. Três livros, casa grande, filhos fofos. — Ele chuta o meio-fio. — Mas ele tem problema no joelho.

— Sério? — pergunto, embora queira dizer outras coisas.

— Quando ele passa um tempo sentado, sim. — Ele se empurra do carro, dobra um pouco as pernas e levanta. — Os meus joelhos são excelentes. — Ele pega a chave do bolso e contorna para o lado do motorista, e me olha por cima do teto do carro. — Só pra você saber. — Ele liga o carro e abaixa as janelas. — Boa sorte amanhã.

Não sei do que ele está falando.

— No médico — explica ele.

Ele engata a primeira. Lembro-me da noite com Lou Reed cantando e de como a mão dele mudando marchas me deu tesão.

— A gente pode fazer alguma coisa um dia? — falo, desesperada com o som do motor.

— Não. — Ele solta o freio de mão. — Não posso ficar todo enrolado com as suas cordas.

Parece algo que Star de Asthabula diria. Ele entra no trânsito e passa embaixo da ponte, e levo muito tempo para me afastar daquele ponto da Oxford Street.

Na manhã seguinte, vou a pé para minha consulta em Longwood. Não é longe. Caminho devagar, e as pessoas vêm de trás e me ultrapassam com seus copos de café e seus pensamentos médicos. Outras vêm de hospitais na minha direção com aventais amassados e o rosto exaurido.

Penso naquela época no ensino médio em que tinha medo de me matar dormindo e me pergunto se há agora alguma parte de mim que quer morrer, quer levantar a bandeira branca e admitir derrota. E se meu corpo estiver cansado de tentar fazer as coisas funcionarem? E se ele não quiser o que eu quero? Paro e olho uma faixa de grama entre a calçada e a rua, o tronco esguio de uma pequena árvore pelada. E se essa for toda a vida que eu terei?

Muriel e Harry estão na sala de espera. Não sei como eles sabiam. Não me lembro de ter contado a nenhum deles o nome do médico. Fazem-me sentar apertada entre eles num sofá de couro falso. As pessoas ao nosso redor estão doentes. Cabeças sem cabelo, tanques de oxigênio, uma boca encovada. Muriel pega uma revista *People*. Tem um artigo sobre Joni Mitchell e seu reencontro com a filha que colocou para adoção no Canadá em 1965. Muriel e eu estamos acompanhando essa história, mas Harry mal sabe quem ela é. Nunca ouviu a música "Little Green", então, temos que explicar e cantar trechos para ele, a parte sobre o picolé e roupas de aniversário, e a parte sobre ter um final feliz. Muriel e eu caímos em lágrimas por isso, e Harry ri da gente.

— Camila — diz uma enfermeira numa porta.

Harry e Muriel ficam surpresos quando eu me levanto.

Sento na beirada da maca com o avental branco com quadrados azuis, canelas cruzadas, de meias, mãos dobradas, implorando pela vida. Estou ciente de que meu caso não é dos mais convincentes. Na sala, havia uma mulher sem sobrancelhas balançando um menininho nos joelhos e dando de mamar a um bebê minúsculo encaixado entre os dois. Meu desaparecimento desta Terra não vai causar muitas consequências. Mesmo assim, imploro.

Duas batidinhas, e o médico entra. É muito alto e muito magro, uma lâmina de faca de intensidade. Ele se mexe com velocidade, lavando e secando as mãos enquanto falamos, os ossos dos punhos levantados e pontudos como lanças. Onde está o caroço? Há quanto tempo? É dolorido? Ele levanta meu braço direito e apalpa. Respira pelo nariz afiado no meu ombro.

— Onde está? — Ele está com pressa. Tem gente esperando. Tem gente morrendo.

Encontro rápido com meus dedos.

— Aqui.

Sinto-o encontrando. Está dolorido de tanto que cutuco. Os dedos dele fazem um círculo rápido ao redor e se afastam.

— Isso é um linfonodo. — Ele está de novo na pia, lavando com movimentos rápidos e bruscos. — Tamanho normal. Você não tem muita gordura, então, é mais fácil de sentir.

— Mas eu não consigo achar do outro lado.

Ele dá de ombros. Puxa duas toalhas de papel. Enrola em torno da palma e joga fora.

— A saída é pela esquerda.

Ele puxa a porta e sai por ela.

Muriel e Harry se assustam por eu sair tão rápido. Sinalizo para eles do outro lado da sala e empurro a porta.

Depois outra porta. Um corredor e mais portas. Espero por eles lá fora, no sol. Eu não sabia que estava sol. Tudo parece tão mais claro, como se eu tivesse colocado óculos. Acima de nós, há uma nuvem grossa e quadrada que parece esculpida em mármore. O trânsito passa ligeiro.

— Não é nada — conto a eles. — É normal.

— Como? — Muriel está rindo. Eu estou choramingando. Harry abraça nós duas, balançando de um lado para o outro.

— Sua demônia — diz ele. — Você quase me matou de susto.

Oscar e Silas estão na minha secretária eletrônica quando eu volto.

— Agora, preciso fazer todo tipo de *formato* no cabelo deles quando passo xampu — diz Oscar. — E isso adiciona 45 minutos à hora do banho, que já era bem longa antes. Quando posso te ver?

— Com certeza deu tudo certo, mas me avisa, tá? — diz Silas.

Ligo para Silas e quem atende é a secretária eletrônica.

— Não era nada. — Pauso, torcendo para ele atender, embora saiba que está no trabalho. — Eu estou bem.

Desligo e ligo para Caleb.

— Ah. Ah. Graças ao Senhor. Graças ao Senhor. — Ele está imitando um televangelista. — Ah, é um milagre dos peregrinos puritanos de Plymouth Rock!

— Deus seja louvado! — digo, rindo, mas sinto a verdade. Deus seja louvado.

— Estou voltando para aí. Decidi que, de todo modo, devia levar o carro da mamãe para você.

— Achei que a Ashley precisava dele. — Ashley é a filha de Phil.

— A Ashley é uma escrota que pode ir se foder. Quem diz isso é o Phil. Eu me dou superbem com ela.

— Você vai atravessar o país de carro sozinho?

— Preciso de um tempo sozinho para esvaziar a cabeça.

Não soa como Caleb.

— Adam disse que eu podia ficar no quarto de hóspedes dele.

Ele já falou com Adam sobre isso?

— Você vem mesmo?

— Vou.

Quatro dias depois, ele está na minha porta. Não o vejo desde o velório. Ele parece diferente, tenso. Chapado, diria minha mãe. Fede a Cheetos e talvez alguns Cebolitos.

Ele também não acha que estou tão bem.

— Você parece um hamster com raiva.

— Não durmo há muito tempo.

— Ah, meu bem. — Ele me abraça forte. — Está tudo bem. Vai ficar tudo bem.

É tão mais fácil chorar quando há braços ao seu redor.

— Há trinta anos, eles teriam dito que você está tendo um colapso nervoso e te mandado para o McLean's. Lembra a sra. Wheelock?

Não me lembro da sra. Wheelock. Não quero que o que está acontecendo comigo seja chamado de colapso nervoso, um rótulo de infância que me assustava antes mesmo de eu saber o que significava.

Ele pergunta sobre meu plano de saúde. Lembro-lhe que fui demitida, e ele diz que provavelmente tenho a garantia. Não faço ideia do que ele está dizendo. Ele explica que provavelmente tenho cobertura total até o fim do mês e, depois disso, posso pagar para manter por mais tempo. Conto que já tive consultas médicas o bastante pelos próximos dez anos, mas ele está falando de um psiquiatra.

— Você provavelmente tem direito a um determinado número de sessões por ano. Talvez encontre alguém que se disponha a marcar todas até o final do mês.

— Um belo psiquiatra rebelde.

Pergunto se ele quer tomar banho, e ele espia meu banheiro e responde que vai fazer sua higiene pessoal na casa principal.

— Trouxe uma coisa para você — diz ele.

— Eu sei que trouxe.

Pela janela, vejo o carro da minha mãe. Não é o Mustang azul da minha infância nem o Rabbit branco da minha adolescência. É um Ford preto em que só andei algumas vezes. Fico aliviada por ter tão poucas memórias dela neste carro.

Mas ele coloca a mão numa bolsa e me entrega uma lata de biscoitos redonda.

— Hum, biscoitos de cinco dias atrás — falo. — Não precisava.

— Não são biscoitos.

Não abro a lata. Só chacoalho. Algo dança lá dentro.

— A gente já fez isso. Com o Gil. — Era um amigo dele que tinha ido com a gente para subir a montanha Camelback até o mesmo lugar em que minha mãe espalhara as cinzas de Javier dezesseis anos antes, e jogamos ao vento os torrões de areia cinza que deviam ser o corpo da minha mãe. Fiquei brava por Gil estar lá. Caleb o tinha deixado pegar um punhado.

— Gil, não. *Giles*. Foi só metade, lembra? A gente concordou que o resto devia ir para o Atlântico.

Não lembro. Não lembro muita coisa daqueles dias depois da morte dela.

— Achei que podíamos ir a Horseshoe amanhã.

A praia de Horseshoe era onde ela sempre nos levava.

— Adam talvez possa tirar o dia de folga e vir.

Lanço um olhar a ele.

— Não é a mesma coisa — diz ele. — Ele a conhecia superbem. Ela amava o Adam.

— A gente não pode fazer isso sozinho?

— Acho que preciso dele lá.

— Toma cuidado, Caleb.

— Esse não é meu ponto forte.

Conto a Caleb sobre o fim de semana com as crianças e o humor de Oscar ao voltar de Provo, mas que ele me ligou pelo menos uma vez por dia desde então.

— Convida ele pra jantar para eu poder farejar o cara — diz ele. — Tenho bons instintos.

— Você tem péssimos instintos. Ele vai te ganhar com o charme.

— Ah, espero que sim!

Dou um tapa nele e pego o telefone.

Comemos na casa do Adam. Ao chegarmos, ele nos serve taças de vinhos e sentamos nas banquetas enquanto ele mexe um risoto grosso no fogão. Adam rapidamente descobre que Oscar é Oscar Kolton.

Ele para de mexer.

— Puta merda. Eu admiro muito sua obra — diz em tom confessional, como se importasse mais vindo dele do que de um admirador normal.

Oscar lhe oferece o abaixar humilde de cabeça.

Caleb levanta a taça.

— À axila de Casey, que nos reuniu aqui.

Oscar está confuso.

— Achei que estava com um caroço. Não era nada — explico.

Sinto Caleb me olhando.

— Por que você fez segredo dessa pequena conexão aqui? — pergunta Adam, fazendo círculos com o dedo entre mim e Oscar.

— Não era segredo. Caleb sabia.

— Caleb não *lê*.

— Eu leio suas cartas — replica Caleb. — Ele escreve cartas longas e belíssimas.

— E você nunca escreve de volta.

— Eu ligo. Sou bom no telefone. — Ele dá um sorrisinho do qual Adam desvia.

Adam dá mais algumas mexidas na panela grande e empata o risoto. Levamos nossas porções à mesa. Pego a cadeira ao lado de Oscar, que aponta ao lado de Adam, à nossa frente.

— Pares se separam — diz Oscar, como se fosse uma viúva de outro século.

Caleb pega meu lugar e contorno a mesa. Oscar e Caleb começam a conversar. Adam se inclina e me conta de algumas ofertas abaixo do preço pela propriedade. Diz que ainda não tenho nada com que me preocupar.

— Case — Caleb bate o garfo no meu prato —, você não contou pra ele que nosso pai era um voyeur? — Nosso pai é uma anedota para Caleb. Ele tem toda uma rotina de histórias que apresenta nas festas.

Interrompo-o com um olhar, e ele começa a encher Oscar sobre *Estrada do trovão*. Onde e quando se passa, quem é o protagonista, de que perspectiva é contado? Ele nunca me fez nenhuma dessas perguntas. Eu nem sabia que entendia algo de protagonistas ou perspectiva. Adam pergunta para Oscar onde ele estava quando tudo lhe veio. Como se todo um novo romance lhe viesse em um grande raio em vez de anos de concentração sustentada.

— Eu estava voltando pra casa de uma consulta no dentista — conta Oscar. — E vi tudo.

Meu Deus.

— Fabuloso — diz Adam. — Ainda mais depois do dentista.

Oscar dá de ombros. Vai entender. A genialidade te encontra onde quer que você esteja. Ele conta sobre o livro novo em que está trabalhando e como nunca vai cumprir o prazo do contrato, que vai levar bem mais tempo do que esperava.

— Bom — digo. — Acho *extraordinário* você considerar que tem *algo* a dizer.

Eles me olham um pouco alarmados. Não era para sair com tanta raiva. Cutuco Adam.

— Lembra? Que você me disse isso? Na entrada da casa?

Ele faz que não.

— Por que eu ia dizer uma coisa dessas?

Durante a sobremesa, Oscar se levanta para ir ao banheiro. Nos primeiros poucos passos, ele afunda um pouco. O joelho ruim. Eu nunca tinha notado.

— Você vai vir com a gente amanhã? — pergunta Caleb quando ele volta.

— Para onde?

— A gente vai espalhar as cinzas da minha mãe — explico. Sai devagar, como se minha boca não quisesse formar as palavras. — Numa praia.

Oscar balança a cabeça sem me olhar.

— Jasper tem taco e John tem um aniversário, então, não consigo. — Ele levanta a taça de vinho. — Ótimo *sancerre*, Adam. Onde você comprou?

Quando saímos, Caleb dá um abraço em Oscar, e Adam aperta a mão dele e fala para jogarem squash. Lá fora, Oscar pega meu braço e começa a rir. Está de bom humor. Conquistou os dois. Ele sempre conquista as pessoas. É isso o que ele sempre vai precisar fazer.

Ele me beija na luz que vem das janelas da sala.

— Não sabia que você era o Jasper da sua família. — Beijo. — A menina charmosa. — Beijo. Beijo. — A pequena provocadora. — Todos esses selinhos interrompidos por discursos. Eles mantêm a chama baixa.

— Acho que a gente não devia mais fazer isso.

— Fazer o quê?

— Sair.

Ele ri e me puxa mais para perto.

— Do que você está falando?

Normalmente, não tenho que terminar com ninguém. Em geral, fazem isso por mim, ou vou embora do estado ou do país. Não é frequente precisar dizer com todas as letras.

— Olha, Case. — Ele nunca me chamou assim até a metade do jantar de hoje, quando começou a copiar Caleb. Ele sai da luz da janela, não querendo mais ser visto. — Sei que você está assustada. É assustador. Mas eu te amo e nós somos bons juntos. Eu me sinto muito bem quando estou com você. Meu Deus, eu *gosto* de mim mesmo quando estou com você.

— Não tenho certeza de que isso é estar apaixonado por mim, Oscar. É estar apaixonado por você.

— Tem outra pessoa? — diz ele. Vejo que não acha que é uma possibilidade.

— Acho que sim.

— É ele? — Ele faz um gesto na direção da janela.

— O Adam? — Aí, vejo que ele está brincando.

— Quem é?

— Não é importante saber quem é.

— É importante. Eu conheço?

— Não. — Mas minto muito mal. Então, conto a verdade.

— Aquele menino da minha oficina? Quantos anos ele tem, quinze?

— Ele tem a minha idade.

— Sua idade? Ele pode ter sua idade, mas não está no mesmo sistema solar, Casey. Aquele cara vive em Júpiter.

Não menciono que, na verdade, Júpiter está no nosso sistema solar.

Ele diz mais algumas coisas ofensivas sobre Silas e a escrita de Silas, e aí tenta me falar de novo por que devemos ficar juntos, mas com menos convicção. Está começando a cair a ficha.

— Bom — diz, tirando a chave do bolso. — Talvez eu consiga cumprir aquele prazo, afinal. — Ele me dá um último selinho. — Provavelmente os lábios mais jovens que vou beijar.

Eu tinha me esquecido do que se revela logo depois que você termina com alguém.

— Duvido — falo.

Ele dá uma risadinha esperançosa e anda até o carro.

Entramos no carro do Adam para ir a Horseshoe. É um dia horrível, um vento cortante, a água cinza-metálica e dura como gesso. Há uma foto, em algum lugar, da minha mãe e Caleb bebê nesta praia. Ela está de biquíni, a parte de baixo grande, quadrada e subindo acima do umbigo dela. Mas ela não era nadadora e não ia querer se meter com esta água fria agora.

Caminhamos contra o vento na areia firme até a beira-mar. Caleb abre a lata de biscoitos e pega um punhado dos escombros prateados. O vento está vindo rápido demais da água para jogar, então, ele coloca os pedaços grossos numa pequena onda que vem na direção dos nossos pés. Não me permito acreditar que é ela. Não me permito acreditar que o corpo de minha mãe — seu cabelo, seu sorriso, os dois acordes que compunham o som da sua voz, seu coração, seu bumbum bonito, suas pernas hidratadas, seus dedos dos pés que faziam barulho quando ela andava — tinha sido queimado e virado esse escombro na minha mão.

Ainda assim, não consigo. Não posso colocar esses pedacinhos cinza na água tão fria num dia tão sombrio.

— Faz metade — digo a Caleb. — Vou colocar o resto em outro lugar.

Paro perto dele enquanto ele joga. Adam fica para trás de nós. Uma gaivota solitária, a única no céu, voa baixo na praia, perto da nossa cabeça, depois volta ao mar, guinando para a esquerda, uma asa virada para a água, como um avião fazendo uma acrobacia. Ela sobe e se endireita, depois baixa, roça a superfície, passando os pés pela água, depois sobe de novo, levantando-se com grandes impulsos das asas, sobe, sobe, sobe, depois paira longamente, bate as asas algumas vezes — sobe, bate as asas, paira, até não estar mais lá.

Olho ao redor. Estava seguindo a gaivota pela praia sem perceber. Caleb terminou e está apoiado contra Adam na areia seca e branca.

Estávamos sérios no carro na ida, a lata de biscoitos no colo de Caleb, mas, na volta, ele joga o resto das cinzas no banco ao meu lado, liga o rádio alto e começa a provocar Adam pelo jeito que ele dirige.

Paramos na barraca de mexilhões e comemos na janela perto das mesas de piquenique que dão para o porto onde me sentei com minha mãe no dia em que ela voltou do Arizona e tentou explicar, de novo, seu ano e meio de ausência. Só assenti. Queria ter sido horrível com ela naquele dia. Queria ter jogado minha comida e gritado coisas vis. Queria que ela tivesse arrancado todos os meus sentimentos. Talvez, hoje, eu fosse melhor em expressá-los.

Mas Caleb tem outras memórias.

— Vocês lembram quando a gente veio aqui depois do casamento do Gus?

— Sim — diz Adam. — Lembro daquele cara com o cavanhaque que tentou ficar com você quando eu estava bem no banco de trás.

Caleb ri.

— Ele fez mais do que isso depois que você pegou no sono.

Eles estão debruçados sobre um cardápio de sobremesa, apertados um contra o outro.

— Podemos voltar agora? — pergunto.

Caleb fica por cinco dias. Adam não vai trabalhar. Eu os deixo sozinhos. Dirijo meu novo carro. Vou à casa de Harry e de

Muriel. Vou até o supermercado, a três quadras de distância, de carro. Respondo a anúncios no *Globe* e consigo uma entrevista numa escola em New Hampshire. Dirijo até lá, acho a escola gótica e melancólica, contorno a entrada de carros em meia-lua, faço uma curva pelo gramado e pelo mastro da bandeira, ultrapasso o estacionamento e volto para casa chorando e contraindo.

Phil deixa mensagens na minha secretária eletrônica que Caleb não responde.

O voo de volta dele é na quinta, mas ele não pega. Diz que Adam tem ingressos para uma peça e pediu para ele ficar. Naquela noite, estou lendo na cama e escuto-os chegando e entrando na casa de Adam. Não gosto do que está rolando. Quero ligar para minha mãe. Ela também não ia gostar.

Volto ao meu livro e tento não pensar neles.

Ouço uma batida na porta e abro os olhos. Meu abajur ainda está aceso e meu dedão ainda está dentro do livro, mas peguei no sono. Peguei no sono. Nem ligo de ter sido acordada, porque *peguei no sono*, como fiz durante anos e anos, com o dedão num livro.

Destranco a porta. Caleb ainda está com o terno do teatro, mas parece menor dentro dele. Nunca o vi tão pequeno. Nada no rosto dele parece certo, também.

— Posso dormir aqui hoje, Case?

Ele se joga na minha cama, e sento ao lado dele.

— O que aconteceu?

Ele balança a cabeça. Respira fundo.

— A gente consumou nosso flerte.

E, aí, ele se encolhe, cobre o rosto e solta um lamento terrível pelas mãos. Eu não sabia como Caleb chorava. Nunca tinha visto antes. Parece fisicamente doloroso para ele. Esfrego seu braço. Acaricio seu cabelo. O futon balança embaixo de mim.

— Está tudo bem. Vai ficar tudo bem. O Phil vai entender. — Não sei se Phil vai entender. Mas não acho que vá ficar tão surpreso quanto Caleb possa pensar.

— Eu amo ele, Case. Acho que sempre, sempre amei.

— O Adam? Credo.

Ele choraminga.

— Ele me *empurrou* para longe depois. — Ele mal consegue falar isso antes de soltar um gemido insano. Oafie começa a latir do hall de Adam.

Quando o longo grito acaba, tiro as mãos dele do rosto.

— Escuta. Ele quis. Ele queria você. A semana toda, ele só falou de sexo e de pessoas com quem vocês dois ficaram. Estava dando em cima de você a semana inteira. Eu vi. Ele te quis e, depois, quis a satisfação de te afastar.

— Foi tão horrível. A expressão no rosto dele.

— Ele nunca vai se permitir ter você ou qualquer outro cara como opção. Não é tão corajoso. E não acho que você o ame. Você só precisava concretizar uma atração antiga. — Ele fica lá deitado de olhos fechados, mas está ouvindo. — Volte pra casa. Conte tudo para o Phil. Veja o que acontece depois. Talvez você ainda queira se separar. Talvez olhe para aquela mesa de jantar lindíssima que ele te fez e pense: "Tem alguma coisa mais sexy do que um oftalmologista que consegue me fazer uma mesa de dois metros?".

De manhã, eu o levo ao aeroporto. Ele baixa o espelho e vê os círculos vermelhos ao redor dos olhos.

— Meu Deus, estou pior do que você agora — diz. Olha pela janela para o atoleiro de construção na estrada. — Eu odeio Boston. Só tem dor em Boston.

No terminal, ele tira a mala do porta-malas e ficamos perto um do outro na calçada.

— Você vai ficar bem? — pergunta ele.

— Vou e você também. Me liga quando chegar em casa.

Ele assente. A gente se abraça apertado.

Sinto como se eu fosse minha mãe e como se minha mãe estivesse me abraçando.

Ele caminha até as portas giratórias. Acena. As portas o levam embora.

Caleb me deixou o nome de um médico que concordou em me ver três vezes antes de meu seguro vencer no fim do mês. Ele se chama Malcolm Sitz, e o consultório fica em Arlington, no terceiro andar de um duplex de vidro. Ele só pode me encontrar às 17h30 da tarde. O horário de verão acabou de terminar, então, já está escuro quando chego lá.

É um homem esguio com pele macia e cabelo grisalho até os ombros. Tem um bigode no qual gosta de tocar. De onde sento, numa poltrona de lã cheia de bolinhas de frente para a poltrona reclinável e ergonômica dele, consigo olhar pela janela e para dentro da casa atrás do pequeno quintal. É uma casa contemporânea com paredes de vidro revelando uma cozinha iluminada. Uma menina de nove ou dez anos está sentada à mesa fazendo lição de casa.

Ele pergunta por que estou aqui, e conto da vibração sob minha pele, o zumbido...

— Você tem zumbido no ouvido?

— Não é um zumbido de verdade. É como se o meu corpo todo fosse um sino enorme numa torre que foi atingida e...

Ele levanta a mão.

— Vamos pular as descrições floreadas. Você está ansiosa. Por quê? Quando começou?

Conto a ele sobre o Red Barn, Luke e a primeira noite em que senti. Conto sobre a morte de minha mãe e sobre ir embora de Barcelona, e mudar para cá, e o Iris, e a estufa, e as revisões e rejeições, e o EdFund, e todos os cobradores de dívidas me encontrando. Ele escuta, a caneta gorda com acabamento emborrachado pairando em cima de um bloco amarelo, mas não escreve nada.

— Mais alguma coisa?

Conto sobre Oscar. Conto sobre Silas.

— Você já ouviu a história do burrinho que morreu de fome no meio de duas pilhas de feno? — pergunta ele.

Porra, porra de Pilgrims.

Na cozinha iluminada, há um homem cortando vegetais e uma mulher medindo arroz e água numa panela. A menina ainda faz a lição. As pernas dela estão balançando para frente e para trás embaixo da cadeira.

Começo a chorar.

Dr. Sitz parece saber exatamente o que estou vendo, embora não consiga enxergar de sua cadeira. Parece quase encenado. Entra a família estável.

No início da segunda sessão, começo falando dos meus pais e, depois de alguns minutos, ele abana a mão para mim.

— Não quero ouvir essas velhas histórias tristes. Conte-me o que estava pensando no caminho para cá.

Conto a ele que estava pensando em todas as pessoas de quem tive pena ou que desprezei por "se venderem" ou "se acomodarem" e como nenhuma delas está sozinha, falida ou dirigindo até o consultório de um psiquiatra em Arlington.

— Você é uma apostadora. Você apostou. Apostou tudo o que tinha.

— Nesse romance? Foi uma péssima aposta. Não consigo nem terminar.

— Não no romance. Seu sucesso ou fracasso não se baseiam no que acontece com aquela pilha de papéis. Em si mesma. Nas suas fantasias. Então, o que você quer fazer agora, aos 31 anos de idade?

— Quero terminar o livro.

Ele assente.

— E começar outro — completo.

Ele ri.

— E gosta de apostar alto.

— Então, do que você tem medo? — me pergunta ele na nossa última consulta. — Quer dizer, do que você tem medo *mesmo*?

Tento pensar naquilo.

— Tenho medo de que, se não consigo aguentar o agora, como vou conseguir aguentar coisas maiores no futuro?

Ele assente. Esfrega o bigode contra os dedões.

— Coisas maiores no futuro. O que é maior do que isto? Sua mãe morre de repente. Isso ressoa a época em que ela te abandonou, o que torna a morte dela, assim, um golpe duplo. Seu pai se provou incapaz de ser seu pai. Você deve dinheiro a várias corporações grandes que vão te apertar indefinidamente. Passou seis anos escrevendo um romance que pode ser publicado, pode não ser. Foi demitida do seu emprego. Diz que quer uma família sua, mas não parece haver um homem na sua vida e talvez você tenha problemas de fertilidade. Não sei, minha cara. Isto não é pouca coisa.

De todas as respostas estranhas dele, esta é a que mais me ajuda. Isto não é pouca coisa.

Manolo liga e me oferece o trabalho. Duas turmas do nono ano, duas turmas de ensino médio e uma eletiva de escrita começando no semestre que vem. Salário de período integral, plano de saúde Blue Cross Blue Shield. Chega de Pilgrims.

— Não entendo.

— Não entende o quê?

— A entrevista com a Aisha não foi bem.

Ele ri.

— Pode acreditar. Foi muito bem. Ela não quis nem ouvir falar de outra pessoa depois que você veio.

Ele me pede para ir preencher a papelada naquela tarde e pegar os livros-base, a apostila da escola e o currículo do departamento de inglês. Pergunta se posso começar na próxima segunda.

— Além disso, não sei se você viu os cartazes, mas vamos ter um festival de escrita daqui a duas semanas. Você toparia fazer alguns comentários introdutórios? É a única do departamento que pode falar sobre o compromisso real com a vida de escrita. Aisha gostou do que quer que você tenha dito sobre isso.

O que eu tinha dito sobre isso?

— Claro — confirmo. — Posso falar algo.

Há uma sensação particular no corpo quando algo dá certo depois de muito tempo de tudo dando errado. É quente, doce, solto. Sinto isso enquanto seguro o telefone e escuto Manolo falando sobre formulários para imposto, e o cronograma do plantão de dúvidas, e a senha da minha caixa de correio, e estacionamento de docentes. Por um momento, todas as minhas abelhas viram mel.

Tenho uma semana para terminar a revisão para Jennifer e me preparar para minhas aulas.

Pego meu manuscrito e começo a ler. Faço anotações. Algumas coisas que ela disse voltam, mas, quando me esforço para lembrar mais, não consigo. Começo a reescrita mesmo assim. Levanto os olhos e está escuro. Levanto-os de novo e já passou da meia-noite.

Trabalho assim por cinco dias direto. Como espaguete com molho vermelho e maçãs com pasta de amendoim. Não saio nem para correr. Quando as pessoas se esgueiram na minha janela com o corretor, baixo a cortina. Delicio-me com o tempo, o tempo infindável. Sem turnos duplos, sem turno nenhum. O cheiro do Iris saiu de vez do meu cabelo. Meu corpo ainda vibra. Mas não é só vibração ruim. Um pouco é energia boa. Um pouco é uma animação estranha.

Na tarde de sexta, fico na fila do correio.

— Ainda nessa — diz ela, digitando os números.

— Aham.

— Bom, não posso te culpar por tentar.

No fim de semana, releio *Sidarta* e *Seus olhos viam Deus* e faço planos de aula. Vou com Muriel a um brechó na Davis Square. Se tivesse ido sozinha, eu não teria encontrado nada, mas ela me coloca num provador e me traz tesouros: um casaco de cashmere cinza com botões nas costas, uma saia de camurça na altura do joelho, botas pretas com um zíper vermelho chamativo.

Na segunda de manhã, acordo às 5h. Preciso estabelecer uma rotina desde o começo: uma hora e meia de escrita todo dia antes do trabalho. Sento à minha mesa e reúno minhas anotações — em comandas do Iris, nas últimas páginas de alguns livros, num pequeno bloco que deixo na mochila — sobre uma ideia para algo novo. Na parte de trás de um caderno novo, fiz uma linha do tempo rudimentar do que já tenho. Viro para a frente do caderno. Já sei a primeira frase.

Minha classe é de terceiro ano. Os alunos entram e tiram as mochilas pesadas das costas com um baque. Tendo dar oi a cada um que entra, como se fosse normal eu estar dando aula para o ensino médio. Não convivo com pessoas dessa idade desde que eu tinha essa idade. Só olhar para o rosto deles — o cheio de espinhas, o brilhante, o preocupado, o irritado — me deixa grata por não estar mais lá. Antes de entrarem, eu estava nervosa, mas agora que os vejo só quero ajudá-los a chegar ao fim do dia. Aprendo rápido o nome de todos — é bem mais fácil do que decorar entradas e pratos principais de uma mesa de seis — e peço que me atualizem do que fizeram até agora no semestre, do que gostaram e do que não gostaram. Percebo que estou sentada no canto esquerdo da mesa como o sr. Tuck fazia e, embora ainda esteja brava com ele, estou incorporando-o neste momento.

Eles estão na metade de *Seus olhos viam Deus*, mas volto para mais perto do início e leio várias páginas em voz alta, terminando na parte sobre Nanny de joelhos no barracão, rezando pelos próprios erros. Depois, peço que escrevam sobre uma época em que se sentiram assim. Eles abrem os cadernos devagar. Estão desconfiados, como quando oferecemos comida a um esquilo.

Ligo para Muriel da minha sala num período vago. Giro na minha cadeira e conto a ela do lindo parágrafo escrito por uma aluna chamada Evelyn sobre o nascimento da irmãzinha dela e de todos os elogios que recebi pelas botas. Dois professores passam falando sobre o New Deal. O almoço é lasanha e o cheiro viaja pelos corredores.

Depois que desligamos, sinto-me bem o bastante para me imaginar ligando para Silas em Trevor Hills, onde ele trabalha — imagino-o também no intervalo, na sala dele —, mas meu coração acelera, e preciso estar calma para a próxima aula.

Aulas de colégio são curtas e passam voando. Não chego nem na metade do meu plano de aula com nenhuma turma. Depois de meses falando de pernil de cordeiro e reduções de casca de limão, é um alívio falar de livros.

No fim de cada dia daquela semana, lembro-me de meu próprio romance, mas com mais curiosidade e menos pânico. Pergunto-me se Jennifer está lendo. Decidi não me preocupar com não ter notícias dela até o mês que vem.

Mas ela está na minha secretária eletrônica quando chego da escola na quinta à tarde. É uma mensagem breve e ela está falando muito rápido. Tenho que tocar algumas vezes. A revisão funcionou, diz ela. Vai seguir com o livro.

Ligo para Muriel e toco para ela, para garantir que Jennifer está dizendo o que acho que ela está dizendo.

Muriel dá um grito.

No sábado à noite, encontro com ela, Christian, Harry e James num restaurante tailandês na praça. Muriel desenha meu livro em capa dura num guardanapo e pede para todos nós colocarmos a mão em cima.

— Quando eu contar até três, vamos levantar as mãos bem alto e soltar um grito bárbaro.

Todo mundo tem a própria versão do que é um grito bárbaro, mas nosso grito coletivo é alto, e o gerente vem à nossa mesa. Muriel mostra o desenho no guardanapo, aponta para mim e explica, e ele volta com uma toalha amarela.

— Amarelo é nossa cor de sorte na Tailândia — explica. Levantamos nossos pratos, e ele estende a toalha. Acho que nunca fiz algo tão gentil por um cliente no Iris.

Harry faz um brinde, nossos copos tilintam e o livro parece separado de mim momentaneamente, como se estivesse seguindo seu próprio caminho.

A semana seguinte é mais curta na escola — só quatro dias com aulas, depois o festival de escrita na sexta.

Na segunda, com as mãos na torneira do banheiro de professores, estou sorrindo. Nem sei por quê. As manchas cinza sob meus olhos estão desbotando. Meu rosto está enchendo. A comida da escola é tão boa quanto o aroma, e como muito. Já é uma piada com meus alunos da nona série o tanto de comida que coloco na minha bandeja no almoço.

Na quarta, Jennifer me liga à tarde. Já cheguei em casa da escola, e estou fazendo algumas anotações para o discurso que preciso dar no festival. Ela me dá nomes das editoras às quais mandou o livro. Escrevo todos, esses nomes das lombadas de livros que li a vida toda. Não parece real meu romance de fato ter sido entregue (via mensageiro, ela me diz) a editores nesses lugares. Meu pulso está acelerado, e fico preocupada de ele não baixar, mas baixa, como um coração normal.

— Falo com você quando tiver notícias.

Dou o telefone da escola para ela, e desligamos. Oafie saiu e está arranhando minha porta. Deixo-o entrar.

— Era minha *agente* — conto a ele, que fareja embaixo da minha mesa e sobe no futon, dá algumas voltas em cima do edredom e deita. Acaricio a cabeça dele. Está usando uma coleira azul nova com letras cor-de-rosa. Ophelia, diz.

— Ophelia? — falo em voz alta, e o cachorro levanta a cabeça. A cachorra. Ophie. — Esse tempo todo você era menina? — Ela deita a cabeça grande na minha coxa de novo.

uando chego à escola na sexta, Manolo está na entrada, esperando para receber os três escritores visitantes. Espero com ele.

— Nervosa? — diz.

— Acho que você me contratou só para não ter que fazer esse discurso.

Os escritores chegam todos juntos num Volkswagen surrado. Reconheço uma grande capa preta se aproximando.

— Victor Silva?

— Casey Peabody?

Ele me envolve na capa para um abraço. Tem o cheiro do Iris — alho e licor Pernod. Apresento-o a Manolo, e Victor nos apresenta aos outros dois, um jovem de cabeça raspada e braços musculosos e uma mulher na casa dos cinquenta com sotaque irlandês. Levamos todos até Aisha e vamos para a biblioteca, onde há café, doces e um lugar para deixar os casacos, embora o dramaturgo musculoso esteja vestindo só uma camiseta preta e Victor Silva não tenha planos de tirar a capa.

Os alunos começam a chegar, não só os nossos, mas ônibus de outras escolas. Isto é outra coisa que eu não tinha entendido: alunos de cinco outras escolas foram convidados. O enxame entra e é direcionado ao ginásio. Quando chego lá com os escritores, as arquibancadas estão cheias e há crianças de pernas cruzadas no chão da quadra de basquete, num círculo amplo ao redor do tablado no centro. Precisamos passar por cima delas para chegar lá. Os escritores se sentam em cadeiras ao lado do tablado, e Manolo sobe ao microfone e dá as boas-vindas a todos. Apresenta cada escritor com breves resumos de suas carreiras. Victor Silva, descubro, publicou quatro livros de poesia e uma coleção de ensaios pessoais. Como eu não sabia disso?

— Agora, vou chamar a mais nova adição ao nosso departamento de Inglês — anuncia ele, e também faz uma apresentação minha. De algum jeito, ele pegou informações do meu currículo e as faz soar bem, minhas parcas publicações e meu prêmio da pós-graduação.

Há alguns aplausos e subo no tablado. Vejo alguns grupos de alunos para quem dou aula e muitos outros que não conheço, com o rosto erguido para mim. Penso em Holden Caulfield querendo pegar as crianças antes de elas caírem no abismo, e agora entendo. Respiro fundo. Um aluno do décimo primeiro ano dá um gritinho de torcida.

— Obrigada, Brad — falo no microfone. — Sua nota acabou de subir bastante.

Tem muito mais gente do que eu imaginava. Mas não pode ser mais difícil do que recitar os pratos do dia a uma mesa de dez pessoas impacientes no Iris. Além do mais, eu quero falar para essas crianças as coisas que preparei. Meus lábios tremem e minha voz falha um pouco, mas consigo.

Falo a verdade. Falo que tenho trinta e um anos e setenta e três mil dólares de dívidas. Falo que desde a faculdade já me mudei onze vezes, tive dezessete empregos e vários relacionamentos que não deram certo. Estou afastada do meu pai desde o ensino médio e, no início deste ano, minha mãe morreu. Meu único irmão mora a quase 5 mil quilômetros de distância. O que tive nos últimos seis anos, o que foi constante e estável na minha vida era o romance que eu estava escrevendo. Ele foi minha casa, o lugar no qual eu sempre podia me refugiar. O lugar em que, às vezes, até me sentia poderosa, digo a eles. O lugar em que sou mais eu mesma. Talvez alguns de vocês, falo, já tenham encontrado esse lugar. Talvez alguns o encontrem daqui a anos. Minha esperança é que alguns o encontrem pela primeira vez hoje, escrevendo.

Volto desorientada ao meu assento. O ginásio está barulhento com os aplausos. As pessoas me olham. E, quando me sento, a garota ao meu lado diz que foi demais, e Manolo ainda está aplaudindo do tablado. Repete os assuntos das oficinas e as salas em que elas acontecerão. Aponta para a mesa onde há cronogramas a mais e deseja um dia inspirado a todos.

Vou à oficina de Victor Silva. Está cheio de alunos que não se perturbam com um bigode cheio de brilhantina e uma capa preta. Ele nos faz desenhar uma planta do primeiro lugar em que nos lembramos de ter morado.

— Os cômodos, os armários, o corredor — diz, ele mesmo desenhando um na lousa. Vira-se para nós e pede: — Agora, adicionem os detalhes significativos: o sofá, a garrafa de uísque, o espaço entre a parede e a geladeira. — Ele ri. — Viu? Eu já contei a vocês toda a minha infância em três detalhes.

Ele corre para a esquerda e escreve em letras maiúsculas:

SÓ HÁ IDEIAS NAS COISAS.

— William Carlos Williams. Façam disso um lema, escutem o que estou dizendo.

Quando temos nossos detalhes — nossos espaços de experiência incandescentes, ele os chama —, precisamos escolher um e escrever sobre ele.

— Não com frases, mas com explosões de sentimentos... expressões, palavras, não se preocupem com como elas se relacionam, apenas externalizem. É para vocês vomitarem.

Circulo o banheiro da minha mãe e começo a escrever sobre ele — o creme de rosto oleoso, o spray de xampu a seco, a lâmina pesada, o frasco âmbar de Chanel Nº 5 — e todas as coisas que se tornaram minhas no dia em que ela foi embora.

— Casey. — A recepcionista da escola, Lucille, está agachada ao lado da minha cadeira. — Desculpa. Ela disse que era urgente. — Ela me entrega um post-it azul. "Jennifer", está escrito. "Linha 2." Saio da sala atrás dela e a sigo.

Ela me leva para o escritório de desenvolvimento, que é envidraçado como o de Aisha, mas abarrotado com pilhas de panfletos. Pego o telefone.

— Então, a Amy Drummond ofereceu trinta pelos direitos na América do Norte. — Outra pessoa ofereceu vinte e outra ficou no meio-termo, com vinte e cinco pelos direitos mundiais. Ela continua mencionando outros editores e direitos subsidiários, mas ainda estou presa na primeira frase dela. E na palavra "ofereceu". — Informei às outras editoras que estamos recebendo ofertas. Algumas tinham desprezado, mas agora estão lendo de uma vez. — Ela gargalha. Está alegre à sua própria maneira. — Está aí? Seu livro vai ser impresso e vendido, Camila. Estamos em leilão. Pode começar a praticar a assinatura.

— Tudo bem? — pergunta Lucille quando saio.

— Sim. Obrigada. Muito obrigada. — Eu amo ela e amo aquele escritório e amo aquele telefone.

Flutuo como um balão de volta à sala. Todo mundo está escrevendo. Peço desculpa a Victor sem emitir som, e ele me levanta o dedo do meio bem discretamente da sua mesa na frente da sala. Volto ao banheiro da minha mãe, o xampu Pantene, o roupão aveludado verde que ela deixou e que usei até meu pai me mandar parar.

Victor nos pede para buscar momentos de calor no que escrevemos, nos faz circular e isolar essas palavras e, com elas, escrever um poema. Lemos em voz alta. Há um sobre um cinzeiro, um vestido de lantejoulas, farinha num chão de cozinha. Victor comenta algo sobre cada um. A sensação na sala é linda, aberta.

O corredor está lotado quando mudamos para a próxima sessão. O garoto à minha frente está com uma jaqueta esportiva verde e branca. Diz TREVOR HILLS nas costas.

Na oficina com a ensaísta irlandesa, sento ao lado da bibliotecária.

— Os alunos da Trevor Hills estão aqui?

Ela faz que sim.

— Com os professores?

— Em geral, vêm um ou dois de cada escola.

Meu coração está batendo Silas, Silas, Silas.

A ensaísta irlandesa nos pede para fechar os olhos e escutar as palavras que ela diz sem tentar controlar nossos pensamentos. Mantenho os meus olhos levemente abertos para escanear a sala lotada. Ele não está aqui.

— Um dia chuvoso — diz ela.

Minha mãe e eu correndo do Mustang para dentro de casa.

— O som de um instrumento musical.

Caleb tocando violão.

— Um ato de amor.

Meu pai limpando meus tacos de golfe na pia da cozinha.

Ela nos pede para escrever sobre um desses momentos que surgem espontaneamente, sem ser forçados. Estou escrevendo sobre os tacos de golfe quando Lucille me dá um tapinha no ombro.

"Linha 1", diz o post-it dela.

Voltando ao escritório, descubro que ela trabalha aqui há catorze anos e seu filho está na minha sala da nona série. Jennifer me conta sobre uma nova rodada de ofertas.

— Deixa eu te perguntar — diz. — Tem alguma meta que você queira ultrapassar? Um número ao qual quer chegar? Você mencionou que tem algumas dívidas estudantis. — Mencionei? — Me dá o número dos seus sonhos mais loucos.

Tem uma calculadora na mesa. Somo um ano de aluguel daquele apartamento do andar de cima com o assento na janela e as estantes, e adiciono minha dívida. Falo o número a ela. Não estamos nem perto.

Volto à sala de ensaios, mas o corredor está lotado e já acabou. A oficina à qual quero ir agora é no segundo andar. A escada está cheia, e subo lentamente.

— Pelo jeito, você não estragou a entrevista, afinal.

Olho para cima. Silas está de gravata no patamar. As pessoas passam por nós. Subo mais alguns passos.

— Já, já eles vão cair em si — falo.

— Gostei do que você disse hoje de manhã — diz ele. — Sobre escrever. É bom eles ouvirem essas coisas.

Os dedos dele estão alguns centímetros acima dos meus no corrimão. Minhas pernas começam a bambear.

— Quer almoçar comigo? — pergunto.

Ele parece que vai dizer não.

— Ainda não tenho muitos amigos — continuo.

— Eu não...

— Por favor?

Ele faz uma careta.

— Tá bom.

— Eu te espero nas portas grandes.

Ele faz que sim e desce o resto da escada.

O almoço é no ginásio, kits de lanches em mesas redondas. O lugar está ribombando de conversas. Paro nas portas duplas enquanto fluxos de jovens passam, esperando por Silas. Mas é Lucille que chega primeiro.

— Eu disse pra ela que você provavelmente estava almoçando, mas ela falou que era urgente.

Ela está irritada, o que é compreensível, então, explico sobre o livro e a agente no caminho de volta ao escritório, e ela me abraça e me apressa para atender.

Ainda tem três editores no leilão. Jennifer acha que devo conversar com eles. Tento dizer a ela que vou estar livre em uma hora, mas ela responde que eles estão no escritório agora. Cancelaram o almoço para falar comigo.

Desligo e Lucille está do outro lado do vidro, perguntando com os braços o que aconteceu.

— Preciso falar com os editores!

Ela faz uma dancinha na cadeira de escritório dela, e eu faço uma na minha.

Ligo para cada um. Com a última, falo por muito tempo. Ela leu muito atentamente e tem uma boa ideia sobre adicionar uma pequena ponte entre a primeira e a segunda parte. Tipo a seção "O tempo passa" de *Ao farol*, comento, e ela explica que era nisso que estava pensando. A conversa é maravilhosa. Mas perco o almoço. Perco Silas.

A última sessão do dia já começou. Espio em algumas salas, mas não consigo encontrá-lo. Na sala do dramaturgo musculoso, já estão escrevendo. Ele me vê e aponta para uma cadeira, e sou obrigada a me sentar.

— Escreva seu maior medo — ele me diz em voz baixa e me entrega um pedaço de papel. Do outro lado da sala, um aluno já está começando a coletar os papéis dobrados num gorro de lã.

Estamos em uma das maiores salas, com janelas altas. Nos parapeitos, há alguns livros: *Sula*, *Jane Eyre*, *A casa da rua Mango*. Nunca me permiti imaginar meu próprio livro sendo publicado. Quando criança, eu tinha expectativa de vencer torneios e, com frequência, vencia, mas parei de acreditar que iria conquistar qualquer coisa há muito tempo.

O gorro de lã chega mais perto. Seguro o lápis sobre a tira de papel em branco. O gorro está na minha frente. "Não tenho medos hoje", escrevo, dobro e jogo lá dentro. Fico chocada com a verdade daquilo.

O aluno entrega o chapéu ao dramaturgo, que fecha a abertura com a mão e chacoalha. Tento pensar em como posso sair da sala para achar Silas. Mas estou bem na frente, e o dramaturgo está a apenas alguns metros, bloqueando minha passagem.

— Todos os problemas de escrita e apresentação vêm do medo. Medo de exposição, medo da fraqueza, medo de falta de talento, medo de parecer idiota tentando, por pensar que era capaz de escrever. É tudo medo. Se não tivéssemos medo, imaginem toda a criatividade que haveria no mundo. O medo nos segura a cada passo. Muitos estudos dizem que, apesar de todos os nossos medos neste país (morte, guerra, armas, doença), o maior deles é falar em público. Isso que estou fazendo agora. E quando pedem às pessoas para identificar qual o tipo de apresentação em público que lhes causa mais medo, elas marcam a caixinha da improvisação. Então, improvisação é o maior medo nos Estados Unidos. Nada de inverno nuclear, terremoto nível 8.9 ou outro Hitler. Improvisação. E é engraçado, porque não estamos improvisando o dia todo? A nossa vida não é uma longa improvisação? Do que a gente tem tanto medo?

Não. Não vou fazer nenhuma improvisação. Guardo o lápis de volta na bolsa e escorrego para a beirada da minha cadeira. Assim que ele sair da frente, vou escapar.

— Você. — ele aponta para uma garota duas fileiras atrás de mim. — Você. — Ele aponta para o menino no fim da minha fileira. — E você. — Aponta para mim. — Levantem.

Levantamos.

Ele estende o gorro ao garoto.

— Pegue um medo, qualquer medo. — O garoto pega. — Mostre aos seus parceiros, mas não fale em voz alta.

Ele segura o pedaço de papel, e lemos: "Tenho medo da girafa azul".

Céus.

— Ok — diz ele ao garoto —, você tem esse medo. É avassalador e implacável. E você — diz à garota — precisa convencê-lo a não sentir medo. Da forma como puder. — Ele se vira a mim. — E você — Tenho um mau presságio — é o próprio medo. Comecem.

Os dois olham para mim. A girafa azul. Fico mais ereta, coloco os ombros para trás e começo a ranger a mandíbula e arrancar folhas de árvores com golpes laterais de cabeça. Continuo enquanto me aproximo do garoto.

— Fale com ele — diz o dramaturgo à garota.

— Você sabe que não é real — diz ela ao menino. — É só uma coisa que você inventou há muito tempo quando era pequenininho e assustado na noite em que seus pais brigaram, mas ela não existe e não vai te machucar. — Ela é boa. Mas, quanto mais diz a ele que eu não existo, mais real me sinto. O garoto se afasta de mim, e eu o sigo até a lousa, em torno da mesa e de volta mais para perto dos nossos lugares. Subo na minha cadeira, me debruço sobre ele e começo a fazer um som alto e terrível, uma combinação do ronco do meu pai e de Clark cantando músicas de heavy metal horrivelmente. A garota continua falando, e começo a uivar o mais alto que consigo para impedi-lo de escutá-la, inclinando meu longo pescoço para trás para conseguir o som mais alto, e jogando a cabeça, e as pessoas estão rindo e também com um pouco de medo de mim, e eu não tenho medo de nada.

No corredor, depois que o sinal toca, dá para ver quem estava fazendo improvisação há uma hora e meia. Nosso corpo está mais solto e tudo é mais engraçado. Estamos todos indo na mesma direção: para as portas principais onde os ônibus estão andando em círculos. Lucille aparece ao meu lado com um post-it.

“Ultrapassamos a meta.”

Abraço-a forte e a sinto rindo.

— Obrigada, obrigada, obrigada.

Então, me enfio na multidão atrás de Silas.

Lá fora, vejo as jaquetas da Trevor Hills entrando em um ônibus. Pelas janelas fumê, vejo uma figura com uma prancheta contando os alunos. Não é Silas.

— Casey!

Victor Silva se precipita até mim.

— Tenho uma coisa para você. — Ele me entrega dois ingressos. David Byrne no Strand em Providence, Rhode Island. — A Mary Hand me deu um monte.

— Você foi fantástico hoje — digo.

— Gostei daquele verso sobre o contorno do corpo da sua mãe marcado na banheira.

— Obrigada.

— A gente se vê em Rhode Island.

Os ônibus se afastam. O círculo se esvazia. Mas, lá no fundo do estacionamento de docentes, algo de cor viva brilha. Só um pontinho verde. Um pequeno Le Car verde.

Desço a ladeira correndo. Ele está de costas para mim. Jogo os braços para o ar. Grito o nome dele. Sou uma girafa azul destemida.

Ele se vira, e estou ao lado dele. Apesar do meu novo pescoço comprido, ele ainda é mais alto. E está adorável de camisa branca e gravata solta.

Mas ele está escondendo o dente lascado.

— Me desculpa por não ter ido ao almoço, Silas.

Ele levanta a mão.

— Tudo bem. Eu sei como você é.

— Não! Não! — berro. — *Não sou* assim! Eu queria almoçar com você. Queria mesmo. Muito. Eu precisava te falar coisas. — Minha voz falha. Preciso dizer. — Primeiro, seu conto sobre Star e a árvore é muito lindo. Eu roubei da casa do Oscar e leio antes de ir dormir quase toda noite. Me rejeitaram na primavera passada e estava com medo de acontecer de novo. Eu gostei muito de você, mas você era arriscado. O Oscar tinha um vazio grande que eu achei que talvez pudesse preencher, mas não parava de pensar em te beijar. Meu corpo inteiro fazia *zing-zing-zing* — Minhas mãos sobem e descem em espasmos pela lateral do meu corpo — sempre que eu pensava nisso. Terminei com ele e queria te contar no almoço, mas precisei falar com os editores porque estamos num leilão e eu acabei de ultrapassar a meta. — Levanto o post-it e começo a chorar. Começo a soluçar, como uma girafa azul destemida.

Ele pega o post-it.

— Seu livro?

Faço que sim.

— Casey. — Sinto a mão dele no meu cabelo. Dou um passo para mais perto. Devagar, os braços dele me puxam. — Estou tão feliz por você. — Ele arranca mais soluços de mim e não me solta.

— Quer ir no show do David Byrne comigo?

Ele ri.

— David Byrne?

Ele se afasta e me olha. O lindo dente lascado.

Mostro-lhe os ingressos amassados na minha mão.

— Claro. — Ele está muito perto e não se afasta. Desgruda um pouco de cabelo da minha bochecha e se dobra para sussurrar: — Acho que seu chefe está descendo a ladeira.

— Não tem problema. — O rosto dele ainda está perto. — Vou ser a professora nova que fica se pegando no estacionamento.

E eu o beijo. Um beijo longo e ininterrupto que perpassa todo o meu corpo, fazendo-o vibrar da melhor forma.

Quando chegamos na nossa seção no Strand, estamos num mar de funcionários do Iris. Gory e Marcus estão no início da fileira com Fabiana entre os dois, depois Dana, Tony, Yasmin. Dana está falando do encontro que teve na noite passada e como o cara colocou um cravo na boca dela antes de beijá-la.

— O que ele acha que eu sou pra por uma flor na minha boca? Um presunto? — diz ela na hora que passamos.

Angus e Yasmin estão discutindo como pronunciar "capcioso". Silas e eu tomamos nossos lugares ao lado de Harry e James, cuja aparência indica que estavam se beijando: lábios vermelhos e pele irritada. Mary Hand está na fileira à nossa frente, com Craig, Helene e Victor Silva — a velha guarda. Thomas e a esposa também estão lá com a bebê, que dorme a sono solto.

Ficamos sentados durante o show de abertura, mas quando David Byrne entra no palco com um terno de lã cor-de-rosa e fala baixinho no microfone: "*I can't seem to face up to the facts*", Mary pula e todos a seguimos até a pequena pista de dança na frente do palco.

A multidão grita durante a música toda. Depois, ele canta "Making Flippy Floppy" e "The Gates of Paradise" do disco novo, depois "Take Me to the River", que faz as pessoas pirarem de novo. Ele faz trocas rápidas de figurino, voltando toda vez ao palco com energia renovada. Só fala com a plateia ao pegar um violão, passar a alça por cima da cabeça e ir até o pedestal do microfone no centro. Acabou de cantar

"Miss America" e ainda está usando kilt e coturnos pretos com meias até o joelho. Começa a dedilhar uma melodia lenta que não reconheço.

— Boa noite, Pro-vi-dence. — A multidão ruge com o som da voz dele falando. — Não sou conhecido por músicas de amor. — Ele precisa esperar que mais aplausos e gritos diminuam. — Mas escrevi esta há muito tempo. Uma canção sobre coração partido. Todo mundo já escreveu pelo menos uma, né? Esta é pra você, Mary.

Todo mundo grita, mas nós, do Iris, gritamos mais alto que todos. Ela está na minha frente, um pouco à direita, apertada entre Victor e Craig, os dois com os braços ao redor dela. Vejo metade de seu rosto. Procuro arrependimento ou desejo, mas ela está só sorrindo com o sorriso de sempre para ele, luzes de palco roxas e vermelhas brilhando em sua pele.

Balançamos ao som do violão dele. As palavras são crípticas, lances de escada e hambúrgueres em caixas marrons. A canção fica mais rápida no meio, e nos separamos e dançamos na frente do palco como se ele a tivesse escrito para todos nós, sobre nossos corações partidos e recuperações, e nossas amizades que talvez durem mesmo.

Depois, no carro de Silas, nossos ouvidos estão apitando e, quando o convido para entrar, ele não escuta e preciso convidar de novo. E quando entra, se joga no meu futon como se sempre tivesse sido o lugar dele.

Os gansos estão todos dormindo. Alguns tiram a cabeça de baixo da asa com a nossa aproximação. Abro a lata de biscoitos e alguns rebolam devagar para perto de nós. Está frio e Silas colocou o cobertor verde ao meu redor, então sinto que também tenho asas. Balanço a lata e ando de ré em círculo entre eles. O chão está mais quente que o ar, ainda mais onde os gansos estiveram dormindo. As cinzas caem uniformemente na grama.

Eles bicam os flocos prateados, os bicos movendo-se como máquinas, mais rápido do que os olhos registram. Outros juntam-se a eles. Não brigam. Tem o suficiente para todo mundo.

Seguro o cobertor aberto para Silas, que entra e o fecha.

— Isso é estranho?

— É — diz ele e coloca os lábios no meu cabelo. — Eu amo coisas estranhas.

Eles bicam e mastigam por muito tempo. Não sobra muito depois. Passeiam por um tempo com seus largos pés de borracha. Os pescoços parecem feitos de pelo, não de penas. Alguns voltam a dormir, fazendo uma cortesia para o chão e enterrando a cabeça entre as asas dobradas nas costas.

Vou perder o momento em que eles voarem. Não vou estar lá. A conversa rápida e animada deles, as asas finalmente bem abertas, os pés dobrados sob o corpo. Prontos para a decolagem. Vou perder. Vou estar dando aula, ou na minha mesa, ou na cama quando eles cortarem o céu.

— Quero que eles voem agora.

— Eu sei — diz Silas. — Eles vão quando estiverem prontos.

Um livro na biblioteca dizia que alguns gansos-do-canadá podem viajar até Jalisco, no México. Minha mãe vai gostar disso, dessa viagem longa e emocionante, do pouso em terras estrangeiras.

Mas outros, disse o livro, ficam onde estão durante o inverno. Esses gansos já estão em casa.

Escritores e Amantes
Copyright © 2023 da Starlin Alta Editora e Consultoria Eireli.
ISBN: 978-65-5568-080-5

Translated from original Writers & Lovers. Copyright © 2020 by Lily King. ISBN 978-0-802-14854-4. This translation is published and sold by Grove Press, the owner of all rights to publish and sell the same. PORTUGUESE language edition published by Starlin Alta Editora e Consultoria Eireli, Copyright © 2023 by Starlin Alta Editora e Consultoria Eireli.

Impresso no Brasil – 1ª Edição, 2023 – Edição revisada conforme o Acordo Ortográfico da Língua Portuguesa de 2009.

Dados Internacionais de Catalogação na Publicação (CIP)
(Câmara Brasileira do Livro, SP, Brasil)

King, Lily
Escritores & amantes / Lily King ; tradução Laura Folgueira. -- 2. ed. -- São Paulo : Tordesilhas, 2022.

Título original: Writers & lovers
ISBN 978-65-5568-080-5

1. Ficção norte-americana I. Título.

22-118328 CDD-813

Índices para catálogo sistemático:

1. Ficção : Literatura norte-americana 813

Cibele Maria Dias - Bibliotecária - CRB-8/9427

Produção Editorial
Grupo Editorial Alta Books

Diretor Editorial
Anderson Vieira
anderson.vieira@altabooks.com.br

Editor
Ibraíma Tavares
ibraima@alaude.com.br
Rodrigo Faria
rodrigo.fariaesilva@altabooks.com.br

Vendas ao Governo
Cristiane Mutüs
crismutus@alaude.com.br

Gerência Comercial
Claudio Lima
claudio@altabooks.com.br

Gerência Marketing
Andréa Guatiello
andrea@altabooks.com.br

Coordenação Comercial
Thiago Biaggi

Coordenação de Eventos
Viviane Paiva
comercial@altabooks.com.br

Coordenação ADM/Finc.
Solange Souza

Coordenação Logística
Waldir Rodrigues

Gestão de Pessoas
Jairo Araújo

Direitos Autorais
Raquel Porto
rights@altabooks.com.br

Assistente Editorial
Gabriela Paiva

Produtores Editoriais
Illysabelle Trajano
Maria de Lourdes Borges
Thales Silva
Thiê Alves

Equipe Comercial
Adenir Gomes
Ana Carolina Marinho
Ana Claudia Lima
Daiana Costa
Everson Sete
Kaique Luiz
Luana Santos
Maira Conceição
Natasha Sales

Equipe Editorial
Ana Clara Tambasco
Andreza Moraes
Arthur Candreva
Beatriz de Assis
Beatriz Frohe
Betânia Santos
Brenda Rodrigues
Caroline David
Erick Brandão
Elton Manhães
Fernanda Teixeira
Henrique Waldez
Karolayne Alves
Kelry Oliveira
Lorrahn Candido
Luana Maura
Marcelli Ferreira
Mariana Portugal
Matheus Mello
Milena Soares
Patricia Silvestre
Viviane Corrêa
Yasmin Sayonara

Marketing Editorial
Amanda Mucci
Guilherme Nunes
Livia Carvalho
Pedro Guimarães
Thiago Brito

Atuaram na edição desta obra:

Tradução
Laura Folgueira

Copidesque
Giovana Bomentre

Projeto Gráfico | Diagramação
Amanda Cestaro

Revisão Gramatical
Mariana Rimoli Roberto Jannarelli
Maria Carolina Rodrigues

Editora **afiliada à:**

Rua Viúva Cláudio, 291 – Bairro Industrial do Jacaré
CEP: 20.970-031 – Rio de Janeiro (RJ)
Tels.: (21) 3278-8069 / 3278-8419
www.altabooks.com.br – altabooks@altabooks.com.br
Ouvidoria: ouvidoria@altabooks.com.br

O miolo foi composto com as famílias tipográficas
Eskorte Latin e Irregardless.
Impresso para a Tordesilhas Livros em 2022.